ANDREAS J. SCHULTE

Eifelrache

EIFEL KRIMI

emons:

Bibliografische Information der Deutschen Nationalbibliothek
Die Deutsche Nationalbibliothek verzeichnet diese Publikation in der Deutschen Nationalbibliografie; detaillierte bibliografische Daten sind im Internet über http://dnb.d-nb.de abrufbar.

MIX
Papier aus verantwortungsvollen Quellen
FSC® C083411

Umschlagmotiv: fotolia.com/alex1a1a1a
Umschlaggestaltung: Nina Schäfer, Tobias Doetsch
Gestaltung Innenteil: César Satz & Grafik GmbH, Köln
Lektorat: Lothar Strüh
Druck und Bindung: CPI – Clausen & Bosse, Leck
Printed in Germany 2017
ISBN 978-3-7408-0210-3
Eifel Krimi
Originalausgabe

Dieser Roman wurde vermittelt durch die Literaturagentur Lesen&Hören, Berlin.

Für Tine – danke, dass es dich gibt

Umarme deinen Feind, dann kann er sich nicht bewegen.

Nepalesisches Sprichwort

Prolog

Er musste töten!
Kein Ausweg, kein Plan B.
Die Telefonnummer hatte ihn ein Vermögen gekostet.
Ziffer für Ziffer kannte er sie mittlerweile auswendig.
Nur angerufen hatte er noch nicht.
Hatte gezögert, auf den richtigen Moment gewartet.
Gehofft, dass es nicht nötig sein würde.
Doch es war nötig geworden. Dringend nötig.
Er griff zum Telefon.
Nach diesem Anruf wäre es nicht mehr zu stoppen.
Er musste töten … brutal, unbarmherzig.
Und dann davonkommen. Davonkommen war das Ziel.
Der blutige Rest nur der Weg dahin.
Eigentlich ganz einfach. Jetzt musste er es nur noch tun.

Konrad-Adenauer-Flughafen Köln/Bonn, militärischer Sperrbereich

»Sag mal, Marc, warst du eigentlich beim Bund?«

»Ich? Nee, hab meine Jahre beim THW abgerissen, und du?«

»Zwei Jahre. Ist nicht schlecht gewesen, hätte vielleicht sonst den Job hier gar nicht bekommen.«

»Ach, Quatsch, die sieben doch aus, egal, ob du vorher gedient hast. Schau dir den Ulf an«, Marc Rolters deutete mit dem Daumen hinter sich auf die Wand, die den Laderaum des Transporters von der Fahrerkabine abtrennte, »der hat doch richtig Schwein gehabt. Erst 'ne Ausbildung, und kurz bevor Vater Staat ihn sich krallt, ist die Wehrpflicht abgeschafft, aber den Job hat er trotzdem gekriegt. Und er macht sich doch auch ganz gut.«

Karsten Delter brummte zustimmend. Ihr neuer Kollege Ulf Marschinski machte keinen schlechten Eindruck. Ein bisschen still, aber besser so einer mit in der Schicht als jemand, der die ganze Zeit auf dicke Hose macht. Bei dem, was sie taten, musste man sich auf seine Teamkollegen verlassen können. Ulf Marschinski war zwar erst seit drei Monaten dabei, aber er hatte sich erstaunlich schnell eingearbeitet.

Marc Rolters zog eine Zigarette aus einer Schachtel, zündete sie sich an und sog gierig den Rauch ein.

»Komm, mach die Fluppe aus, bist du verrückt? Das gibt nur Ärger. Wir sollen doch hier drin nicht rauchen. Und rausgehen kannst du hier auch nicht. Ich möchte nicht ausprobieren, ob die Jungs da draußen Spaß verstehen.« Karsten deutete mit der Hand vage in die Abenddämmerung. Vier bewaffnete Soldaten patrouillierten in Sichtweite des Transporters.

Marc Rolters zog noch einmal an seiner Zigarette, bevor er sie seufzend wieder ausdrückte. »Ach, komm, Karsten, mach dir nicht ins Hemd, wir warten jetzt schon fast 'ne Stunde, und die sind in dem Flieger immer noch nicht fertig. Möchte mal wissen, was da so lange dauert.«

Die Vorschriften ihres Arbeitgebers sahen vor, dass jeder gepanzerte Transporter der »EuroBOST GmbH« mit zwei

Männern im Fahrerhaus und einem Wachmann im Laderaum unterwegs sein musste. Natürlich waren alle drei bewaffnet. Möglich, dass für andere Sicherheitsfirmen Waffen nur schmückendes Beiwerk waren. Bei EuroBOST nahm man die Fähigkeit, mit diesen Waffen auch umzugehen, ausgesprochen ernst.

Zwei Mann vorne, einer im Laderaum. Deshalb saß Ulf Marschinski alleine hinten und wartete. Der arme Kerl hat keinen Kollegen neben sich zum Quatschen, da fühlt sich die Wartezeit gleich doppelt so lang an, dachte Karsten und war insgeheim froh darüber, diesmal als Fahrer zu arbeiten. Er schaute seinen Kollegen an. »Unser Junior hat heute seinen großen Auftritt, ich wette mit dir, der stirbt grad tausend Tode, so aufgeregt, wie der heute Mittag nach der Einsatzplanung war.«

»Werden wir ja zu sehen kriegen. Wie wäre es? Ein großes Bier am Samstag im ›Plan B‹?« Marc hielt seinem Kollegen die Hand hin.

Karsten schlug grinsend ein. »Abgemacht, der Verlierer zahlt, aber nicht nur ein Bier, der löhnt den ganzen Abend.«

Marc erwiderte den Handschlag. »Na gut. Schau mal, drüben regt sich was, ich glaube, es geht los.«

***

Das stahlgraue Transportflugzeug sah aus der Nähe bedrohlich groß aus. Seit die vier Rotoren zum Stillstand gekommen waren, hatte sich nichts gerührt.

Das heißt, fast nichts. Gleich nach der Landung war ein Jeep bis an das Flugzeug herangefahren, und drei Männer waren über die Gangway ins Innere der C-130 mit der aufgedruckten amerikanischen Flagge auf der Seitenflosse verschwunden.

Jetzt, nach fast einer Stunde, sank langsam die Laderaumluke, die gleichzeitig als Auffahrrampe diente, herab.

Innerhalb von nicht einmal einer Minute standen sechs Soldaten rechts und links der Rampe und beobachteten mit Maschinengewehren in der Hand wachsam die Umgebung. Augenblicke später trugen zwei Männer einen Alukoffer die

Rampe hinunter. Schwer schien er nicht zu sein, nur sperrig. Und ganz offensichtlich wertvoll. Die Soldaten bildeten wortlos und ohne einen weiteren Befehl einen Kokon um die Männer mit dem Koffer. Gaben ihnen auf ihrem Weg zu dem Transporter Begleitschutz.

Einer der Soldaten nickte stumm den Wachleuten im Führerhaus zu. Die stiegen daraufhin aus und nahmen rechts und links von der Laderaumtür Aufstellung. Als die Träger des Alukoffers vor ihnen standen, drückte einer der beiden Wachleute eine Ruftaste, die neben der Tür zum Laderaum des Fahrzeugs eingelassen war.

***

Ulf Marschinski schwitzte. Natürlich war er nervös, die Warterei hier hinten im Laderaum machte ihn ganz hibbelig. Auf den vier Monitoren vor ihm regte sich nichts. Das Transportflugzeug der Amerikaner konnte er zwar nur zum Teil sehen, dafür hätte er den Zoom der Kamera aufziehen müssen, aber das Wichtigste – den Laderaum – hatte er gut im Blick. Und da passierte rein gar nichts.

Ulf wischte sich die Hände an der schwarzen Cargohose ab, die er im Dienst trug. Die Vorschriften verlangten, dass die beiden Kollegen vorne im Wagen für die Fahrt verantwortlich waren, aber die Fracht unterlag ganz allein seiner Verantwortung, und es war das erste Mal, dass er diesen Part übernahm.

Die EuroBOST-Transporter waren Sonderanfertigungen. Die Wände der Fahrzeuge waren gepanzert und hielten sogar schwerem Beschuss stand. Das galt auch für die Scheiben des Fahrerhauses. Kameras sorgten dafür, dass der Wachmann im Laderaum die komplette Umgebung im Blick behalten konnte. Mit den eingebauten Restlichtverstärkern und dem Laserlicht war das sogar bei Nacht oder unter schlechten Sichtverhältnissen möglich.

Zu den Sicherheitsvorkehrungen gehörte auch, dass nur der Wachmann im Laderaum von innen die Türen entriegeln konnte. Bei einem möglichen Überfall mussten die Angreifer zuerst einmal den Wagen stoppen, was bei den schusssicheren Reifen und der Panzerung nicht leicht war. Doch in dem unwahrscheinlichen Fall, dass der Wagen wirklich gestoppt werden sollte, hatten die Kollegen im Fahrerhaus keine Möglichkeit, die Tür des Laderaums zu öffnen und damit die Fracht zugänglich zu machen. Der Schalter zum Öffnen befand sich direkt vor Ulf in der Kontrollkonsole neben der Steuerung der Kameras. Der Laderaum besaß eine eigene Stromversorgung, die sich nur mit größtem Aufwand von außen unterbrechen ließ. Filtersysteme sorgten dafür, dass keine Gase ins Innere gelangen konnten. Dieser Raum war ein Hochsicherheitsschutzbunker auf Rädern. Im Krisenfall würde Ulf einfach sitzen bleiben, die Polizei verständigen oder auf die Verstärkung warten. Die würde anrücken, sobald er den Notrufknopf gedrückt und damit ein verschlüsseltes GPS-Signal in die EuroBOST-Zentrale abgesetzt hatte.

Eigentlich eine todsichere Sache – aber bei der Einsatzbesprechung hatte ihr Abteilungsleiter noch einmal ausdrücklich betont, dass von den Amerikanern die höchste EuroBOST-Sicherheitsstufe angefordert worden war. Ja, mehr noch, sie hatten darauf bestanden, dass ein Major der U.S. Army die Fracht, was immer es auch war, begleitete. So etwas war zuvor noch niemals vorgekommen. Ulf wollte sich gegenüber dem Major keine Blöße geben. Sein Chef hatte Professionalität gefordert. Und die wird er kriegen, egal, wie unbehaglich ich mich fühle, dachte Ulf. EuroBOST war zwar erst seit zwei Jahren am Markt, hatte sich aber in kürzester Zeit einen hervorragenden Ruf erarbeitet, auch weil die Geschäftsleitung der Firma glänzende Referenzen vorweisen konnte. Er, Ulf, würde seine Bosse nicht enttäuschen.

Ein Blick auf die Monitore zeigte Ulf, dass sich draußen etwas tat. Soldaten bezogen Stellung an der Laderampe der C-130. Dann tauchten die beiden Männer mit der Fracht auf.

Ulf schluckte trocken. Endlich ging es los. Die Kamera erfasste die Soldaten, die sich wie eine Prozession auf seinen

Wagen zubewegten. Dann ertönte der Summer. Ein letzter Kontrollblick auf alle Monitore. Alles war so, wie es sein sollte: Die Fracht konnte verladen werden, Marc und Karsten standen rechts und links von der Tür, die Hände an den Pistolen, gleichzeitig ertönte das Funksignal, das Karsten unauffällig an seinem Gürtel ausgelöst hatte. Das Zeichen dafür, dass sie beide nicht unter Zwang standen und es auch sonst keine Bedrohung gab.

Ulf atmete tief durch, dann drückte er auf den Schalter, der die Tür entriegelte und hydraulisch zur Seite gleiten ließ.

Trotz seiner ein Meter fünfundneunzig Körpergröße konnte Ulf im Laderaum bequem aufrecht stehen. Mit einem Mal war er die Ruhe selbst. Geschmeidig sprang er aus dem Transporter, baute sich vor den beiden Männern mit dem Alukoffer auf und sagte laut: »EuroBOST, Ulf Marschinski, verantwortlicher Transportleiter. Darf ich Ihre Legitimation sehen?«

Einer der beiden Männer griff mit einer Hand in seine Innentasche und zog einen Dienstausweis heraus.

»Major Ian McGowan, United States Army.«

Ulf erfasste den Dienstausweis und nickte, worauf das Dokument wieder in der Jacke verschwand. Major McGowan hielt ihm als Nächstes einen Brief hin. »Unser Auftrag, Ihre Bestätigung und die genaue Anschrift unserer Fahrt.«

Ulf nahm das Papier entgegen, überflog es kurz, dann scannte er mit seinem Smartphone den Sicherheitscode. Als es auf seinem Display grün leuchtete, reichte er das Schreiben nach hinten an Karsten weiter. Alles verlief vorschriftsmäßig. Professionalität – klare Regeln und Abläufe.

Ulf trat einen Schritt zur Seite und gab die Wagentür frei. »Willkommen an Bord, Major McGowan. Wenn Sie Ihren Koffer dort drüben abstellen, kann ich ihn für die Fahrt sichern. Man hat mich informiert, dass Sie bei mir mitfahren werden. Bitte lassen Sie mich Ihnen helfen.« Ulf übernahm von dem anderen Träger den Griff des Alukoffers. Zusammen mit dem Major hob er den Koffer in den Laderaum. Bevor er die Tür innen verriegelte, bemerkte er noch ein anerkennendes Blinzeln von Karsten, der eine Sekunde später Marc angrinste.

Irgendwas hatten die beiden, so viel war klar. Er nahm sich vor, sie später auszufragen.

Die Tür schloss sich mit einem leisen Zischen. Ulf hörte von draußen Karstens Bemerkung: »Auf geht's, wird auch Zeit.« Dann herrschte Stille im Laderaum, weil die schweren Türen und Wände weitgehend schalldicht waren.

Mit wenigen Handgriffen schnallte Ulf den Koffer an den Ösen im Boden fest. Dann setzte er sich auf seinen Platz und drückte den Sendeknopf für die interne Funkverbindung.

»Fracht gesichert.«

»Verstanden. Wir starten.«

Ulf nickte dem Amerikaner zu. »Bitte nehmen Sie doch dort drüben Platz, Major, und seien Sie unbesorgt, wir bringen Ihre Fracht sicher ans Ziel.«

Major Ian McGowan lächelte kurz. »Davon bin ich überzeugt, Herr Marschinski. Sonst hätte die Army Ihr Unternehmen ganz sicher nicht ausgewählt.«

Während der Fahrt starrte der Major schweigend auf sein Smartphone. Tippte und wischte nur ab und zu auf dem Display herum, machte jedoch keine Anstalten, ein Gespräch zu beginnen.

Ulf war das ganz recht, denn ihm war nicht nach Small Talk zumute. So lange würde die Fahrt auch gar nicht dauern. Ihr Ziel lag im Siebengebirge, genauer gesagt, der Transporter fuhr auf direktem Weg zum Grand Hotel auf dem Petersberg.

Ulf kannte den berühmten Gipfel des Siebengebirges gut, weil er hier mehr als einmal mit dem Mountainbike unterwegs gewesen war. Sie würden für die rund dreißig Kilometer Strecke allerhöchstens eine halbe Stunde benötigen. Vor allem um diese Uhrzeit. Bestimmt würden sie auf der A 59 in keinen Stau mehr geraten.

Das berühmte ehemalige Gästehaus der Bundesregierung bot den idealen Rahmen für eine Konferenz. Für Ulf war der Petersberg die Antwort auf die unbeantworteten Fragen der letzten Stunden. Das erklärte doch schließlich die Nervosität der Chefs, das amerikanische Transportflugzeug und einen schweigsamen Major in seinem Laderaum. Er hätte einen Monatslohn darauf verwettet, dass es um eine internationale Militärkonferenz ging. Alles passte zusammen, und der Petersberg war der Traum für jeden Sicherheitsexperten. Seine außergewöhnliche Lage und vor allem die Tatsache, dass man die einzige Zufahrtsstraße perfekt absperren konnte, machten ihn zum idealen Ort, um Treffen mit höchster Sicherheitsstufe zu arrangieren.

Dass die Steigenberger-Hotelgruppe auf der Kuppe hoch über dem Rheintal ein Grand Hotel betrieb, änderte nichts an Ulfs Meinung. Hohe Offiziere hatten sicher nichts gegen den Luxus eines Grand Hotels einzuwenden.

Ein Blick auf die Monitore – die Autobahn war bis auf wenige andere Autos frei. Ulf vermied es bewusst, während der Fahrt länger auf die Bildschirme zu schauen, die die Bilder der Umgebung lieferten. Das hatte er bei einer seiner ersten Fahrten gemacht, und ihm war speiübel dabei geworden.

Ulf warf einen Blick auf den Major, der immer noch auf sein Handy starrte. Das Beste würde sein, er entspannte sich einfach. Nur noch eine kurze Fahrt, dann würden sie diesen Auftrag zur Zufriedenheit des Auftraggebers abgewickelt haben, und zwar mit einem Höchstmaß an Professionalität.

***

»Ich finde, unser Junior hat sich wacker geschlagen, oder wie siehst du das?« Karsten schaute zu seinem Kollegen hinüber. »Die Biere gehen jedenfalls auf deine Kappe, so viel steht fest.«

Marc Rolters hatte zwar die gemeinsame Wette verloren, doch das nahm er sportlich. »Ulf war bestimmt aufgeregt, aber gegenüber dem Amerikaner ist er cool geblieben. Da gibt es nichts zu meckern. Er hat sich an die Vorschriften gehalten, hat sehr genau klargemacht, was er sehen will, und war trotzdem höflich. Hat mir wirklich gut gefallen.«

»Mhmm, sehe ich auch so.« Karsten tippte mit dem Zeigefinger auf das eingebaute Navi. »Mal 'ne ganz andere Sache:

Glaubst du, die haben schon Kontrollen auf der Zufahrtsstraße zum Petersberg eingerichtet?«

»Das hängt davon ab, wann die Konferenz losgeht.«

Karsten und Marc waren sich einig bei der Frage, warum man sie mit ihrem Transporter zum Petersberg geschickt hatte. Die beiden waren in der Fahrerkabine zu dem Schluss gelangt, dass dort oben im Siebengebirge eine Militärkonferenz stattfinden musste. Um die kürzeste Route zum Petersberg zu finden, hätte keiner von ihnen ein Navi benötigt, aber auch die Nutzung des Systems gehörte zu den Vorschriften. Das Navigationssystem in dem gepanzerten Transporter war eine Sonderanfertigung und übertrug gleichzeitig die Fahrzeugposition an die Zentrale des Sicherheitsunternehmens.

Die kurze Strecke über die Autobahn und dann weiter auf der B 42 den Rhein entlang blieb ohne Stau. Karsten wusste genau, wo die Radaranlagen standen, und bremste rechtzeitig ab. Das fehlte gerade noch, dass sie sich blitzen ließen. Auf den Ärger konnte er gut verzichten. Wer da keinen vernünftigen Grund wie Termindruck angeben konnte, war so was von unten durch.

Karsten fuhr von der Bundesstraße ab. Wenige Minuten später hätte man meinen können, irgendwo mitten in der Pampa zu sein statt nur gut fünfzehn Autominuten von der Bundesstadt entfernt. Buchenwald säumte rechts und links die Straße. Die Scheinwerfer des Transporters schlugen eine Lichtschneise in dieses Dunkel aus Bäumen und Büschen. Plötzlich blitzte es mehrere hundert Meter vor ihnen blau auf. Polizeiblau. Es gab gerade keinen Gegenverkehr, sodass Karsten kurz aufblendete. Das Warndreieck der Polizei war auf der Fahrbahn nicht zu übersehen.

Wortlos griff Marc zum Funkgerät.

»T13 für Zentrale.«

»Zentrale hört T13.«

»Vor uns ist ein Polizeieinsatz. Wir sind noch rund fünf Kilometer von unserem Zielort entfernt.«

»Augenblick.« Die Tastaturgeräusche der Kollegin in der Einsatzzentrale füllten die kurze Pause. »Ja, kann ich bestätigen. Es gab wohl einen Pkw-Unfall, die Polizei hat die Meldung gerade durchgegeben. Die Strecke zum Zielort ist aber weiterhin offen.«

»Verstanden. Wir bleiben auf der Route.«

Die EuroBOST-Zentrale war hervorragend vernetzt. Verkehrsmeldungen, die im Polizeicomputer erfasst wurden, erschienen auch auf dem Monitor der Sicherheitsfirma. So konnten die Fahrer rechtzeitig vor einem Stau oder einer Straßensperrung gewarnt werden.

»Fahr mal ein bisschen langsamer, Karsten, da ist jemand auf der Straße.« Marc zeigte mit dem Finger auf eine lang gezogene Kurve, wo der Umriss einer Gestalt zu sehen war.

»Hab ich gesehen«, brummte Karsten und bremste.

Die rot beleuchtete »Anhalten«-Seite einer Polizeikelle war im Dunkeln nicht zu übersehen.

Marc drückte auf den Intercom-Knopf. »Ulf? Da vorne gab es einen Unfall. Die Zentrale hat es bestätigt. Wir werden mal kurz anhalten müssen.«

»Verstanden, Marc.«

***

Der Polizist hielt sich die Hand vor die Augen, um nicht von den Scheinwerfern des Transporters geblendet zu werden. Auf der Fahrerseite klopfte er mit den Fingerknöcheln an Karstens Seitenscheibe.

Karsten schaltete zunächst die Alarmanlage aus, bevor er die Fensterscheibe herunterfuhr.

Der Polizist schaute kurz in die Fahrerkabine.

»Guten Abend, die Herren. Hinter der Kurve ist ein Idiot gegen einen Baum gerast. Der Wagen brennt, aber wir haben das unter Kontrolle. Die Kollegen räumen gerade die Fahrbahn.«

Marc drückte den Intercom-Knopf erneut. »Ulf, brennender Pkw voraus. Die räumen gerade. Geht gleich weiter.«

***

Ulf richtete mit dem Joystick eine der Kameras aus und schaltete in den Nachtsichtmodus. Er musterte das Bild. Einen Tastendruck später lieferte ihm eine zweite Kamera Infrarotbilder. Er brauchte ein paar Sekunden, bis ihm klar wurde, dass ihn etwas störte.

Nur konnte er nicht sagen, was …

***

»Bitte fahren Sie im Schritttempo weiter und halten Sie sich äußerst rechts. Achten Sie bitte auf mögliche Trümmerteile. Obwohl«, der Polizist grinste Marc und Karsten an, »das sollte Ihren Reifen ja nichts ausmachen.«

***

Ulf dachte nach.

Polizei, ein Pkw-Unfall, die Fahrbahn wird geräumt. Ein leises Pling hinter ihm machte ihm bewusst, dass er nicht allein war. Major McGowan hatte offenbar eine Nachricht erhalten.

***

Der Polizist griff sich kurz an den Rand der Mütze. »Dann noch eine gute Fahrt, die Herren.«

Er wandte sich ab, und Karsten wollte schon die Scheibe wieder hochfahren.

»Ach, eines noch.« Der Polizist lächelte Karsten und Marc an. Plötzlich lag eine Waffe in seiner Hand. Keine Dienstwaffe, sondern eine Pistole mit aufgeschraubtem Schalldämpfer. Ohne zu zögern, schob der Polizist den Lauf durch die offene Scheibe und schoss. Der Schuss war wirklich nicht laut. Ein trockenes Ploppen. Die Kugel traf Karsten in die Schläfe. Er war sofort tot.

Das Blut seines Kollegen spritzte Marc ins Gesicht. Er warf sich herum. Riss die eigene Waffe aus dem Holster. Zu langsam, viel zu langsam. Auf diese kurze Entfernung war ein Fehlschuss unmöglich. Der Polizist schoss ein zweites Mal. Marc sackte mitten in der Bewegung zusammen.

Zwei Treffer, beide tödlich.

Während in der Fahrerkabine Blut und Hirnmasse langsam die Sitze tränkten, ging der Polizist zur gepanzerten Laderaumtür, die Waffe schussbereit in der Hand.

***

Die Erkenntnis traf Ulf wie ein Schlag in die Magengrube. Plötzlich wusste er, was hier nicht stimmte. Die Infrarotansicht zeigte nicht die Spur von Wärmesignaturen. Kein Feuer, keine Aufräumarbeiten.

Ein Geräusch hinter ihm ließ Ulf herumfahren. Ian McGowan, Major der U.S. Army, hatte seine Dienstwaffe gezogen, durchgeladen, und er zielte auf ihn.

Eine M9, siebzehn Schuss Standardmagazin. Ulf wunderte sich noch einen Wimpernschlag, warum sein Gehirn gerade jetzt genau diese Information ausspuckte. Da drückte McGowan ab.

Der Schuss knallte ohrenbetäubend laut in dem engen Raum der Ladekabine. Ulf wurde nach hinten gerissen, Blut platschte auf die Monitore.

***

McGowan stand auf, steckte seelenruhig die Waffe wieder ein und stieß den Leichnam des toten Sicherheitsmannes achtlos vom Stuhl.

Dann drückte er auf den Schalter. Mit einem Schnappen öffneten sich die Schlösser der Zentralverriegelung, anschließend fuhr die Laderaumtür mit einem leisen Zischen zurück.

Zentrum für angewandte Prothetik, Frankfurt a. M.

Frankfurter Allgemeine Zeitung

Noch immer wirken alle Verantwortlichen gleichermaßen erschüttert und ratlos: Vier Tage nach dem brutalen Dreifachmord in der Nähe des Petersbergs bei Königswinter tappen die Behörden offenbar nach wie vor im Dunkeln.

Am Freitagabend hatten Unbekannte den gepanzerten Transporter einer Sicherheitsfirma überfallen. Die Wachmannschaft des Transporters, drei Männer im Alter von sechsundzwanzig bis achtundzwanzig Jahren, wurde dabei getötet.

Bundesinnenminister Gerd Trevinius, der gestern in einer Pressekonferenz den bisherigen Stand der Ermittlungen vorgestellt hat, sprach den Familien der Opfer die Anteilnahme der Bundesregierung aus.

Ob es tatsächlich einen terroristischen Hintergrund gibt, blieb aber nach den Ausführungen des Innenministers genauso unbeantwortet wie die Frage nach dem Motiv der Täter.

Die Sicherheitsfirma EuroBOST hat bislang nur bestätigt, dass der Transporter am Köln-Bonner Flughafen Fracht aufgenommen hatte, die anschließend auf direktem Weg zum Steigenberger Grand Hotel Petersberg geliefert werden sollte. Außerdem teilte das Unternehmen mit, dass es sich bei den Toten um drei fest angestellte Mitarbeiter handelte, die eine besonders hohe Sicherheitseinstufung besaßen, die Erlaubnis zum Führen von Waffen hatten und über eine entsprechende Ausbildung verfügten.

Dass die U.S. Army der Auftraggeber der EuroBOST gewesen sein soll, wie unbestätigte Gerüchte aus Sicherheitskreisen besagen, wurde weder von der Sicherheitsfirma selbst noch von den Behörden bestätigt.

Ein zeitgleich stattfindendes Treffen hoher Militärs auf dem Petersberg lässt aber vermuten, dass dieses Gerücht nicht völlig aus der Luft gegriffen ist.

»Wir konzentrieren uns zum jetzigen Zeitpunkt auf alle möglichen Spuren«, unterstrich Innenminister Trevinius in seinen Ausführungen, »und wir werden alles daransetzen, dass dieser Überfall und seine Hintergründe aufgeklärt werden. Das sind wir den Opfern und ihren Familien schuldig.«

Die Ermittler gehen davon aus, dass es sich um eine Gruppe von Tätern gehandelt haben muss. »Ein Einzeltäter kann nicht einen gepanzerten Wagen anhalten und drei gut ausgebildete Wachleute erschießen, die praktisch in einem rollenden Tresor sitzen«, so Kriminalhaupt-

kommissar Detlef Wingert, Leiter der Soko im Bonner Polizeipräsidium, die mit den Ermittlungen betraut wurde.
Wie unsere Zeitung erfahren hat, wird sich auch das Bundeskriminalamt mit diesem Fall beschäftigen, möglicherweise auch, weil die amerikanischen Streitkräfte involviert sein könnten und ein terroristischer Hintergrund der Tat noch nicht ausgeschlossen werden kann. Letztlich hängt dies wohl auch mit den zentralen Fragen zusammen: Was hatte der Transporter geladen, und was wurde bei dem Überfall gestohlen?
»Wir begrüßen jede Unterstützung durch andere Dienststellen und Polizeibehörden«, kommentierte Wingert eine Nachfrage bezüglich der BKA-Ermittlungen. »Dieser Fall ist zu wichtig, da hat Zuständigkeitsgerangel keinen Platz.« Wingert betonte, dass die Polizei auch auf zusätzliche Hinweise aus der Bevölkerung hofft.

Von unserer Mitarbeiterin
Susanne Winkler

Susanne hatte es geschafft. Sie schrieb jetzt nicht nur für den SPIEGEL, sondern auch als freie Redakteurin für die FAZ. Und was sie schrieb, landete auf der Titelseite. Ich gönnte ihr den Erfolg.

Ihren Artikel über den Überfall im Siebengebirge hatte sie umsichtig und zurückhaltend formuliert. Eine Menge vorsichtiger Vermutungen für einen so kurzen Text. Wahrscheinlich wollte keiner der Ermittler sich zu weit aus dem Fenster lehnen. Und Susanne war nicht der Typ Journalist, der sich zu wilden Spekulationen hinreißen ließ, nur um eine gute Schlagzeile zu haben. Ich aber durfte spekulieren …

Hohe Militärs treffen sich auf dem von Sicherheitskräften abgeschirmten Petersberg. Ein gepanzerter Transporter übernimmt Fracht am Flughafen – bestimmt waren das nicht die Häppchen fürs Büfett. Jede Wette, dass der Transporter im militärischen Bereich des Flughafens gestartet war. Und wenn tatsächlich das Militär mit in der Sache steckte, womöglich sogar die Amerikaner, dann hatte dieser Bonner Kriminalhauptkommissar mehr als nur das BKA an der Backe. Dann mischten auch noch die Ermittler der U.S. Army und der Bundeswehr mit, vielleicht sogar meine alte NATO-Truppe. Ziemlich viel Druck von allen Seiten, Kompetenzgerangel, schwarze Löcher, in denen Vereinbarungen und interne Abstimmungen einfach auf Nimmerwiedersehen verschwanden. Nein, dieser Wingert fragte sich vermutlich gerade, warum er überhaupt zur Polizei gegangen war.

Wingert hatte gelogen, der Minister hatte gelogen. Als ob die Polizei, das Innenministerium oder die Sicherheitsfirma nicht wussten, wie die drei Männer ermordet worden waren. Mochte ja sein, dass gesicherte Transporter »rollende Tresore« waren, aber es waren Tresore, in denen Menschen saßen. Männer aus Fleisch und Blut, mit eigenen Wünschen, Schwächen und Fehlern. Die nackte Gier konnte zum Beispiel so ein Fehler sein.

»Herr David?«

Ich ließ die Zeitung sinken und schaute hoch.

»Ja, das bin ich, Frau Dr. Derntal.«

»Oh, Sie kennen mich? Haben wir uns denn schon mal getroffen?«

Ich schüttelte lächelnd den Kopf. »Nein, Ihr Name steht gut lesbar auf dem Schild da an Ihrem Laborkittel.«

Dr. Derntal schaute überrascht auf ihr Namensschild, als würde sie es zum ersten Mal bemerken. Der Überraschung folgte ein Lächeln.

»Um Ihre Sehschärfe muss ich mir also keine Sorgen machen.«

»Gibt es Dinge, die Ihnen Sorgen machen? Ich werde ganz nervös, wenn sich mein neuer Arzt Sorgen macht.«

»Nein, natürlich nicht, das … das war nur so eine Redensart.«

Dr. Derntal rückte sich verlegen die schmale, an den Seiten spitz zulaufende Brille zurecht. »Kommen Sie, Herr David, wir unterhalten uns in meinem Büro weiter, der Flur hier ist weiß Gott nicht der richtige Platz.«

Ich legte die Zeitung zur Seite und folgte der Ärztin. Dass ich überhaupt ohne einen Tisch vor mir Zeitung lesen konnte, war der Grund, warum ich hier herumgesessen hatte.

Dr. Derntal eilte mit einem ziemlichen Tempo über den

Flur, ohne sich zu vergewissern, ob ich auch folgte. Sie war klein, so um die ein Meter fünfundsechzig, und gut fünfzig Jahre alt. Zu einer weißen Hose, Birkenstockclogs und Laborkittel trug sie eine zartrosa Bluse und eine Perlenkette. Kein weiterer Schmuck, keine zusätzlichen Accessoires, um sich aus der Masse abzuheben. Die dunkelblonden Haare waren zu einer Art längerem Bubikopf geschnitten.

Als ich in ihr Büro trat, saß sie schon hinter dem Schreibtisch, wo sie sich sichtlich wohler fühlte als auf dem Flur. Eine große Fensterfront gab den Blick frei auf das Mainufer und den Fluss. Das Büro wirkte sehr kühl und sachlich, keine persönlichen Andenken, keine Fotos auf dem Tisch, keine Urkunden an der Wand.

»Nun, Herr David, Sie wundern sich bestimmt, warum Sie hier sitzen.«

»David, eigentlich heiße ich David.« Bei der englischen Aussprache meines Namens zuckte Dr. Derntal kurz zusammen. »Nicht schlimm, Sie können schließlich nicht wissen, dass mein Vater Amerikaner ist«, beruhigte ich sie.

»Zugegeben, aber ich spreche meine Patienten schon gern mit ihrem richtigen Namen an.«

»Das können Sie ja jetzt tun«, ich lächelte sie an, »und nein, ich wundere mich nicht, dass ich hier bei Ihnen im Büro sitze.«

»Ach?«

»Dr. Zimmermann, der mich bislang betreut hat, hatte schon angekündigt, dass er für ein halbes Jahr nach Italien gehen wird. Ihr Fachbereich hat mich um den heutigen Termin gebeten. Schwer vorstellbar, dass Dr. Zimmermann ein paar tausend Kilometer mit dem Auto fährt, um ausgerechnet mich zu sehen. Es musste also eine Vertretung geben. Der Empfang hat mich zu Ihnen geschickt, Sie sind augenscheinlich die Leiterin dieses Fachbereichs, zumindest steht das auf dem Schild im Flur, Sie tauchen zur richtigen Uhrzeit auf und bitten mich in Ihr Büro. Ich würde sagen, das ist alles wenig überraschend.«

Dr. Derntal nickte so ein unbestimmtes Nicken zwischen

Zustimmung und Nachdenklichkeit, während sie gleichzeitig mehrere große Karteikarten studierte.

»Ja, dann ist ja dieser Punkt geklärt. Nun, Herr David, hier in Ihrer Krankenakte steht, dass Sie vor gut drei Jahren Ihre linke Hand samt Unterarm verloren haben. Ein Unfall?«

»Ich war Soldat. Es war kein Unfall, sondern ein Sprengstoffanschlag in Afghanistan. Zum Glück hatte ich Erfolg.«

»Aber Ihr Arm ... ich meine ...«

»Ich hatte den Auftrag, eine Person zu schützen. Das ist mir gelungen. Ich habe den Attentäter rechtzeitig erschossen und damit einem Kameraden sowie zwei Zivilisten das Leben gerettet. Die linke Hand im Austausch für vier Menschenleben, ich verbuche das als Erfolg.«

»Also, wenn Sie das so sehen wollen. Aber Sie scheinen dann doch mit Ihrem Schicksal gehadert zu haben.«

»Wie kommen Sie denn darauf?«

Dr. Derntal beugte sich vor, zog eine Schublade auf und holte eine Unterarmprothese heraus. Was da vor mir auf dem Tisch lag, erkannte ich sofort: Das war meine alte Unterarmprothese oder besser gesagt der Rest, der noch übrig geblieben war.

»Nun, ich will Ihnen nicht zu nahe treten, Herr David. Es gibt etliche Patienten, die ihre Prothese mutwillig zerstören, einfach aus einem Impuls der Wut und Frustration heraus.«

»Ich muss Sie enttäuschen, ich war und bin nicht frustriert. Wie gesagt, ich hatte Erfolg bei meinem Einsatz und hadere auch nicht mit meinem Schicksal, wenn Sie darauf hinauswollen.«

Dr. Derntal wies mit dem Zeigefinger auf die beschädigte Prothese. »Und wie erklären Sie dann dieses ... dieses Zerstörungswerk?«

»Dieses Zerstörungswerk geht nicht auf meine Kappe. Ich musste mich verteidigen. Ich habe Menschen beschützt, die mir am Herzen liegen. Belassen wir es doch einfach dabei.«

Dr. Derntal, die noch einen Moment zuvor meinen alten künstlichen Unterarm in den Händen gehalten und nachdenklich die dunklen Flecken auf der Unterseite betrachtet hatte, ließ die Prothese auf den Schreibtisch fallen, als wäre sie glühend heiß geworden.

»Einverstanden. Hoffen wir trotzdem, dass sich das nicht wiederholt. Ihre neue Prothese ist nämlich um ein Vielfaches teurer.«

Ich hob den linken Arm, öffnete und schloss die Finger meiner bionischen Hand. Die Finger der Hand waren aus milchig weißem Spezialkunststoff und sahen sehr futuristisch aus. Sie wirkten beinah zerbrechlich, doch Dr. Zimmermann hatte mir versichert, dass aus diesem Material in der Luftfahrt ganze Flugzeugteile gebaut wurden.

»Ich verspreche Ihnen, nichts zu provozieren. Und ich weiß es zu schätzen, dass ich diesen Prototypen hier nutzen darf.«

Und das war die reine Wahrheit. Ich hatte diese neue Hand seit einer knappen Woche im Einsatz, und sie war ein Geschenk des Himmels. Gegen dieses Hightech-Teil wirkten die Prothesen, die ich bislang kannte, wie Überbleibsel aus einer Zeit, als draußen am Mainufer noch Droschken kutschierten.

Mein alter Freund Kalle Seelbach hatte mir monatelang mit dem Thema in den Ohren gelegen. Mit seiner üblichen Hartnäckigkeit, die ihm bei der Arbeit als Polizist zugutekam, hatte er herumtelefoniert und sich Fachartikel im Internet durchgelesen, alles nur, um mich endlich davon zu überzeugen, dass mein alter Arm Schrott war.

Warum ich mich gegen eine bionische Hand gewehrt hatte? Im Rückblick kam mir das selbst albern vor, aber mir war die Abhängigkeit von Technik und Ladezustand nicht geheuer gewesen. Die Greifhand der alten Prothese funktionierte, weil ein Gurtband über dem Rücken zum anderen Arm führte, damit konnte ich sie öffnen und schließen. Da ging nichts kaputt, wahrscheinlich hätte ich sie zur Not sogar selbst reparieren können. Aber – und das war ein ganz großes Aber – das Ganze war letztlich nicht mehr als eine bessere Zange. Auf, zu, fertig …

Mit der neuen bionischen Hand konnte ich ein Telefon umfassen, und jeder einzelne Finger hatte genau die richtige Position und den Druck, um es sicher zu halten.

»Heute möchte ich Ihnen den letzten Schritt erklären«, unterbrach Dr. Derntal meine Gedanken. »Ich habe hier Ihr Smartphone, das Sie letzte Woche abgegeben haben. Sicher vermissen Sie es schon schmerzlich.«

Nein, tat ich nicht. Ich besaß es erst seit gut einem Monat. Susanne hatte es mir geschenkt, weil sie es leid war, dass ich ihre Mails immer nur las, wenn ich mal am Computer saß, was eher selten vorkam.

Ich nahm das Handy entgegen.

»Sie werden auf dem Gerät eine neue App finden, die wir Ihnen installiert haben. Das Handy ist via Bluetooth mit Ihrer neuen Hand verbunden. Sie können damit mehr als vierundzwanzig Bewegungsmuster auswählen und eigene Bewegungen programmieren und speichern.«

Während sie sprach, startete ich das Programm. Tatsächlich gab es da verschiedene Buttons zur Auswahl. Ich tippte einen an, bewegte einen Muskel, worauf sich Zeigefinger und Daumen zu einem perfekten Pinzettengriff schlossen, während die anderen Finger unbeweglich blieben.

»Ah, ich sehe, Sie haben es schon begriffen. Genau so funktioniert das. Die vier Grundmuster haben Sie ja bereits kennengelernt. Sie können nur den Zeigefinger nutzen, zum Beispiel, wenn Sie auf einer Tastatur tippen. Ich denke, Sie werden rasch wissen, was Sie im Alltag brauchen und was nicht. Meine Bitte: Probieren Sie es aus und führen Sie weiter Protokoll. Die Protokolle hätte ich gern einmal im Monat per Mail. Wenn Sie Probleme bekommen, dann melden Sie sich umgehend bei uns. Wie gesagt, wir wollen aus Ihren Erfahrungen lernen. Diese hier«, Dr. Derntal deutete mit dem Zeigefinger auf meine alte Prothese, »würde ich gerne meinen Studenten zeigen.«

»Damit die mal sehen, wie schwer man so einen künstlichen Unterarm zerstören kann?«

»Nein, Herr David, ich möchte denen klarmachen, dass Menschen, denen eine Hand oder ein Arm fehlt, noch lange nicht wehrlose, hilflose Opfer sein müssen.«

»Man sollte nie einen Mann unterschätzen, der weiß, wofür er kämpft.«

Jetzt lächelte auch Dr. Derntal. »Ich werde es mir merken, Herr David.«

»Carlos Lounge«, Frankfurt a. M.

Ich mag keine großen Städte. Habe ich noch nie gemocht. Ich habe weiß Gott genug Großstädte kennengelernt. Genug, um zu wissen, dass ich sie nicht leiden kann. Ich hasse die Hektik, die Gleichgültigkeit, mit der die Menschen auf den Straßen aneinander vorbeihasten. Vor allem aber mag ich einen besonderen Typ Mensch nicht, der unweigerlich in solchen Städten auftaucht. So sicher, wie sich Kellerasseln unter einem feuchten Stein sammeln. Es sind diese Bussi-Bussi-Cliquen, die sich für den Nabel der Welt hielten – Großstadt-Yuppies.

Ich solle mich nicht beschweren, hatte Susanne gemeint, ich könne ihnen schließlich aus dem Weg gehen. Nur gerade jetzt war das nicht möglich.

Also gut, auf in den Kampf. Ich stieg aus dem Auto und reichte einem pickeligen Jüngling die Autoschlüssel, wobei ich meine Zweifel hatte, ob der schon ohne gesetzlichen Vormund hinters Steuer durfte.

Das Kerlchen starrte zuerst ungeniert auf meinen schlammverkrusteten Pick-up mit dem Logo des Campingplatzes Pönterbach auf den Türen und grinste dann abschätzig. Mein Auto stach zwischen den Edel-Limousinen und Sportwagen auf dem Restaurantparkplatz heraus wie ein schmutziger Straßenköter in einer Zuchtpudelschau.

»Hör zu, Shorty, das ist der Lieblingswagen meiner Tante Helga, und die kann ganz fies werden, wenn was an ihr Auto kommt. Sie schätzt nämlich diesen alten Pick-up mehr als jeden Porsche. Da würdest du doch sicher keine Unterschiede machen.«

Der Jüngling wurde rot, weil er sich ertappt fühlte. »Natürlich nicht, ich werde auf Ihr Auto aufpassen, als wäre es mein eigenes.«

»Na, da bin ich beruhigt, ich hatte gerade angefangen, mir Sorgen zu machen.«

Statt einer Antwort nahm er mir die Autoschlüssel aus der Hand, als wären sie eine kleine Kostbarkeit, und rangierte dann meinen Wagen in eine Parklücke.

Ich spürte die neugierigen Blicke der anderen Gäste, aber das konnte ich nicht ändern.

Ignorieren, einfach ignorieren, sagte ich mir. Leichter gedacht als getan.

»Guten Abend, ich darf Sie ganz herzlich in ›Carlos Lounge‹ begrüßen. Haben Sie reserviert?«

Eine junge Frau in einem sehr engen schwarzen Kostüm stand hinter einem Stehpult. Die weiße Bluse unter der Kostümjacke drohte beim nächsten tiefen Atemzug zu platzen. Der Rock war gerade noch lang genug, um nicht unter den Tatbestand der Erregung öffentlichen Ärgernisses zu fallen. Rock und Bluse sorgten wahrscheinlich bei einem Großteil der männlichen Besucher für Herzrhythmusstörungen. Jedenfalls ließen sie nur wenige Fragen offen.

»Guten Abend. David, Paul David. Ich bin mit Susanne Winkler verabredet.«

»Augenblick.« Mein Gegenüber tippte mit ernstem Gesicht auf einem Tablet-Computer, scrollte eine Liste durch und schaltete dann ein Hundertfünfzig-Watt-Begrüßungslächeln ein. Offenbar stand Susannes Name auf ihrer Liste. »Neunzehn Uhr dreißig, zwei Personen. Wenn Sie mir bitte folgen würden, Herr David.«

Sie wies mir einen kleinen Tisch zu. Erneutes Strahlelächeln, dann nahm auch schon der nächste Gast ihre Aufmerksamkeit in Anspruch. Miss Minirock wurde von einem Kellner abgelöst, der eine überraschende Ähnlichkeit mit Antonio Banderas aufwies.

»Willkommen bei Carlos. Ich bin Luigi, ich werde mich heute Abend um Ihre Wünsche kümmern. Darf ich Ihnen schon einen Aperitif servieren? Ein Glas Prosecco, Champagner, einen Cocktail?«

»Könnte ich wohl ein Glas Wasser haben? Keine Kohlensäure, kalt, ohne Eis und Zitrone. Alles andere entscheide ich dann, wenn meine Begleitung eintrifft.«

»Si, Signore, wie Sie wünschen.«

Luigi trat den Rückzug an, hatte aber, sozusagen zum Zeitvertreib, schon einmal die Weinkarte und eine Schiefertafel mit den Tagesgerichten dagelassen. Ich kannte mich mit Wein nicht sonderlich gut aus, aber für den Preis einer Flasche konnte eine vierköpfige Familie auf unserem Campingplatz ein Wochenende Urlaub machen. Mir ging es nicht grundsätzlich um das Geld, aber ich hatte Mühe, mir vorzustellen, dass der Geschmack des Rotweins dem Preis entsprach.

»Hier kommt Ihr Wasser. Und ich soll Ihnen von Camilla am Empfang ausrichten, dass Ihre Begleitung sich verspäten wird. Signora Winkler hat gerade angerufen, sie benötige noch eine halbe Stunde. Wenn Sie in der Zwischenzeit noch etwas bestellen möchten, lassen Sie es mich bitte wissen.«

»Herzlichen Dank, Luigi.«

Luigi nickte zufrieden und verschwand lautlos. Am liebsten wäre ich auch lautlos verschwunden.

Die ganze Atmosphäre von »Carlos Lounge« ging mir schon jetzt auf die Nerven. Das hier war nicht meine Welt, ich hatte keine Lust, zwei- und dreistellige Beträge für Wein auszugeben. Und um ehrlich zu sein, war ich mit meinem Sakko und der Jeans definitiv falsch gekleidet. Die weiblichen Gäste trugen Abendgarderobe, die männlichen teure Anzüge. Wie ich da an meinem Zweiertisch saß und an dem Glas Wasser nippte, fiel mir wieder mein Pick-up zwischen den Edelschlitten ein. Das konnte ja heiter werden.

Leise fluchend zog ich mein Handy aus der Tasche. Ich hatte auf stumm geschaltet, das Display zeigte zwei verpasste Anrufe von Susanne.

Aus lauter Langeweile startete ich die neue App und wählte ein Bewegungsmuster aus. Sofort reagierten die Finger meiner bionischen Hand. Ungeniert beobachtete ein Pärchen am Nachbartisch die ferngesteuerten Finger und fing an, miteinander zu tuscheln.

Ah, auch dafür gab es einen Button. Augenblicklich schlossen sich alle Finger, und nur der Mittelfinger blieb gerade und regungslos. Das Ganze dauerte nur ein, zwei Sekunden, reichte aber aus. Das Pärchen wandte sich demonstrativ mit einem empörten Murmeln ab.

Ich nahm mir vor, mich bei Frau Dr. Derntal in der nächsten Mail für die überaus nützliche Bewegungsauswahl zu bedanken.

Leider blieb dieser kurze Moment der Genugtuung das einzig Erfreuliche während des Wartens. Luigi hielt sich diskret im Hintergrund. Ich hatte den Gruß aus der Küche schon intus, ohne genau sagen zu können, woraus genau die hellgrüne Creme auf dem Kürbis-Oliven-Brot bestanden hatte. Die übrigen Gäste verloren glücklicherweise mit der Zeit das Interesse an dem einsamen einarmigen Gast am Zweiertisch.

Aus der halben Stunde wurde eine Dreiviertelstunde, aus der Dreiviertelstunde eine ganze Stunde, und gerade als ich beschloss, dass es jetzt auch genug war, tauchte Luigi auf. »Camilla lässt ausrichten, dass Frau Winkler vorgefahren ist. Ich werde gleich die Speisekarten bringen.«

Na prima, da war mein Glück ja vollkommen. Der Aufmerksamkeitspegel, der in der letzten Stunde merklich abgeflaut war, schnellte wieder Richtung Anschlag, als Susanne hereinkam.

Sie war ungewöhnlich groß, etwas über einen Meter achtzig, was sie nicht daran hinderte, heute Abend waffenscheinpflichtige High Heels zu einer hellgrauen Marlenehose und einer schwarzen Stehkragenbluse zu tragen. Sie sah einfach umwerfend aus. Dank ihrer Körpergröße und der Absätze überragte sie Camilla deutlich, die plötzlich wie ein sexy Hobbit hinter Susanne herwuselte. Susanne erinnerte mich immer – mal abgesehen von der Körpergröße – an die junge Sandra Bullock. Ich konnte die Gedanken der meisten Männer im Raum von den Gesichtern ablesen wie von einer Neonreklame: Was hat eine so attraktive Frau mit dem abgerissenen Krüppel in der Ecke da zu schaffen?

Ignorieren, einfach ignorieren.

»Paul, es tut mir schrecklich leid. Ich hab schon versucht, dich zu erreichen. Die Hamburger hatten noch Nachfragen zum neuen Artikel, und das kurz vor Redaktionsschluss. Echt, das war kein Spaß.« Susanne hauchte mir einen Kuss auf. Der prickelte auf meinen Lippen, und einen Wimpernschlag lang konnte ich in dem Orangenduft ihrer Haare versinken. Sie setzte sich mir gegenüber, ergriff meine Hand und sagte: »Ich hoffe, dir ist die Zeit nicht zu lang geworden?«

»Oh nein, ich hab mich hier prächtig mit Luigi amüsiert. Der freut sich wie Bolle, dass ich seit einer Stunde an einem Glas Wasser nippe. Leider gab es keinen zweiten ›Gruß aus der Küche‹, was schade ist, denn das Kürbisbrot ist wirklich lecker. Dafür lauert Luigi schon geraume Zeit mit den Speisekarten im Hintergrund, weil er endlich mal richtiges Essen an diesem Tisch servieren will.«

Meine Stimme klang sarkastischer als beabsichtigt. Tatsächlich hatte ich mich seit Tagen auf das Treffen mit Susanne gefreut. Aber die eine Stunde Warterei und das ständige Gefühl im Nacken, am falschen Platz unter den falschen Leuten zu sein, hatten mir zugesetzt.

Es sprach für Susanne, dass sie meinen Sarkasmus ignorierte und nicht wütend wurde.

»Es tut mir leid, Paul. Ehrlich, ich habe mir das auch nicht ausgesucht. Aber die neue Story ist zu groß, da darf ich mir keine Ungenauigkeiten erlauben. Wenn die Hauptredaktion des SPIEGEL die Quelle wissen will und der Justiziar noch Fragen schickt, dann bleibt mir gar nichts anderes übrig, als Antworten zu liefern, das musst du doch einsehen.«

Ich nickte, wenn auch widerwillig. Ich selbst konnte schlampige Arbeit nur schwer ertragen. Susanne würde nie schlampig arbeiten. Wenn sie etwas zusagte, dann lieferte sie auch das Gewünschte. Ich bewunderte ihre Hartnäckigkeit und die Begeisterung, mit der sie an ihren Themen arbeitete – zwei Gründe, warum ich sie so mochte.

»Wollen wir dann bestellen?«, fragte sie. »Oder ist dir beim Warten der Appetit vergangen?«

»Allenfalls sind mir die Weinpreise auf den Magen geschlagen, aber ich hab heute früh nur mit Helga gefrühstückt. Im Zentrum gab es kein Essen, ich habe Hunger wie ein Bär.«

Susanne gab Luigi, der gerade an einem Nachbartisch servierte, ein kurzes Handzeichen, und Augenblicke später stand er schon neben uns.

»Ah, Signora Winkler, ich freue mich, Sie wieder einmal bei uns begrüßen zu dürfen. Wollen Sie etwas vorweg trinken?«

»Ich nehme einen alkoholfreien Fruchtcocktail«, bestellte Susanne, ohne zu zögern. »Und du, Paul, bleibst du beim Wasser?«

»Ja, bitte.«

»Also, Luigi, einen Fruchtcocktail und eine Karaffe Wasser, bitte. Und die Speisekarten können Sie wieder mitnehmen. Sagen Sie Toni in der Küche, er soll uns einfach überraschen. Aber bitte keinen Knoblauch, ich habe morgen einen Interviewtermin, und für Paul unbedingt eine große Fleischportion, sonst wird er heute Abend gar nicht mehr glücklich.«

»Aber allein schon das Warten auf eine schöne Frau macht jeden Mann glücklich«, schwärmte Luigi und zwinkerte mir dabei verschwörerisch zu. »Die Getränke kommen pronto, und ich werde Toni alles ausrichten, Signora Winkler.«

»Du bist hier in dem Laden Stammgast?«, fragte ich.

»Nein«, wehrte Susanne ab, »ein paar Kollegen gehen hier mittags zum Essen hin, und da muss ich natürlich ab und zu mit. Außerdem mag ich die Küche hier.«

»Über die Küche kann ich noch nichts sagen, aber ... Macht Carlos mittags Sonderpreise, oder haben sie dir dein Zeilenhonorar kräftig nach oben geschraubt?«

»Ach, so schlimm ist das gar nicht. Der Wein ist teuer, aber sonst musst du hier auch nicht mehr bezahlen als in anderen Restaurants. Zumindest in denen, die anständiges Essen anbieten.«

Ich wollte Susanne nicht vor den Kopf stoßen, aber ich befürchtete, dass unsere Definitionen von anständigem Essen weit auseinandergingen. Außerdem konnte Luigis Zufriedenheit auch daher rühren, dass Susanne ihm gerade einen Blankoscheck bezüglich der Essensrechnung ausgestellt hatte. »Überraschen Sie mich, Maestro.« Das klang ja so richtig nach Bussi-Bussi-Clique … Aber besser, ich hielt jetzt die Klappe, sonst war der Abend komplett für die Tonne.

»Wie war es im medizinischen Zentrum? Ist sie das?«

Susanne beugte sich neugierig vor und lenkte mich von meinen grüblerischen Gedanken ab.

Ich hielt meine linke Hand hoch. »Das ist sie, in voller Schönheit.«

»Im Vergleich zu deinem alten Captain-Hook-Haken ist die optisch schon mal ein deutlicher Sprung nach vorne.« Susanne lächelte. Noch so ein Punkt, für den ich sie liebte. Sie hatte sich nie an meinem verkrüppelten Arm gestört, sondern ihn als selbstverständlich hingenommen.

»Warte ab, bis ich dir die einzelnen Bewegungen vorführe. Mein neues Handy ist da sozusagen die Steuerzentrale. Das ist der Hammer.«

»Wow, so ein Satz aus dem Mund desjenigen, der auch mit einem verbogenen Eisenstück zufrieden war. Ich bin beeindruckt.«

»Nein, wirklich, Susanne, ich weiß jetzt, warum Kalle immer wieder mit dem Thema angefangen hat.«

Ich krümmte alle Finger und öffnete sie dann einzeln nacheinander. »Dieses kleine technische Meisterwerk kommt einer richtigen Hand schon verdammt nahe. Ich weiß nur nicht, ob ich mich daran gewöhnen werde, dass sie nicht so belastbar ist wie meine alte Arbeitsprothese. Und die Abhängigkeit vom Ladezustand ist mir noch ein bisschen unheimlich.«

»Komm, hör auf. Gib einfach zu, dass es die richtige Entscheidung war. Sei dankbar, dass alles klappt, und über mögliche Probleme denkst du nach, wenn sie auftreten.«

»Seit wann bist du nicht nur eine bemerkenswerte Journalistin, sondern auch Ratgebertante?«

»Na, na, aufgepasst, was Sie da sagen, Herr David. Ich erinnere Sie nur daran, dass ich jahrelang in diversen Zeitschriften Rat und Lebenshilfe erteilt habe.«

»Wer bin ich, dass ich an solchen Referenzen wie ›Der silberne Sonntag‹ oder ›Beate – Frau mitten im Leben‹ zweifeln würde?« Ich grinste Susanne an. »Aber mal im Ernst jetzt, darfst du mir erzählen, welches Thema du gerade bearbeitest?«

Susanne zögerte, weil Luigi die Getränke servierte. Als er wieder außer Hörweite war, sagte sie: »Ich weiß nicht, ob dir die Story gefallen wird …«

»Wie kommst du denn darauf?«

»Na ja, es geht um die Bundeswehr. Anfang des Jahres wurden in einer Kaserne gut vierzig Kisten Munition gestohlen.«

»Vierzig Kisten? Das müssen«, ich überschlug ein paar Zahlen im Kopf, »wenn es die üblichen Standardkisten waren, rund sechshundert Kilogramm sein. Die nimmt man nicht mal eben unter den Arm und schleicht vom Gelände.«

»Du sagst es, Paul. Das Problem – und da wird die Geschichte spannend – ist, dass die Diebe einfach ein Loch in den Zaun geschnitten und zehn Betoncontainer aufgebrochen haben. Und zwar irgendwann zwischen halb fünf und sieben Uhr morgens.«

»Moment mal. Niemand schneidet ein Loch in einen Zaun, das dann zweieinhalb Stunden unbemerkt bleibt, bricht die Lagerräume auf und schleppt Kisten mit Zehntausenden Patronen davon.«

»Doch, genau das ist passiert. Mehr als dreißigtausend Schuss sind auf einen Schlag verschwunden, das war der größte Munitionsdiebstahl seit dreißig Jahren. Und obwohl der Militärische Abschirmdienst, der Staatsschutz, die Polizei und deine alte Truppe, die Feldjäger, vor Ort nach Spuren gesucht haben, fehlt von den Tätern jede Spur.«

Ich konnte das Ganze immer noch nicht glauben. Die Tatzeit lag nicht in den Nachtstunden, so was musste doch auffallen. Und vierzig Munitionskisten schleppt auch kein Einzeltäter in einen Lastwagen oder Transporter.

»Ich weiß nicht, mir gefällt das nicht …«, murmelte ich nachdenklich.

»Ich kann dir sagen, warum dir das nicht gefällt.« Susanne zählte es an drei Fingern ab. »Erstens konnte das nur unbemerkt über die Bühne gehen, weil jemand den Rhythmus der Wachleute auf dem Gelände kannte, also waren Insider beteiligt. Zweitens ist das nur die Spitze des Eisbergs, wenn es um schlecht bewachte Militärliegenschaften geht. Allein in den letzten zehn Jahren gab es vierzehn Munitions- und dreißig Waffendiebstähle, und das sind nur die offiziellen Zahlen. Und wir reden hier nicht von einer geklauten Pistole, nur dass das klar ist. Und drittens hat der Militärische Abschirmdienst genau bei der jetzt betroffenen Kaserne im letzten Jahr das Sicherheitskonzept gerügt. Hat es was genutzt? Nee, unsere Streitkräfte, die demnächst im Ausland ganz andere Aufgaben übernehmen sollen, können nicht mal ihre eigenen Kasernen bewachen.«

Ich hatte lange genug als Militärpolizist und Sonderermittler der NATO gedient, um das nicht einfach widerspruchslos stehen zu lassen.

»Nicht mal ihre eigenen Kasernen bewachen? Du kannst den Kameradinnen und Kameraden keinen Vorwurf machen. Viele Liegenschaften werden gar nicht mehr von Soldaten, sondern von privaten Firmen bewacht. Das läuft über Ausschreibungen, und da kriegt oft das günstigste Angebot den Zuschlag. Ob das auch die richtige Qualität hat, steht in den Sternen.«

»Womit wir zu viertens kommen. Die Sicherheitsempfehlungen im vorliegenden Fall wurden schlicht aus Kostengründen ignoriert. Man hat vor Ort lediglich für zusätzliche Scheinwerfer gesorgt. Verstehst du, Paul, die Story hat zwei Ebenen. Zum einen gibt es interne Probleme, die gelöst werden müssen, zum anderen spricht alles dafür, dass aus der Truppe heraus Straftaten begangen werden. Nur interessiert sich dafür offenbar niemand.«

»Du denkst, da wird etwas unter den Teppich gekehrt?«

»Das denke ich nicht nur, ich weiß es, und ich werde es in den nächsten Wochen beweisen. Die Hauptredaktion sieht den aktuellen Artikel nur als Auftakt, da werden wir dranbleiben.«

»Bestimmt sind die zuständigen Ermittlungsstellen längst dabei, die Täter zu fassen.«

»Ach, Paul, träum weiter. Schau dir doch die klägliche Aufklärungsrate der letzten zehn Jahre an. Und wenn die doch etwas rauskriegen, werden sie es sicher nicht an die große Glocke hängen, so viel ist sicher.«

Ich kam nicht mehr zum Antworten, weil Luigi unser Essen brachte. Er servierte Susanne gegrillten Fisch und Salat, während ich goldbraun gebratene Polenta, Gemüse und mehrere Stücke Fleisch in einer köstlich duftenden Soße bekam.

»Signore, Ihr Lammfleisch wurde in Rotwein langsam geschmort, und Toni hat dazu eine Kräuter-Tomaten-Soße gezaubert«, schwärmte Luigi. »Ich wünsche buon appetito.«

Als Luigi unseren Tisch verlassen hatte, beugte sich Susanne vor und raunte: »Soll ich dir mit dem Schneiden helfen?«

Ich lächelte zufrieden. »Das war mal. Sieh und staune.«

Die Bewegungsmuster der bionischen Hand erlaubten natürlich auch das problemlose Benutzen von Messer und Gabel, und mit zwei Fingern konnte ich sogar den Salzstreuer greifen, um nachzusalzen.

»Ich verstehe jetzt, warum Kalle so begeistert war und warum du so zufrieden bist«, sagte Susanne zwischen zwei Bissen. »Und was die Bundeswehr-Story betrifft, da muss ich einfach sehen, wohin die Recherche läuft. Jedenfalls habe ich ein paar alte Kontakte von Roger reaktiviert. Mal sehen, was ich da erfahre.«

Ehe ich fragen konnte, welche Kontakte ihres verstorbenen Bruders sie meinte, summte plötzlich leise ein Telefon. Das Summen kam aus Susannes Handtasche.

»Sorry, einen Augenblick.« Susanne nahm das Gespräch an. »Was, jetzt? Nein, ich esse gerade. Ja. Das ist ja großartig. Bis wann denn? Und das geht nicht anders? Also gut … Ja, bis später.« Sie schaute mich zerknirscht an. »Entschuldige, Paul, ich muss zurück an den Computer. Die wollen die Story als Titelgeschichte.«

»Titelgeschichte? Das klingt doch großartig.« Ich freute mich für sie, denn das war genau das, was sie sich immer erträumt hatte. Aber dann wurde mir klar, was das für unseren gemeinsamen Abend bedeutete.

»Du musst jetzt sofort zurück an den PC, nicht wahr?«

»Genau, und ich weiß auch nicht, wie lange das dauert. Du kannst gerne mitkommen, aber …«

»Aber es kann gut sein, dass du die halbe Nacht vor dem Rechner verbringen wirst, während ich nebenan im Bett langsam wegnicke«, ergänzte ich ihren Satz.

Susanne lächelte zaghaft. »So ist es. Ich habe ein ganz mieses Gefühl, du bist extra für heute nach Frankfurt gekommen, ich habe dich warten lassen, und jetzt muss ich auch noch arbeiten.«

»Komm, ist nicht weiter schlimm.« Ich hob meine neue Prothese hoch. »Ich bin auch deswegen hier in Frankfurt gewesen. Außerdem sehen wir uns ja schon am Wochenende wieder.«

»Am Wochenende?«

Ich drohte ihr mit dem Zeigefinger. »Bau jetzt keinen Mist. Helgas Geburtstag ist am Sonntag, und sie erwartet dich.«

»Ach, natürlich … der Geburtstag. Ich hatte im Moment nur nicht daran gedacht, dass der schon diesen Sonntag ist. Klar komme ich da nach Andernach, und ich werde auch ganz sicher übernachten, versprochen.«

So wie Susanne das sagte, klang es nach mehr als nur einer Übernachtung. Mein Mund wurde ganz trocken. Wie sehr hatte ich mich auf die Nacht mit ihr gefreut.

»Dann fahr los, ich esse zu Ende und übernehme die Rechnung.«

»Auf keinen Fall, mein Lieber, das lässt du schön bleiben. Meine Stadt, mein Restaurant, meine Rechnung. Du bist beim nächsten Mal an der Reihe.«

Sie stand auf und küsste mich sanft.

Als sie das Restaurant verließ, folgten ihr wieder alle Blicke. Luigi war voller Mitgefühl und wollte mich zu einem doppelten Grappa überreden, aber ich hatte anderthalb Stunden Autofahrt vor mir.

Es war auch so schon ein verkorkster Abend, den wollte ich

nicht noch damit krönen, dass ich mich angetrunken am Steuer erwischen ließ.

Flughafen Frankfurt a. M.

»Im letzten Jahr starteten oder landeten achtundfünfzig Millionen Menschen vom internationalen Flughafen in Frankfurt. Für die Betreiber des Frankfurt Airports ist das ein deutlicher Beweis, dass ihre eingeschlagene Strategie …«

Er wandte sich von dem großen Monitor ab, auf dem hier am Gate das Programm von n-tv übertragen wurde.

Mit einer schwarzen Reisetasche in der Hand folgte der alte grauhaarige Mann dem Strom der Reisenden mit zögerlichen kleinen Schritten.

Eine asiatische Großfamilie mit riesigen Rollenkoffern hastete heran, er überließ ihr lächelnd den Vortritt an einem der Laufbänder und erntete dafür eine kurze Verbeugung von jedem Familienmitglied. Auf seinem Weg entlang der Gates umrundete er eine mobile Kaffeebar und wich rechtzeitig einem der allgegenwärtigen Elektrokarren aus, die hier herumfuhren.

Achtundfünfzig Millionen Passagiere, das waren fast hundertneunundfünfzigtausend Menschen pro Tag. Der Flughafen war eine Stadt für sich. Die Angestellten ihre Bewohner auf Zeit. Restaurants, Mode- und Schmuckgeschäfte, Shops für Pralinen, Bücher, Spielzeug, Elektronik-Schnickschnack, Reisebüros – der Airport war eine in sich geschlossene kleine Welt. Eine Welt, in der sogar eine Flughafenkapelle Gelegenheit für göttliche Vergebung bot. Vergebung war allerdings das Letzte, was er nötig hatte.

Achtundfünfzig Millionen Passagiere. Schwer vorstellbar, dass in diesen Massen von an- und abreisenden Menschen ein einzelnes Gesicht auffiel, aber er würde ganz sicher nicht darauf bauen. Früher hatte er nur mit Beobachtern aus Fleisch und

Blut rechnen müssen, heute waren Computer seine Gegner. Er kannte die Details seiner Gegner gut. Hochleistungskameras, die jedes Gesicht erfassten, Rechner, die in Sekunden die Gesichtsmerkmale in einer riesigen Datenbank abglichen. Mit solchen Sicherheitssystemen ließen sich bei Sportgroßveranstaltungen in kürzester Zeit ganze Stadien auf verdächtige Personen durchkämmen. Was waren da die ankommenden Passagiere eines einzelnen Flugzeugs? Nichts, eine überschaubare Datenmenge, die in Sekunden verarbeitet war.

Gab es das hier auch am Flughafen? Denkbar, aber in seinem Fall nutzlos. Seine Auftraggeber erwarteten Professionalität, und er hatte nicht vor, sie zu enttäuschen. Der Grauhaarige betrat eine der Herrentoiletten, ging in eine Kabine und schloss hinter sich ab. Er schaute auf die Uhr. Er war mehr als pünktlich, aber schließlich konnte er ja auch nicht im Voraus wissen, ob die dritte Kabine von rechts tatsächlich frei sein würde.

Er öffnete die Reisetasche, holte einen kleinen Spiegel heraus und zog sich die graue Perücke vom Kopf. Mit feuchten Spezialtüchern entfernte er geschickt die Schminke aus seinem Gesicht. Die Haut darunter war frei von Falten und Altersflecken. Seine kurzen, jetzt schwarzen Haare verschwanden unter einer Baseballkappe. Nur Minuten später hatte er die graue Anzughose gegen eine Jeans getauscht. Das Sakko drehte er auf links, der jetzt blaue Stoff mit den silbernen Knöpfen passte zur Jeans und den Sneakers. Seine Anzughose und die eben noch getragenen Schuhe legte er in die Tasche zurück. Er sah erneut auf die Uhr. Er hasste Unpünktlichkeit.

Da klopfte es leise an der Kabinentür. »Besetzt, verdammt, können Sie doch sehen«, sagte er laut und in akzentfreiem Deutsch. Als Antwort gab es eine gemurmelte Entschuldigung. Gleichzeitig wurde ein brauner Briefumschlag unter der Tür durchgeschoben. Sowohl das Klopfen als auch der alberne Codesatz waren ihm zuvor angekündigt worden. Ein Ablauf, den er missbilligte. Zu viele Lücken, zu viele Möglichkeiten, dass etwas schiefgehen konnte. Aber er war nicht derjenige, der die Spielregeln bestimmte, noch nicht. Mit dem Finger schlitzte er den Umschlag auf. Ein Parkhausticket, auf dem

Parkhaus, Ebene und Platznummer standen, und ein Autoschlüssel – mehr war nicht im Umschlag. Im Navigationssystem des bereitstehenden Wagens würde er seine nächste Reiseetappe eingespeichert vorfinden. Das und eine angemessene Waffe, um die Wünsche seines Auftraggebers zu erfüllen.

Er stopfte den Umschlag in die Tasche und zog einen dünnen Überzug heraus, der die geschlossene schwarze Tasche in ein knallrotes Daypack verwandelte. Er konnte aufbrechen. Ein grauhaariger alter Mann hatte mit leicht gebücktem Gang die Toiletten aufgesucht, ein Vierzigjähriger in Sportsakko und Jeans verließ mit federnden Schritten zielstrebig den Ankunftsbereich des Flughafens. Er schulterte das Daypack und machte sich auf den Weg zu den Parkhäusern. Achtundfünfzig Millionen Passagiere im Jahr – er war nur einer von vielen.

Als er zwanzig Minuten später den silbergrauen Toyota aufschloss, lobte er innerlich immerhin die Weitsicht seines Auftraggebers, einen Allerweltswagen gewählt zu haben, der in Form und Farbe in der Masse der Autos untergehen würde. Er öffnete den Kofferraum und hob den zweiten Ladeboden an. Vorsichtig, beinahe andächtig strichen seine Finger über das Metall der Waffe. Zum ersten Mal seit seiner Landung in Frankfurt lächelte er zufrieden.

Unterwegs

In den zurückliegenden vier Monaten war mehr passiert als in den letzten zwei Jahren zusammen.

Als ich damals, nach dem Sprengstoffanschlag in Afghanistan, aus der Reha kam, wollte ich meinen alten Job nicht mehr. Ich ertrug weder das Mitleid der Kameraden noch den Gedanken, hinter einem Schreibtisch zu versauern. Ich wollte draußen vor Ort sein, ermitteln und aufklären. Auf keinen Fall aber die Einsatzberichte anderer von Körbchen A in Körbchen B verschieben, also nahm ich meinen Abschied. Mitten in meinen Überlegungen, was ich tun könnte, erhielt ich einen Brief meiner Tante Helga. Onkel Hans war überraschend gestorben und hatte mich als Erben eingesetzt. Plötzlich gehörte mir die Hälfte eines gut gehenden Campingplatzes oberhalb von Andernach-Kell in der Nähe des Laacher Sees. Womöglich hatte Hans das mit Helga abgesprochen, womöglich hatte er aber auch befürchtet, dass Helga es alleine nicht schaffen würde. Ihr wäre nach dem Kummer um den Tod des geliebten Ehemannes das Herz gebrochen, wenn sie auch noch den Campingplatz hätte aufgeben müssen.

Hans und Helga hatten mich schon immer in den Ferien beherbergt, mein Vater, ein US-Marine, war oft unabkömmlich gewesen. Die beiden standen mir näher als meine Eltern.

Und so wurde aus dem Militärpolizisten der Campingplatzbesitzer Paul David. Im Pöntertal hatte ich genug Zeit, um nachzudenken und zur Ruhe zu kommen.

Mit der Ruhe war es dann vorbei, als Susanne im Frühjahr auftauchte. Ihr Bruder war ermordet worden. Ich hatte ihn in Afghanistan kurz kennengelernt. Ich war ihm etwas schuldig gewesen. Ohne ihn wäre ich nach der Explosion auf der Straße nach Masar-e Scharif im Dreck verblutet.

Susanne bat mich um Hilfe, und wir hatten Erfolg. Am Ende stand sie im Rampenlicht des Interesses. Hatte sie gerade noch ihren ersten Artikel beim SPIEGEL untergebracht, rannten ihr jetzt alle großen Redaktionen die Tür ein. Sie war gut, sie konnte schreiben, sie recherchierte gründlich, und jetzt hatte sie auch die nötige Bekanntheit und die richtigen Kontakte, um darauf aufzubauen.

Während ich von der A 48 auf die B 9 in Richtung Andernach fuhr, fragte ich mich, wie unsere Beziehung wohl weitergehen würde. Im Sommer – während Susannes Urlaub – schien alles ganz einfach. Sie würde als freie Journalistin in Frankfurt oder bei mir in Andernach arbeiten, ich würde mit Helga weiter den Campingplatz führen. Aber war das wirklich so simpel?

Vielleicht hatte ich mir auch nur etwas vorgemacht. So

wie damals nach der Reha. Da dachte ich, ich könnte die Rolle des Ermittlers wie einen alten Wintermantel ablegen und einmotten.

Draußen zogen dunkle Felder vorbei. Mein Handy suchte vergeblich nach einem Funknetz. War das hier der Ort, wo man als gefragte Journalistin erfolgreich sein konnte?

So wie heute Abend würde es jedenfalls nicht weitergehen, das stand mal fest. Gut, dass Susanne schon am Wochenende zu mir kommen würde. Wir werden miteinander reden müssen, dachte ich.

Unter den Autorädern knirschte der Kies der Auffahrt. Ein paar einzelne LED-Lichter an den Wohnwagen auf dem Platz leuchteten wie große Glühwürmchen in der Dunkelheit. Als ich ausstieg, umfingen mich warme Nachtluft und eine tiefe Stille im Tal. Wie viele Sterne es hier gab … In Frankfurt hatte ich keinen einzigen Stern am Nachthimmel gesehen.

Langsam ging ich zu meiner kleinen Wohnung, die direkt hinter dem Kiosk lag. In der Tür drehte ich mich noch einmal um und holte tief Luft. Sie schmeckte nach Kiefernnadeln.

Ich mochte das Leben auf dem Land. Ich hatte weiß Gott genug Großstädte kennengelernt. Genug, um zu wissen, dass ich so nicht leben wollte. Ich befürchtete, dass ich damit ein Teil des Problems war.

Campingplatz Pönterbach

Der Wagen schlingert auf mich zu. Wieder der große weiße Transporter. Gerade eben hat er noch im Stand Gas gegeben, um sich dann mit einem Satz nach vorne in Bewegung zu setzen. Wie ein Tier, das seine Beute belauert, zum Angriff bereit, auf dem Sprung, zuzuschlagen.

Ich kneife die Augen zusammen, der Staub kitzelt in der Nase. Egal, wie sehr ich mich bemühe, ich kann das Gesicht des Fahrers hinter der verdreckten Windschutzscheibe nur undeutlich erkennen. Er brüllt irgendetwas. Soll er brüllen, ich muss das nicht verstehen. Ich muss ihn erschießen. Mir bleiben nur noch Sekunden, bevor der Wagen voller Sprengstoff hier alles in die Luft jagt.

Ich ziele, halte die Luft an, krümme den Finger am Abzug.

Komm, beeil dich, Paul, ich muss zurück an den PC. Das hier ist die Titelgeschichte, also los, wie geht sie aus? Kannst du überhaupt auf die Entfernung ein Ziel treffen?

Ich liege im Dreck, und Susanne hockt mit ihren schwarzen High Heels neben mir und lächelt mich mit schief gelegtem Kopf an. Wenn du nicht bald schießt, bleibt nicht viel von uns übrig, oder?

Na los, schieß endlich …

Die Signora hat recht. Ich könnte aber noch ein Glas Prosecco servieren. Neben Susanne steht Luigi und streicht sich zufrieden eine schwarze Haarlocke aus dem Gesicht. Schöne Frauen darf man nicht warten lassen, Signore. Ihren Wagen haben wir übrigens weggefahren, er passt nicht auf die Straße hier. Der Transporter, der auf uns zurast, das ist mal ein Wagen. So einen sollten Sie sich anschaffen. Sie können ja den Fahrer erledigen. Ich frage mal Toni in der Küche, ob Sie sofort abdrücken sollen.

Paul, wir wollen doch Toni nicht warten lassen. Meine Titelstory … meine Titel…

Mit einem Ruck richtete ich mich auf.

Vor mir war kein weißer Transporter randvoll mit Sprengstoff, sondern die weiß vertäfelte Wand meines kleinen Schlafzimmers. Ich schloss die Augen und hing noch kurz den verblassten Bildern des Traums nach. Ach du Scheiße! Ich holte tief Luft. Das letzte Mal, dass ich von dem Transporter in Afghanistan geträumt hatte, war in der Reha gewesen. Einer der Ärzte meinte damals, dass das eine ganz normale Reaktion sei, um mit den Ereignissen umzugehen. Wobei ich ihm erklären musste, dass ich den Traum nie als Alptraum empfand, denn jedes Mal trifft mein Schuss, der Wagen kippt um, meine zu schützenden Personen sind gerettet, dann plötzlich die Explosion. Nichts davon belastete mich, ich war froh, überlebt zu haben. Aber diese Einstellung passte dem Arzt nicht ins Konzept. Also hörte ich mir brav noch eine Viertelstunde seinen Vortrag über die posttraumatischen Folgen nach dem Verlust von Gliedmaßen an und beschloss, fortan a) seelisch gesund und b) schweigsam in Bezug auf mögliche Träume zu sein.

Das war auch drei Jahre ganz gut gegangen. Dass mich ausgerechnet in der letzten Nacht die alten Bilder wieder einholten, und dann auch noch in Kombination mit Susanne und einem schleimigen Luigi, zeigte doch nur, wie sehr mich die Fragen zu Susannes und meiner Beziehung beschäftigten.

Ich schlug entschlossen die Bettdecke zurück und stand auf. Draußen war es bereits hell – vermutlich so kurz vor sechs –, da konnte ich den Tag genauso gut beginnen.

Während sich auf der Küchentheke die Espressomaschine für die erste Tasse des Tages gurgelnd startklar machte, nahm ich mir vor, Luigi und den Transporterfahrer zu erschießen, sollte sich der Traum noch einmal einstellen.

Lächelnd atmete ich den herrlichen Duft von frischen Kaffeebohnen ein und trank einen ersten Espresso. Bevor ich aber frühstücken konnte, hatte ich zu tun. Ich stellte die Tasse auf die Theke und schob den Sessel zur Seite, um genügend Platz zu haben.

Den Anfang machten ein paar Lockerungsübungen. Dehnen, einarmige Liegestütze und Sit-ups zum Warmwerden, gefolgt von einem Ablauf verschiedener Tritt- und Schlagtechniken.

Ich hatte als Sechsjähriger zum ersten Mal vor einem Kampfsportlehrer auf der Matte gestanden. Der Sergeant gehörte zu den Ausbildern der U.S. Army. Ich hatte so lange gebettelt, bis Dad mich mitnahm. Sammy – so hieß der Trainer – hatte noch nie Kinder trainiert. Dad hatte beide Augen zugedrückt, und ich hütete mich, über Muskelkater und blaue Flecken zu klagen. Kurz vor meinem sechzehnten Geburtstag besiegte ich Sammy zum ersten Mal in einem Trainingskampf. Danach erklärte Sammy, er könne mir nichts mehr beibringen. Also suchte ich mir einen neuen Lehrer, der mehr zu bieten hatte. Im selben Jahr verließ Dad Mutter und mich. Ich habe nie erfahren, warum. Mutter zog sich mehr und mehr in ihre eigene Welt zurück. Der Kampfsport und das tägliche Training wurden zum Ventil für die Wut eines jungen Mannes, dem man Gründe verschwieg.

Inzwischen war meine Wut längst verraucht, aber das Training war mir geblieben. Sammy und Meister Wang wären stolz auf mich.

Eine gute halbe Stunde später war ich nass geschwitzt, aber zufrieden, auch heute früh wieder meinen inneren Schweinehund besiegt zu haben.

Mit einem Handtuch wischte ich mir den Schweiß vom Gesicht. Auf dem Weg ins Bad kam ich an der Ladestation der Prothese vorbei. Etwas skeptisch begutachtete ich meine bionische Hand, aber die Ladeanzeige leuchtete grün, der Tag konnte kommen.

Meine Wohnung war nicht sonderlich groß. Sie hatte dem ehemaligen Pächter des Campingplatzkiosks gehört. Walter Sommke, ich durfte ihn Onkel Walter nennen, war ein großer Fan skandinavischen Designs gewesen, wofür ich ihm heute dankbar war. Die weiß getäfelten Holzwände und Naturholzmöbel hatte ich bei meinem Einzug unverändert gelassen, überhaupt boten die fünfzig Quadratmeter mehr Annehmlichkeiten, als ich es aus den Jahren beim Militär gewohnt war. Bei meinen wenigen Besitztümern hatte ich auch keine Platzprobleme. Helga hätte es nur zu gern gesehen, wenn ich zu ihr ins Haupthaus gezogen wäre, aber sosehr ich sie auch liebte, das wäre mir zu eng gewesen.

Zehn Minuten später war ich geduscht und angezogen. Ich überlegte gerade, ob ich mir ein Aufbackcroissant gönnen sollte, als es an der Tür klopfte.

»Komm rein, Helga, es ist offen«, rief ich.

Helga trat ein. »Ja, sag mal, Paul, wann bist du denn zurückgekommen? Ich habe draußen das Auto gesehen. Ich dachte, du wolltest in Frankfurt bei Susanne bleiben? Ihr geht es doch hoffentlich gut? Oder stimmt etwas mit deiner neuen Prothese nicht? Nein … Ihr habt euch gestritten, ihr beide …«

»Stopp, stopp, Helga. Gib mir doch eine Chance, wenigstens auf eine Frage zu antworten«, unterbrach ich sie lachend. »Hier, setz dich, ich mach dir auch einen Milchkaffee.« Ich rückte einen der Barhocker zurecht. Sie setzte sich und schwieg tatsächlich. Na, das war selten. Eine zweite Chance würde ich nicht bekommen.

»Bevor du dir Sorgen machst: Nein, ich habe mich nicht mit Susanne gestritten.«

»Aber …«

»Augenblick, Helga. Susanne hat ihre erste Titelstory im SPIEGEL, und wegen der wurde sie, als wir gerade im Restaurant saßen, angerufen. Es gab noch Arbeit. Ich hätte da nur gestört, also bin ich zurückgefahren.«

Helga musterte mich. Den Blick kannte ich noch von früher. Kalle und ich hatten ihn mal den »Tanten-Röntgenblick« getauft. Kalle schwor damals Stein und Bein, dass Helga nur dank dieses Blickes herausgefunden hatte, wer für den zerdepperten großen Blumentopf auf dem Weg zur Grillstelle verantwortlich war. Meinen Hinweis, dass außer uns dort niemand Fußball gespielt hatte, ließ er nicht gelten.

»Schau nicht so misstrauisch, Helga. Sie musste wirklich arbeiten.«

»Glaub ich dir gern, Paul. Aber versuch nicht, mir einzureden, dass da sonst nichts war.«

Ich seufzte leise. »Mensch, Helga, dich hätten wir im Ermittlerteam gebraucht, du hast wirklich deine Berufung verfehlt. Bei der Titelstory geht es um mögliche Insiderstraftaten in der Truppe, Waffen- und Munitionsdiebstähle zum Beispiel, und darum, dass die Bewachung der Liegenschaften von lausiger Qualität ist. Das … das ist für mich schwierig. Susanne spricht mit internen Quellen. Das hat was von Nestbeschmutzung, verstehst du?«

Helga nickte zustimmend, sagte aber nichts.

»Und dann bin ich unsicher, wie es mit Susanne und mir weitergehen kann. Sie lebt in Frankfurt, hat ihren Job …«

»Ach, Junge, ihr seid doch erst seit einem Vierteljahr zusammen, und jetzt beginnt der Alltag. Da musst du einfach

Geduld haben. Wusstest du, dass ich deinen Onkel im Studium kennengelernt habe?«

»Du hast studiert? Davon hast du nie etwas erzählt.«

»Hat keine große Rolle gespielt. Hans und ich haben beide Physik studiert, aber dann verliebten wir uns. Ich habe das Studium abgebrochen, weil wir Kinder wollten, und … Na, das ist jetzt nicht wichtig. Was ich nur sagen will, ist, dass es selten einen direkten Weg gibt. Man läuft Umwege, nimmt Abkürzungen. Entscheidend ist nur, dass man das Ziel nicht aus den Augen verliert.«

»Ich werde es mir merken, Helga.«

»So, und nun will ich sehen, was die neue Hand kann.«

In den nächsten Minuten führte ich Helga die neue App auf dem Handy vor. Unter lautem Kichern steuerte sie aus einer Entfernung von drei Metern die Finger bis hin zu dem Bewegungsablauf »ausgestreckter Mittelfinger«.

»Da war einem Programmierer aber mal langweilig«, kommentierte sie diesen Teil der Software, »andererseits … ist das beim Autofahren vielleicht mal ganz nützlich. Ob du aber das Bewegungsmuster schnell genug findest?«

»Helga, du wirst mir unheimlich.«

Helga lachte, legte mein Handy zurück auf die Theke und gab mir einen Klaps auf den Arm.

»Eine Frau sollte undurchschaubar bleiben, dann bleibt sie interessant. Ich hab leider vergessen, wer das mal gesagt hat. Und dass er damit auch Tanten meinte, bezweifle ich. So, genug gespielt. Ich kümmere mich gleich um die Bestellungen. Du hast mir doch alles aufgeschrieben?«

»Habe ich. Aber ich bin ja da, da kann ich das genauso gut selbst erledigen.«

»Nee, lass mal.« Helga holte aus einer Hosentasche einen Zettel. »Du könntest nach Andernach fahren und das hier abholen. Und bestell bitte beim Bäcker in der Bahnhofstraße die Partybrötchen für nächsten Sonntag.«

»Wird erledigt. Und Helga? Danke fürs Zuhören.«

»Leider kann ich nur zuhören und meinen Senf dazugeben, Paul. Was du daraus machst, liegt bei dir.«

Helga stellte sich auf die Zehenspitzen und gab mir einen Kuss auf die Wange. Gerade als sie durch den kleinen Flur nach vorne in den Laden gehen wollte, rollte das Echo eines weit entfernten Schusses durchs Tal.

»Komisch, ich dachte, der Erwin hätte erzählt, dass Stefan noch im Urlaub ist.«

Stefan Barrenbauch war einer der Jagdpächter im Umfeld des Campingplatzes. Wir lauschten, ob noch ein zweiter Schuss folgen würde. Sekunden später hörten wir ihn.

»Da hat Stefan aber ein ganz schweres Geschütz aufgefahren«, sagte ich nachdenklich.

»Waidmannsheil«, murmelte Helga.

Laacher See

Er rannte. So schnell wie noch nie in seinem Leben. Er rannte, weil er nicht sterben wollte. Die Muskeln in seinen Beinen brannten, keuchend schnappte er nach Luft. Lichtflecken tanzten vor seinen Augen.

Noch vor zwei Minuten hatte er die Ruhe hier am Wasser und die Kühle des Morgens genossen.

Auf dem rutschigen Schotter des Rundwegs war er einmal kurz aus dem Tritt gekommen, fast wäre er gestürzt, aber dann hatte er sich wieder gefangen. Das Straucheln rettete ihm das Leben. Neben ihm platzte plötzlich der Stamm einer Buche auf. Holzsplitter flogen ihm um die Ohren, bevor er den Knall des Schusses überhaupt hörte.

Das war kein Zufall. Jemand schoss auf ihn. Mit einem Schlag übernahm sein Instinkt die Kontrolle, er stürzte los, schlug zwei, drei Haken und rannte. Weg von dem Schützen, der irgendwo hinter ihm lauerte und sicher darauf wartete, ihn für einen zweiten Schuss wieder ins Visier zu bekommen.

Seine Laufuhr protestierte mit lautem Piepsen. Natürlich lag seine Herzfrequenz über dem eingestellten Trainingswert.

Das Geräusch passte nicht hierher. Gehörte zu einem anderen Leben, einem Leben vor dem Schuss.

Mit einem Aufschrei stolperte er über eine Baumwurzel. Er schlug der Länge nach hin, schrammte sich Arme und Beine auf. Blut lief ihm warm das Bein hinunter. Am liebsten wäre er liegen geblieben. Luft, er brauchte Luft. Sein Herz hämmerte.

Er rappelte sich wieder hoch. Sein rechtes Bein knickte unter ihm ein. Das Knie schickte Schmerzwellen durch seinen Körper. Mehr humpelnd als laufend versuchte er sich in Sicherheit zu bringen. Tränen schossen ihm in die Augen, nahmen ihm die Sicht. Er stöhnte auf.

Da – keine drei Meter vor ihm lagen große Basaltblöcke. Sie waren die Rettung. Ungeachtet der Schmerzen warf er sich hinter die Felsen und presste sich dicht auf den Boden. Keuchend fingerte er sein Handy aus der Tasche seiner Laufjacke. Er schloss die Augen, betete darum, dass es hier am Laacher See ein Funknetz gab. Mit zitternden Fingern entsperrte er das Telefon. Der Knall eines zweiten Schusses peitschte durch den Wald. Unwillkürlich duckte er sich noch tiefer. Mehr Deckung, er brauchte mehr Schutz. Mühsam und mit letzter Kraft rutschte er in eine schmale Spalte zwischen zwei Felsbrocken.

Ein helles Sirren in der Luft ließ ihn hochschauen. Eine schmale grüne Leuchtspur zischte zwischen den Ästen und Zweigen hindurch. Was zum Teufel war das? Die Leuchtspur lenkte ihn ab; statt den Notruf zu wählen, verfolgte er die Flugbahn dieses unbekannten Etwas. Mit einem Aufschluchzen der Erleichterung sah er, wie es hoch über ihn hinausschoss. Doch dann passierte das Unmögliche. Plötzlich boten die Steine rechts und links von ihm keinen Schutz mehr, sie waren eine Falle. Eine tödliche Falle. Sein gellender Schrei schreckte ein paar Wasservögel auf.

Die Stille danach legte sich wie ein Leichentuch über die Steine und den zerfetzten Körper dazwischen.

Polizeiinspektion Andernach

»Morgen, Sascha. Na, irgendeinen Schwerverbrecher schon vor Sonnenaufgang geschnappt? Ja, und wen haben wir da? Kollege Ralf. Mensch, Ralf, du siehst ja aus wie das blühende Leben.« Karl-Günther Seelbach, von seinen Freunden kurz Kalle genannt, grinste über das ganze Gesicht, als er den Gemeinschaftsraum der Polizeiinspektion betrat.

Sascha Braunkeitel verzog genervt das Gesicht. »Wie kannst du morgens nur so ausgeschlafen und gut gelaunt sein, Kalle? Weißt du eigentlich, dass du viel sympathischer rüberkommen würdest, wenn du so ein Morgenmuffel wie der Ralf wärst? Schau ihn dir an, das ist das Ergebnis von konsequentem Training in mieser Laune. Und Ralf hat schon einen Becher Kaffee intus.«

Der angesprochene Kollege, Polizeioberkommissar Ralf Welter-Drohmke, schlürfte ungerührt seinen Kaffee und sagte zwischen zwei Schlucken: »Ihr habt ja beide keine Ahnung, worüber ihr redet. Die Franziska zahnt gerade, ich habe nach zwei Uhr früh kaum ein Auge zugetan, und Anne muss sich um Meike kümmern, die fiebert.«

»Siehst du, Kalle«, erklärte Sascha, »jetzt weiß ich, warum du so gut gelaunt hereinspazierst: Du hast geschlafen und musstest dich nicht um fiebernde oder zahnende Zwillinge kümmern.«

»Ach, leck mich, Sascha. Du bist ja bloß neidisch«, brummelte Ralf, wobei das Lächeln hinter seinem Kaffeebecher dem rüden Ton die Spitze nahm.

Kalle schaute seine beiden Kollegen an. »Also, ich hab euch auch lieb, alle beide. Und jetzt verratet mir doch, ob schon etwas Besonderes anliegt?«

»Wir sind hier in Andernach, schon vergessen, Kalle? Das hier ist nicht Chicago.« Ralf gähnte herzhaft. »Aber ich will mich nicht beschweren. Gott, bin ich müde.«

»Kalle! Telefon für dich.« Tanja, eine Kollegin, schaute durch die halb geöffnete Tür in den Raum hinein. »Oder störe ich die traute Altherren-Runde?«

Sie erhielt als Antwort nur ein vielstimmiges empörtes Murmeln.

Kalle folgte ihr und nahm dann den hingehaltenen Telefonhörer entgegen. »Polizeiinspektion Andernach, hier ist Polizeioberkommissar Seelbach. Guten Morgen. Was …? Ach, Mutti, du bist das. Natürlich bin ich im Dienst, wäre ich sonst hier am Telefon? Nein, ich bin nicht frech, ich bin ein erwachsener Polizi… Oh. Echt? Die Claudi? Die hat bei dir angerufen? Na, meinetwegen, ich ruf sie an. Gib mir mal die Nummer.«

Kalle klemmte sich den Hörer zwischen Schulter und Ohr, um mitzuschreiben.

»Ja, hab ich. Nein, natürlich ruf ich da sofort an. Versprochen. Tschüss, Mutti.«

Kalle legte auf und schaute sich prüfend um. Zum Glück waren Ralf und Sascha noch im Nebenraum und nicht Zeugen des Telefonats geworden.

Nur Tanja schaute ihn an, aber eher neugierig als belustigt.

»Etwas Schlimmes?«, fragte sie.

»Nee, meine Mutter hatte einen Anruf von meiner Ex-Frau. Ich wusste gar nicht, dass die beiden nach all den Jahren noch Kontakt haben.«

»Du warst verheiratet?«

»Komm, vergiss das wieder. Eine Jugendsünde sozusagen. Ist schon mehr als acht Jahre her und hat auch nur ein Jahr gehalten, dann haben wir gemerkt, dass es besser wäre, einen Schlussstrich zu ziehen. Wie sagt man so schön? Wir haben uns als Freunde getrennt. Claudia wohnt jetzt in der Nähe von Daun. Keine Ahnung, warum sie meine Mutter angerufen hat und mich dringend sprechen wollte.«

»Und? Rufst du sie an?«

»Muss ich wohl. Meine Mutter macht mir sonst die Hölle heiß.«

Kalle wählte die Mobilnummer von seinem Notizzettel.

»Hallo, Claudia, hier ist Kalle.«

Schon beim ersten Satz wurde Kalles Miene ernst, und er drückte auf die Lautsprechertaste.

»Sorry, Claudi, ich stell mal gerade auf laut, dann kann auch meine Kollegin mithören, und ich schreib mit. Also noch mal langsam. Wer ist verschwunden?«

Die Stimme aus dem Lautsprecher klang nicht hysterisch, aber eindeutig besorgt.

»Der Volker, Kalle. Volker ist noch nicht wieder zurück von seiner Laufrunde, und ich kann ihn nicht auf dem Handy erreichen. Das sieht ihm überhaupt nicht ähnlich.«

»Aber das muss ja nicht bedeuten, dass er verschwunden ist. Vielleicht hat sein Handy einfach keinen Akku mehr.«

»Und warum ist er dann nicht hier im Seehotel? Er ist jetzt schon fast zwei Stunden weg. Für die acht Kilometer, die er laufen wollte, braucht Volker sonst höchstens vierzig Minuten. Vielleicht hatte er ja einen Unfall. Ich dachte, ich frag mal bei euch nach. Im Krankenhaus hab ich schon angerufen.«

»Seehotel? Sag mal, Claudi, wo steckst du eigentlich gerade?« Kalle verdrehte die Augen, als er Tanjas Blick suchte.

»Ich bin im Hotel der Abtei Maria Laach. Also, Volker und ich … wir … Es gab da gestern Abend ein Treffen mit einem Klienten, und wir … sind dann hiergeblieben. Aber das muss ich dir doch nicht wirklich alles am Telefon erzählen, Kalle.«

Der letzte Satz hatte vorwurfsvoll genug geklungen, um Kalle kurz zusammenzucken und Tanjas Augenbrauen in die Höhe schnellen zu lassen. Sie spitzte die Lippen zu einem stummen Pfiff und wedelte mit der Hand. Auf einen Zettel kritzelte sie: »Dünnes Eis, Herr Kollege. Wohl ein Liebhaber.«

Kalle las und nickte.

»Also gut, Claudi, mit wem du warum im Hotel die Nacht verbracht hast, geht mich auch gar nichts an. Bist ja schon ein großes Mädchen. Aber zurück zu Volker. Was bitte sollen wir denn tun? Zwei Stunden sind nicht gerade der Zeitraum, der ausreicht, um eine Person als vermisst zu melden.«

»Ich dachte, ich rufe dich an, weil ihr bei der Polizei doch andere Möglichkeiten habt. Ich weiß ja nicht mal, wohin er gelaufen ist. Soll ich jetzt alle Rundwanderwege um den Laacher See ablaufen? Vielleicht ist er ja gestürzt und liegt da irgendwo hilflos.«

»Verstehe ich gut. Ich schlage vor, du wartest noch etwas

ab, womöglich hat er sich ja nur verlaufen oder eine längere Strecke genommen. Wir halten hier die Ohren offen. So, und nun verrätst du mir noch den vollen Namen von Volker.«

»Volker Roberts, Dr. Volker Roberts. Volker ist Rechtsanwalt in Daun. Ich … wir arbeiten zusammen.«

»Hab ich notiert, Claudi, und deine Mobilnummer habe ich auch. Wenn ich was höre, melde ich mich, und du rufst an, wenn dein Volker wieder eintrifft.«

»Ist gut. Und Kalle, danke, dass du dich kümmerst. Ich wusste wirklich nicht, wen ich sonst hätte anrufen sollen.«

»Schon klar«, murmelte Kalle, aber dann registrierte er, dass Claudi schon aufgelegt hatte.

»Deine Ex-Frau hat also was mit ihrem Chef, sehe ich das richtig?«

Tanja sagte das eher feststellend, ohne jeden Anflug von Häme, wofür Kalle ihr dankbar war.

»So sieht es aus. Sie hat auch bei einem Rechtsanwalt gelernt, ja sogar mal ein, zwei Semester Jura in Bonn studiert, dann aber wieder abgebrochen«, erwiderte Kalle gedankenverloren. »Verdammt, ich komm nicht darauf, woher ich den Namen kenne. Dr. Volker Roberts. Da klingelt irgendwas bei mir …«

»Wird dir schon wieder einfallen. Und was machen wir jetzt?«

Kalle spielte mit dem Kugelschreiber herum, während er überlegte. Die Abtei Maria Laach gehörte zu Glees, die ganze Region um den Laacher See fiel in die Zuständigkeit der Kollegen aus Remagen.

»Ich klemme mich mal drüben ans Telefon und rufe in der PI Remagen an. Und ich frag im Elisabeth-Krankenhaus in Mayen nach. Aber mehr können wir zum jetzigen Zeitpunkt nicht tun. Vielleicht hat sich Herr Dr. Roberts ja auch nur einen Fuß verstaucht und humpelt gerade zum Hotel zurück.«

Campingplatz Pönterbach

»Und Sie haben wirklich nicht ›Dr. Bergmann – Klinik der Leidenschaft‹?«

»Es tut mir leid, nein, das habe ich nicht da.«

»Aber ich sehe hier im Ständer auch gar kein Heft der Alpenglück-Reihe. Letzte Woche, da gab es den Teil eins von ›Verbotene Liebe im Alpenglühen‹. Den zweiten Teil darf ich nicht verpassen, verstehnse, junger Mann?«

Ich verstand die Dame nur zu gut, aber helfen konnte ich ihr trotzdem nicht. Außerdem kämpfte ich seit Minuten mit äußerster Willensanstrengung gegen einen heraufziehenden Lachkrampf an.

»Leider haben wir hier im Kiosk nur eine kleine Auswahl an Zeitschriften. Wenn Sie Heftromane suchen, kann ich Ihnen den Zeitschriftenladen am Andernacher Bahnhof empfehlen, das sind nur fünfzehn Autominuten, und Sie wollten mit Ihrem Gatten und der Enkelin doch ohnehin heute in die Stadt fahren, um sich den Geysir anzusehen.«

Das alles wusste ich, weil die Dame, knapp einen Meter siebzig groß und gute hundert Kilo schwer, gekleidet in einen Traum aus rosafarbener Fliegerseide, mir bereits seit zehn Minuten hier im Laden ihre Lebensgeschichte und die Pläne für die kommenden Tage erzählt hatte.

Rosalinde Koslowski aus Herne war keine Frau, die sich mit wenigen Worten abspeisen ließ. Seit vier Tagen stand das Wohnmobil des Ehepaares Koslowski auf unserem Platz. Jeden Morgen erfuhr ich mehr über das Leben der beiden, ihrer sechs Kinder, zahlreicher Enkel und des ersten Urenkels. Fliesen-Koslowski, sechsmal im Ruhrgebiet, dreimal in Herne. Klaus Koslowski hatte mir die Größe seines Firmenimperiums bereits bei der Anmeldung verraten. Über Rosalindes Leidenschaft für bestimmte Heftromanreihen war ich bis eben noch nicht ins Bild gesetzt worden, aber das hatte sie ja jetzt erfolgreich nachgeholt.

Es hatte Jahre in meinem Leben gegeben, da hatte ich sogar die ausdrückliche Erlaubnis gehabt, in Notfällen von der

Schusswaffe Gebrauch zu machen. Fünf Minuten in Rosalindes Redeschwall und ich sehnte mich nach diesen Zeiten zurück. Auch wenn dies womöglich kein Notfall war, für den die Erlaubnis gegolten hätte.

»Hallo, Herr David, hören Sie mir überhaupt zu? Ich fragte gerade, ob die denn wohl die ›Jagdrevier Graf Falkenstein‹-Romane in Andernach vorrätig haben?«

»Es tut mir leid, Frau Koslowski, aber mir fehlt der Überblick über den aktuellen Bestand an Titeln, ich …«

»Bedauerlich, sehr bedauerlich. Ich muss schon sagen, ich bin entsetzt, wie hier der Dienstleistungsgedanke mit Füßen getreten wird. Ich sollte mich mal darüber mit der netten alten Dame im Haupthaus unterhalten. Guten Tag, Herr David.«

Die Betonung lag auf »Herr David«, dann zog sie die Ladentür besonders nachdrücklich ins Schloss.

Vielleicht wäre zumindest eine Wasserpistole unter der Ladentheke keine schlechte Idee, überlegte ich amüsiert, da öffnete sich die Tür erneut. Ich wappnete mich gegen einen weiteren Schwall von Anschuldigungen, aber es war nur Helga, die lächelnd bei mir hereinschaute.

»Paul, gerade eben hat jemand für dich anrufen, du hast vergessen, die Rufumleitung von deinem Apparat rauszunehmen. Ein Major Jan Ollerhoven will dich sprechen.«

Insgeheim hatte ich damit gerechnet, dass Jan sich viel früher bei mir melden würde. Ich kannte ihn aus meiner Zeit als Feldjäger, und er hatte mir vor ein paar Monaten weitergeholfen, als ich dringend eine Verbindung zwischen einem US-Pharmakonzern und der Bundeswehr gesucht hatte. Damals bei den Ermittlungen im Zusammenhang mit der Ermordung von Susannes Bruder.

Jan hatte nicht mal nachgefragt und sich als einzige Gegenleistung nur gewünscht, dass er mich ab und zu um Rat fragen dürfte. Offenbar war das jetzt der Fall.

Ich folgte Helga ins Haupthaus. Sie zeigte auf das schnurlose Telefon, das auf dem Tisch lag. »Ich habe ihn in die Warteschleife gelegt.«

Vier Minuten Mozarts »Kleine Nachtmusik«, keine angenehmen vier Minuten, dachte ich.

»Hallo, Jan, sorry, dass du warten musstest.«

»Guten Morgen, Paul. Die nette Dame hatte mich schon vorgewarnt, dass sie dich erst aus dem Laden holen muss. Es ist also wirklich wahr – statt in geheimen Missionen böse Jungs zu jagen, verkaufst du Eis, Brötchen und Zeitschriften an Campinggäste.«

»Du unterschätzt so wichtige Aufgaben wie den Rasen zu mähen, die Duschen zu reparieren und das Geld zu kassieren. Und das alles inmitten der wunderschönen Natur der Osteifel.«

Jan lachte. »Dann war wohl nur die liebliche Landschaft der Grund dafür, dass Sergej Bator, der Schlächter von Pale, dir einen Besuch abgestattet hat. Hab gehört, dass der mehr als nur ein Eis wollte.« Jan lachte nicht mehr.

»Du bist ja erstaunlich gut informiert. Wenn du das alles schon weißt, kennst du sicher auch den Rest der Geschichte.«

»Ja, ja, Bator und vier angeheuerte Schergen, die dumm genug waren, einen vermeintlichen Campingplatzbesitzer zu unterschätzen. Aber im Ernst, ich bin froh, dass du heil aus der Sache rausgekommen bist. Das zeigt mir aber auch, dass ich mit meiner Empfehlung richtigliege.«

»Jetzt sprichst du in Rätseln. Empfehlung? Ich dachte, du hast eine Frage, bei der ich dir weiterhelfen kann?«

»Du kannst mir weiterhelfen, Paul, aber nicht bei einer Frage. Pass auf, ich will das alles nicht am Telefon besprechen. Nur so viel: Ich bin nicht mehr bei der Truppe, sondern in der Geschäftsleitung der EuroBOST GmbH. Das ist die größte Security-Firma in Europa, zumindest wird sie das werden. Wir suchen einen externen Berater, jemanden mit deinen Erfahrungen und deinen Verbindungen. Da wäre sogar über kurz oder lang ein Posten in der Geschäftsführung drin.«

»Aber ich …«

»Komm, Paul, sag nicht sofort Nein, und stell vor allem dein Licht nicht unter den Scheffel. Ich weiß doch genau, dass du noch Verbindungen in der NATO und zu Interpol hast. Von deinen Beziehungen in der Bundeswehr ganz zu schweigen.

Ich will dich auch gar nicht am Telefon überzeugen. Ich will, dass du hier in Bonn vorbeikommst, um dir unser Angebot anzuhören. Wir haben ein Büro in Bad Godesberg, das sind doch höchstens vierzig Minuten mit dem Auto. Was sagst du? Ich meine, so viel bist du mir mindestens schuldig.«

Ich fühlte mich von Jan und seinem Angebot überrumpelt. Na ja, überrumpelt und geschmeichelt. Und er hatte recht: Ich war es ihm schuldig.

»Also gut, Jan. Wir haben im Moment nur wenig zu tun. Wann möchtest du dich denn mit mir in Godesberg treffen?«

»Wie wäre es mit heute Nachmittag? Ich weiß, das ist alles sehr kurzfristig, aber heute sind meine Kollegen aus der Geschäftsführung von EuroBOST hier und könnten dich kennenlernen.«

Ich schaute auf die Uhr an Helgas Wohnzimmerwand. Es war halb elf, Zeit genug, um vorher all die kleinen Dinge zu erledigen, die ich mir vorgenommen hatte.

»Ich könnte gegen drei bei dir sein«, schlug ich vor.

»Großartig, ich maile dir die Anschrift. Melde dich einfach am Tor, wir haben Parkplätze hinter dem Haus. Wir sehen uns dann um drei.«

»Ähm, Jan, dafür brauchst du doch meine E-Mail-Adresse.«

Jan lachte erneut. »Paul, glaub mir, wenn ich die nicht schon hätte, wäre ich es nicht wert, dass du hier vorbeikommst. Bis später, ich freu mich.«

Laacher See

Seit drei Monaten gingen Stefanie Schneider und Britta Badenknecht-Häupel jeden zweiten Morgen zusammen laufen. Egal, ob es regnete, der Nebel durch Kell wallte oder die Sonne vom Vormittagshimmel herunterbrannte.

Zuerst waren es nur kurze Strecken gewesen. Beide Frauen waren untrainiert und erst einmal ganz schön ins Schwitzen geraten. Doch die Freundinnen hatten sich fest vorgenommen, abzunehmen und zum Jahresende am Silvesterlauf in Montabaur teilzunehmen. Knapp elf Kilometer durch den Wald, und ihre Familien sollten sie im Ziel bejubeln.

Sobald die Ehemänner und Kinder aus dem Haus und die wichtigsten Arbeiten im Haushalt erledigt waren, starteten Stefanie und Britta ihr persönliches Sportprogramm. In den ersten Wochen war es ihnen nicht leichtgefallen, aber sie hatten sich immer wieder gegenseitig motiviert, und die langsam sinkenden Zahlen auf der Waage waren für beide ein zusätzlicher Ansporn. Vor drei Wochen hatten sie zum ersten Mal die acht Kilometer rund um den See geschafft. Jetzt konnte sie nichts mehr aufhalten.

»Und ich soll wirklich keinen Salat mitbringen, wenn wir am Freitag zum Grillen kommen?«, fragte Stefanie ihre Freundin, während sie im lockeren Dauerlauftempo den Waldweg entlangtrabten.

»Ach was, Dirk hat damit geprotzt, was ein Mann mit seinem Grill alles auf den Tisch zaubern kann. Und mit deinem Christopher will er ja diesmal alles geben. Da sollen sich unsere Göttergatten ruhig mal ins Zeug legen. Nach den Sprüchen in der letzten Woche erwarte ich aber das volle Programm, das kann ich dir flüstern. Ich werde mich nicht mit einem verkohlten Würstchen oder einem zähen Steak zufriedengeben. Hab ich ihm auch schon gesagt.« Britta lächelte ihre Freundin von der Seite an. »Ich finde, wir haben uns diesen Grillabend redlich verdient, samt All-inclusive-Bedienung von den Macho Men.«

Stefanie lachte. Sie kannte Britta gut genug, um zu wissen, wie sehr ihre Freundin ihren Mann liebte. Das hielt sie aber nicht davon ab, ihm ab und zu mal eins auf die Ohren zu geben.

»Wenn du meinst, Britta. Christopher hat ja zwei linke Hände beim Kochen, vielleicht sollte ich doch eine Kleinigkeit vorbereiten, damit wir nicht mit knurrenden Mägen herumsitzen.«

»Das lässt du schön bleiben. Dein Christopher wird von dir jeden Tag bekocht, da kann er sich ruhig mal Mühe geben«,

Britta schnaubte, »aber wenn wir so weiterquatschen, krieg ich Seitenstiche. Komm, bis zu den Basaltsteinen da vorne ziehen wir das Tempo an. Wer als Erste da ist, muss am Freitag die Cocktails machen.«

Britta spurtete los, doch Stefanie hielt mit. Mehr noch, sie überholte ihre Freundin und zog mit einem triumphierenden kleinen Jauchzen an ihr vorbei.

Als Stefanie nur noch wenige Schritte von den Basaltblöcken entfernt war, bremste sie mitten im Spurt.

Ein Paar Laufschuhe waren das Erste, was sie sah. Dann war sie nahe genug, um auch den blutigen Rest zu sehen.

»Oh mein Gott!«, stammelte sie, bevor ihr gellender Schrei die Stille zerriss und Britta vor Schreck fast über ihre Beine fiel.

Polizeiinspektion Andernach

»Kalle!«

Karl-Günther Seelbach hörte bei Tanjas Ruf quer durch den Raum auf zu tippen.

»Ja. Was?«

»Komm mal grad rüber.«

Kalle schob die Papiere seines Berichtes zusammen und ging zu seiner Kollegin, die mit dem Zeigefinger auf ihren Bildschirm tippte.

»Hier, schau mal, eine Info von der Notruf-Leitstelle. Du hattest doch wegen des verschwundenen Anwalts bei den Kollegen in Remagen nachgefragt.«

Kalle las und stieß ein leises »Ach du Scheiße« aus.

Tanja schaute ihn mitfühlend an. »Ich fürchte, deine Claudi …«

»Sie ist schon ziemlich lange nicht mehr *meine* Claudi.«

»Sorry, ich wollte nur sagen, dieser Anwalt wird wohl nicht mehr zu deiner Ex zurückkommen.«

Kalle seufzte. »Au Mann, der hätte sich doch auch einfach den Fuß verstauchen können. Kannst du bitte in Remagen nachfragen, ob die schon mehr wissen und wo der Tatort genau ist? Ich fahr mal raus zum Laacher See, ruf mich doch bitte auf dem Handy an. Wenn der Tote wirklich Volker Roberts ist, ist es wohl besser, wenn ich mit Claudia spreche.« Er lächelte gequält. »Außerdem würde mir meine Mutter die Hölle heißmachen, wenn ich mich nicht darum kümmere.«

Tanja stand auf und legte ihm die Hand auf die Schulter. Die Geste dauerte nur Sekunden. Für Kalle lag darin aber mehr Zuspruch und Mitgefühl, als Tanja mit Worten hätte ausdrücken können.

»Ich hol mir schnell einen neuen Tee, dann fange ich an zu telefonieren. Ich melde mich unterwegs bei dir. Fahr du nur los. Ich informiere auch Sascha und Ralf. Oder möchtest du, dass einer von uns mitkommt?«

Kalle winkte ab. »Lass mal, Tanja. Das Ganze fällt ja nicht in unseren Zuständigkeitsbereich. Und die Kollegen vor Ort sollen nicht denken, wir wollten uns einmischen. Ich fahr da ja aus rein privaten Gründen hin.«

Kalle ging zu seinem Schreibtisch, um seine Jacke von der Stuhllehne zu holen. Auf halbem Weg drehte er sich noch mal um.

»Und Tanja!«

»Ja?«

»Danke für alles.«

Laacher See

Kalle brauchte weniger als zwanzig Minuten, um von der Andernacher Polizeiinspektion zum Parkplatz oberhalb des Laacher Sees zu fahren.

Tanja hatte ihr Versprechen gehalten und ihn schon nach wenigen Minuten angerufen. Viel Neues hatte sie nicht erfahren, nur dass schon Kollegen vor Ort seien und der Tote auf der linken Seeseite unterhalb des Restaurants »Waldfrieden« liege.

Kalle hatte nach dem Telefonat kurz die Parkmöglichkeiten im Kopf überschlagen und war zu dem Schluss gelangt, dass es am einfachsten sein würde, den steilen, aber direkten Weg vom Parkplatz aus hinunter zum See zu nehmen.

Das Restaurant war ein beliebtes Ziel für Wanderer und Spaziergänger. Der große Parkplatz auf der anderen Straßenseite direkt am Waldrand war an Wochenenden oder in der Badesaison, wenn Sonnenhungrige den See stürmten, gut gefüllt, heute Vormittag aber standen hier nur zwei Streifenwagen.

Kalle parkte seinen VW Passat etwas abseits der beiden Fahrzeuge. Wenn da unten ein Toter am Seeufer lag, dann würden im Laufe des Vormittags hier noch mehr Autos parken. Vorausgesetzt, dass es sich nicht um einen augenscheinlich natürlichen Tod handelte, war die Spurensicherung sicher schon auf dem Weg, und die Kollegen vom Polizeipräsidium in Koblenz würden auch nicht lange auf sich warten lassen.

Kalle rückte die Dienstwaffe zurecht und machte sich auf den Weg. Normalerweise ging er hier spazieren oder joggen. Den vertrauten Weg bewaffnet und in Uniform entlangzugehen, fühlte sich irgendwie verkehrt an. Er konnte die Ruhe im Wald beinah mit Händen greifen. Und das sollte jetzt ein Tatort sein?

Laute Stimmen rissen ihn aus seinen Gedanken. Abgespanntes rot-weißes Plastikband zwischen den Bäumen zeigte Kalle, dass der eigentliche Ort des Geschehens nicht mehr weit sein konnte.

»Guten Morgen zusammen.« Kalle hatte bis auf wenige Schritte die Gruppe von Polizisten erreicht, die mit dem Rücken zu ihm vor mehreren Basaltblöcken standen.

Überraschte Gesichter drehten sich zu ihm um.

»Mensch, Kalle, was machst du denn hier?«, fragte einer der Polizisten.

»Grüß dich, Uwe. Schön, ein bekanntes Gesicht zu sehen«, erwiderte Kalle. »Ich hatte heute früh einen Anruf, da ging es um einen vermissten Jogger, und ich fürchte, ihr habt ihn gefunden.«

Uwe Miesheim wies mit der Hand auf Kalle und erklärte dann den anderen: »Kollegen, Polizeioberkommissar Karl-Günther Seelbach, PI Andernach. Der Mann, der unseren Kollegen in Koblenz quasi im Alleingang beim letzten Squash-Turnier das Leben zur Hölle gemacht hat.«

Kalle registrierte anerkennendes Nicken und Grinsen bei den beiden anderen Polizisten und einer Kollegin.

»Fein, dass ich bei euch einen Ruf wie Donnerhall habe. Ich will mich auch gar nicht einmischen, es ist nur …«

»Was?«, fragte Uwe.

»Ich kenne die Anruferin von früher, ziemlich gut sogar, und wenn euer Toter tatsächlich ihr vermisster Freund ist, wäre ich gern dabei, wenn ihr sie informiert.«

»Jederzeit, Herr Kollege Seelbach«, antwortete die Polizistin anstelle von Uwe. »Erstens wussten wir noch gar nichts von einer Frau, die einen Mann vermisst. Und zweitens stehen wir hier wirklich noch ganz am Anfang, wir können ja nicht einmal die Identität des Toten bestimmen.«

»Und war es ein Unfall oder ein natürlicher Tod?« Kalle sah, wie die Polizistin zusammenzuckte und blass wurde.

»Am besten schaust du dir das selber an. Einen natürlichen Tod können wir wohl ausschließen. Und wenn der Mann beim Joggen nicht mit Plastiksprengstoff hantiert hat, ist wohl auch ein Unfall eher unwahrscheinlich. Geh nur nicht zu nah dran, die Spusi wird sicher jeden Moment eintreffen. Du weißt ja, wie pingelig die mittlerweile sind.«

Uwe Miesheim machte eine einladende Handbewegung. Die übrigen Polizisten traten zur Seite und gaben den Weg frei. Kalle sah, dass gut hundert Meter weiter zwei Frauen in Laufkleidung auf einer Bank saßen und von zwei weiteren Polizeibeamtinnen befragt wurden. Er schaute genauer hin und erkannte die beiden Läuferinnen.

Uwe hatte Kalles Blick bemerkt. »Ja, die beiden da drüben haben den Toten gefunden. Kommen übrigens auch aus Kell.«

»Stefanie Schneider und Britta Badenknecht-Häupel. Mit

Britta bin ich zur Grundschule gegangen«, erklärte Kalle seinem Kollegen, »Stefanie dagegen ist mit ihrer Familie erst vor fünf oder sechs Jahren nach Kell gezogen.«

»Wenn du jetzt noch etwas zu unserm Opfer hier sagen kannst, bist du der König.« Uwe Miesheim blieb stehen und wies mit dem Finger auf eine Stelle zwischen den Basaltblöcken.

Kalle sah das Paar teure Laufschuhe und braun verkrustete blutige Beine. Als ihm bewusst wurde, was er noch sah, oder besser gesagt nicht mehr sehen konnte, hatte er Mühe, sein Frühstück im Magen zu behalten.

»Dreck, Pest und Satansrotz, wie mein Großvater immer sagte, was für eine Sauerei!«

Dem Läufer fehlte der Kopf, der komplette Brustkorb war blutüberströmt, der Hals eine einzige offene Wunde.

»Wir haben keine Ahnung, Kalle, was hier passiert ist. Irgendwer muss dem armen Schwein irgendwie den Kopf abgerissen haben. Für mich sieht es so aus, als ob er zwischen die Steine gekrochen ist. Hier gibt es keine Schleifspuren. Möglicherweise wurde er aber getragen und zwischen den Steinen versteckt.«

»Und unsere Zeuginnen da vorne haben nur den Toten entdeckt?«

»Ja, genau. Eine hatte ein Handy dabei und hat den Notruf alarmiert, während sich die andere die Seele aus dem Leib gekotzt hat.«

»Kann ich verstehen«, murmelte Kalle, bevor er sich umdrehte und den See und die sanften Hügel betrachtete. Sozusagen als Gegenmaßnahme, um nicht länger den kopflosen, blutigen Torso ansehen zu müssen. Kalle ahnte, dass ihm die grauenvollen Bilder so schnell nicht mehr aus dem Kopf gehen würden.

Er wandte sich an seinen Kollegen. »Möglicherweise ist das Opfer da zwischen den Steinen Dr. Volker Roberts, ein Rechtsanwalt aus Daun. Er hat gestern in der Abtei Klienten getroffen und dann die Nacht mit seiner Freundin und Mitarbeiterin Claudia Sauermos im Seehotel verbracht. Vielleicht kannst du ein Foto von den Schuhen und …«, Kalle schluckte trocken, weil er spürte, wie er sauer aufstoßen musste, »… und der Hose zeigen, ohne das Gemetzel darüber. Vielleicht kann sie uns damit schon weiterhelfen.«

»Ich kann mit meinem Handy ein paar Fotos machen, und dann fahren wir rüber zum Seehotel«, schlug Uwe Miesheim vor.

»Ja, einverstanden.« Kalle wischte sich mit der Hand über das Gesicht und seufzte leise.

»Kalle, du hast zwar gesagt, dass du dabei sein willst, aber du musst das nicht machen. Todesnachrichten zu überbringen, das ist ja kein Kindergeburtstag. Nur weil du heute früh den Anruf hattest.« Uwe sagte das in einer Mischung aus Mitgefühl und Neugierde.

»Nee, Uwe, ich fürchte, ich muss das tun. Wie ich schon sagte, ich habe die Anruferin ziemlich gut gekannt. Sauermos ist ihr Mädchenname. Für ein Jahr und zwei Monate hieß sie auch mal Seelbach. Claudia Sauermos ist meine Ex-Frau.«

EuroBOST-Büro, Bad Godesberg

Das Haus in der Rheinallee lag nicht direkt an der Straße, sondern sicher gut einhundert Meter entfernt und halb verdeckt zwischen hohen Bäumen und Büschen. Es war eine von diesen Jugendstilvillen, die in den Jahren der Bonner Republik von einer ausländischen Botschaft gekauft worden waren, für eine horrende Summe und mit Kusshand. Doch die Botschaften hatten mittlerweile Bad Godesberg verlassen, um sich in Berlin anzusiedeln, und so wurden die Jugendstilvillen plötzlich wieder für Unternehmen frei und bezahlbar. Wobei die Lage und Größe des Grundstückes, zumindest soweit ich es übersehen konnte, ganz besonders spektakulär war.

Was sich hier in Bonn und Bad Godesberg überhaupt nicht geändert hatte, war die nervige Parkplatzsituation. Die Straße bot zwischen den großen alten Bäumen nur wenig Parkraum. Und wer nicht verkehrswidrig in zweiter Reihe parken wollte, konnte nur auf ein kleines Wunder hoffen. Grönemeyers »Mambo« war der passende Soundtrack für die Gegend hier.

Ich drehe schon seit Stunden hier so meine Runden, es trommeln die Motoren, es dröhnt in meinen Ohren, ich finde keinen Parkplatz …

Der Song blieb in den nächsten Minuten als Ohrwurm in meinem Kopf hängen. Entsprechend dankbar war ich dafür, dass Jan für mich einen Firmenparkplatz reserviert hatte. Ich bremste vor dem zweiflügeligen, kunstvoll verschnörkelten Eisentor und drückte den Klingelknopf neben dem Messingschild, auf dem lediglich »EuroBOST-Büro Bonn« eingraviert war.

Keine Gegensprechanlage, keine Kamera – zumindest nicht auf den ersten Blick, aber der Eindruck täuschte. Die kleine Kameraoptik oberhalb des Firmenschildes konnte man wirklich nur sehen, wenn man bewusst danach suchte. Und ich hätte schwören können, dass das altmodische Eisengitter mehr als nur dekorativer Schmuck war. Wahrscheinlich waren die Flügel aus Hochleistungsstahl und so verankert, dass man sie allenfalls mit einem Panzer durchbrechen konnte. Ein Abschnitt der Kieszufahrt war frei von Steinen. Womöglich verbarg sich darunter eine hydraulische Sperre, die sich bei Bedarf herausfahren ließ.

»Ja, bitte?«

Keine Ahnung, woher die Stimme kam. Einen Lautsprecher sah ich nicht, also antwortete ich einfach in Richtung Schild und Kameraoptik.

»David, Paul David. Ich habe einen Termin mit Jan Ollerhoven.«

»Einen Augenblick, Herr David. Bitte schauen Sie einmal kurz auf unser Firmenschild.«

Ein leises Surren, sonst nichts, und selbst dieses Geräusch hätte man leicht überhören können. Ich hatte mich geirrt, es gab nicht nur eine, sondern vier weitere Kameralinsen. Sie verbargen sich in den dekorativen großen Beschlägen, mit denen das Firmenschild an der Mauer befestigt war. Nahfeldgesichtserkennung für den Abgleich mit einer Computerdatenbank – jede Wette. Für eine Firmenzentrale ein ziemlicher Overkill an Sicherheitstechnik. Entweder hatte EuroBOST sehr, sehr schlechte Erfahrungen mit Besuchern gemacht, oder die Verantwortlichen waren technikverliebte Security-Nerds.

»Herzlich willkommen bei EuroBOST, Herr David. Ihr Termin mit Herrn Ollerhoven wurde positiv bestätigt, bitte fahren Sie auf unserem Gelände Schritttempo und nutzen Sie den Parkplatz A2 hinter unserem Gebäude.«

Die körperlose Stimme wurde sicher von einer Software generiert, so ausdruckslos konnte niemand sprechen.

»Herzlichen Dank.«

Computer oder nicht, ich wollte nicht unhöflich wirken. Lautlos schwang das Tor vor mir auf, und ich fuhr mit dem Pick-up hinter das Haus. Auf der kurzen Fahrt sah ich noch drei weitere Kameras, die meinen Weg verfolgten. Als ich ausstieg, hörte ich das leise Winseln von Hunden, die offenbar weiter hinten im Garten gehalten wurden. Gesichtserkennung, Sperren, Kameras und Wachhunde – und das waren nur die Dinge, die mir ins Auge gefallen waren. Gegen das EuroBOST-Büro im ehemaligen Diplomatenviertel der alten Bundeshauptstadt hatte Fort Knox den Sicherheitsstandard einer Pommesbude.

Die Eingangstür öffnete sich ebenfalls mit einem leisen Summen. Insgeheim rechnete ich schon mit einer bewaffneten Eskorte, aber der kleine Flur vor mir war komplett leer. Kein Bild, keine Stühle, keine Empfangstheke und vor allem keine weitere Tür. Na, das war ja mal spannend.

»Herr David, dürfen wir Sie bitten, sich auf die dunkle Steinplatte vor Ihnen zu stellen?«

Die gleiche sterile Stimme aus einem unsichtbaren Lautsprecher, da gab man besser keine Widerworte. Ich machte einen Schritt vorwärts.

»Herzlichen Dank. Bitte heben Sie nun beide Arme in Schulterhöhe.«

Ich kam der Aufforderung nach. Wenn ich auf versteckte Waffen kontrolliert werden sollte, war mir das hier allemal lieber, als von den schwitzigen Händen eines großen haarigen Wachmannes abgetastet zu werden.

»Herr David, wir freuen uns, Sie bei uns zu begrüßen, bitte treten Sie ein.«

In der scheinbar glatt verputzten Wand vor mir öffnete sich plötzlich ein Durchgang, als ein fast zwei Meter breiter Abschnitt der Wand nach unten im Boden verschwand.

Da hatte einer definitiv zu viele Bond-Filme gesehen.

Hinter dem geheimnisvollen Durchgang wandelte sich das Bild. Hölzerne Wandvertäfelungen, alte Steinfliesen, Ölgemälde aus der Zeit der Rheinromantik an den Wänden. Wären da gleich noch schwere Ledersessel und ein offenes Kaminfeuer aufgetaucht, hätte ich mich auch nicht mehr gewundert. Hightech-Schleuse meets britischen Herrenclub, ziemlich abgedreht. Ich war gespannt, was als Nächstes kommen würde. Es kam ein junger Mann im dunklen Anzug und mit tadellos gebundener Krawatte, der aussah, als wäre er gerade einer Aftershave-Werbung entsprungen.

»Herr David, mein Name ist Jens. Ich darf Sie bitten, mir zu folgen. Frau Dr. Greifenthal erwartet Sie bereits.«

»Ich bin eigentlich mit Major Ollerhoven verabredet.«

»Oh, natürlich. Wie dumm von mir. Das Meeting ist im Büro von Frau Dr. Greifenthal angesetzt. Sie ist unser Personalvorstand. Herr Ollerhoven wird natürlich ebenfalls dort sein. Wenn Sie mir nun bitte folgen würden.«

Dass Jens ganz bewusst die Anrede »Major« durch »Herr« ersetzt hatte, blieb mir nicht verborgen. Ein interner Machtkampf? Oder hatte Jan mit seiner militärischen Karriere gänzlich abgeschlossen? Vielleicht hatte ich Gelegenheit, ihn das selbst zu fragen.

Ich folgte Jens wortlos durch den langen Flur. Hatte ich eine Wahl? Nein – außer sofort wieder zu gehen, und dafür war ich mittlerweile viel zu neugierig geworden.

Im Stillen hatte ich erwartet, dass sich an der nächsten Ecke das Ambiente wieder komplett verändern würde, aber da wurde ich enttäuscht. Der Innenarchitekt hatte wohl konsequent weiter auf altenglisches Herrenhaus gesetzt. Jens öffnete eine hohe Doppeltür mit eingeschnitztem Jagdmotiv und ließ mir den Vortritt. Deckenhohe Regale, dicht bestückt mit alten ledergebundenen Büchern, schmiedeeiserne Schiebeleitern und – tatsächlich – ein offenes Kaminfeuer waren das Erste, was ich sah. Aber etwas störte mich. Es roch überhaupt nicht nach alten Büchern.

Die ganzen Regale sahen so aus, als hätte jemand Bücher nach Größe gekauft. Möglicherweise waren es auch nur Attrappen. Ich schaute mich neugierig um. Der Raum war groß, größer als meine komplette Wohnung. Am anderen Ende bot eine große Glasfront einen Blick in den parkähnlichen Garten. Ich hatte gar nicht gewusst, dass in Godesberg, wo Grundstücksflächen sicher sauteuer waren, noch solche Gärten existierten. Nach dem, was ich bislang erlebt und gesehen hatte, war das Glas sicher schussfest.

An einem Eichenschreibtisch von der Größe meines Schlafzimmers erhob sich eine Frau, die ihrem Äußeren nach auf die fünfzig zuging. Die schulterlangen schwarzen Haare waren sorgfältig frisiert, das Kostüm spannte leicht in den Hüften. Eine rahmenlose Brille saß auf einer schmalen langen Nase. Sicher eine gute Wahl. Mit einem dickeren Horngestell hätte das Gesicht leicht ins Eulenhafte abgleiten können.

»Guten Tag, Herr David. Ich bin Dr. Irene Greifenthal. Ich freue mich, Sie kennenzulernen. Major Ollerhoven hat schon viel von Ihnen erzählt.«

Hier also wieder Major, ich packte diesen Hinweis zu all den anderen Fragen, die mir auf der Zunge lagen.

»Und nur das Beste, mein Paul, nur das Beste.«

Aus einer Seitentür zwischen den Bücherregalen war Jan unbemerkt eingetreten und kam nun breit grinsend auf mich zu. Mein Kamerad hatte sich seit unserem letzten Treffen vor fünf Jahren kaum verändert. Schlank, sportlich, blonde Haare, blaue Augen. Jan hatte nie Schwierigkeiten gehabt, Interesse bei Frauen zu wecken. In einem früheren Deutschland wäre er der Star auf jedem Propagandaplakat gewesen. Nur seine Nase störte den arischen Gesamteindruck. Die hatte ein Faustschlag mal gebrochen, und danach war sie nicht mehr ganz gerade zusammengewachsen. Jan trug einen teuer aussehenden Anzug und ein offenes hellblaues Businesshemd. Statt der Springerstiefel waren hellbraune Lederhalbschuhe angesagt. Allerdings passten die militärisch kurzen Haare nicht zu dem Geschäftsoutfit.

Jan ergriff meine Hand, schüttelte sie und klopfte mir mit der anderen Hand auf die Schulter.

»Schön, dass du den Weg nach Godesberg gefunden hast, Alter. Es tut mir auch leid, dass ich dich so überfallen habe, aber es ist selten genug, dass wir alle gleichzeitig mal in einem Büro sind.« Jan deutete auf Dr. Greifenthal. »Frau Dr. Greifenthal, unseren Personalvorstand, hast du schon begrüßt. Rolf Bär hier neben mir ist bei uns für die Einsatzplanung und Ausbildung Europa verantwortlich.«

Hinter Jan pumpte sich gerade ein Riese von einem Kerl auf. Rolf Bär. Selten hatte ein Name so gut zu seinem Besitzer gepasst. Das schmächtige Kerlchen daneben sah dagegen aus, als hätte Bär es an einer Hand mit in den Raum getragen und kurz abgestellt.

»Sebastian Lambert sitzt als Finanzvorstand auf dem Sack voll Geld, nicht wahr, Sebastian?« Jan klopfte der halben Portion gönnerhaft auf die Schulter.

Neben Mr. Universum wirkte der dürre Sebastian Lambert noch unscheinbarer. Erst als Jan ihn ansprach, trat er einen Schritt vor, um mich mit einem laschen Händedruck zu begrüßen. Rolf Bär dagegen hatte offenbar den festen Vorsatz, mir den Handknochen zu brechen. Ich konnte gerade noch ein schmerzhaftes Aufstöhnen unterdrücken. Nach dem Handschlag hatte mein Blut Mühe, zurück in die gequetschten Adern zu fließen.

Na, das war ja mal eine illustre Gesellschaft.

»Wollen Sie sich nicht setzen, Herr David?«

Bärs Stimme war tief und brummend, und er machte beim Sprechen ein Gesicht, als würde er auf ein paar Kieseln kauen. Sein muskulöser Hals war fast dicker als mein Oberschenkel. Hätte er statt kurzer brauner Haare eine Glatze gehabt, wäre er meine erste Wahl im Casting für den nächsten Meister Propper gewesen. Diesen Kerl als Ausbilder zu haben war bestimmt der schlimmste Alptraum für jeden Anfänger.

Bär wies mit einer Pranke auf ein paar Sessel vor dem Schreibtisch und machte dazu eine Miene, als wollte er sagen: Setz dich, oder ich brech dir die Knochen.

Also setzte ich mich. Wollte ich Mr. Testosteron verärgern? Auf keinen Fall, jedenfalls nicht sofort. Erst wollte ich mehr darüber erfahren, was das alles hier sollte.

»Paul, ich habe dich angerufen, weil ich … weil wir glauben, dass wir einen Mann mit deiner Expertise gut einsetzen könnten«, begann Jan das Gespräch.

»Einsetzen? Wobei?«, fragte ich mit möglichst neutraler Stimme. Ich wollte nicht zu neugierig erscheinen.

Irene Greifenthal ergriff das Wort. »Nun, EuroBOST expandiert in Europa. Aber es gibt immer wieder heikle Situationen, die uns vor besondere Herausforderungen stellen. Situationen, in denen wir frischen Input von außen begrüßen würden.«

»Situationen wie ein überfallener Sicherheitstransporter, der eigentlich ein rollender Tresor war?« Ich beobachtete bei meiner Frage Irene Greifenthal und sah, wie ihr rechtes Augenlid zu zucken begann. Volltreffer!

»Nun ja, das ist …«

»Reden wir nicht um den heißen Brei herum.« Bärs Brummelbass unterbrach die nervöse Personalchefin. »Jan hat uns wahre Wunderdinge aus Ihrer Karriere erzählt, David. Jurastudium im Schnelldurchgang, Militärpolizei, NATO-Sonderermittler in einer Spezialeinheit, und dann zack, Arm ab, das kann einen Mann aus der Bahn werfen, ihn verändern, zerbrechen. Aber wir wollen Ihnen eine faire Chance geben.«

Na, herzlichen Dank. Bei so viel Wohlwollen von Mr. Big wurde mir ganz warm ums Herz.

»Versteh Bär nicht falsch, Paul.« Jan hatte etwas in meinem Gesichtsausdruck bemerkt, das seinem massigen Kollegen, der den Sessel neben ihm zu sprengen drohte, vermutlich entgangen war. »Ich glaube, du hast dich nicht verändert.«

»Und als externer Berater für – wie nannten Sie es? – ›besondere Herausforderungen‹ soll ich was tun?«

»Analyse, dabei helfen, dass sich bestimmte Dinge nicht wiederholen. Dinge, die uns Aufträge und Geld kosten könnten.« Zum ersten Mal hatte sich Lambert zu Wort gemeldet, seine Stimme kiekste an manchen Stellen, als wäre er noch im Stimmbruch. Wenn ich es recht bedachte, sah sein bartloses Gesicht so aus, als würde auch der raue Ostwind reichen, um ihm den zarten Flaum von den Wangen zu putzen. Das oder ein trockenes Frotteetuch.

»Wenn Sie dazu überhaupt in der Lage sind«, ergänzte Bär.

Ich ignorierte die Provokation, schloss kurz die Augen und rief mir den Zeitungsartikel von Susanne in Erinnerung. Ein beinah fotografisches Gedächtnis konnte oft ganz nützlich sein.

»Die Frage ist doch, warum der Transporter angehalten hat und wie Fahrer und Beifahrer erschossen werden konnten«, begann ich. »Ein scheinbar narrensicheres System. Die Antwort: Es saßen Menschen im Fahrerhaus. Und die müssen sich an Verkehrsregeln halten, haben Gefühle, sind keine Roboter. Lass eine junge, blutverschmierte Frau halb nackt auf der Fahrbahn herumtorkeln, und der Transporter hält an. Eine Polizeikontrolle, der Fahrer öffnet das Fenster, und peng, die Mär vom rollenden Tresor platzt wie eine Seifenblase.«

»Wow, und dabei kennst du nicht mal die Details aus unseren Berichten.« Jan lehnte sich zurück und schaute seine Mitstreiter mit einem »Hab ich doch gesagt«-Lächeln an.

»Was Major Ollerhoven sagen will, ist, dass uns tatsächlich ein Polizeieinsatz gemeldet wurde. Ein Einsatz, der über die offizielle Direktleitung bestätigt wurde. Aber wenn auch der Fahrer das Seitenfenster geöffnet haben sollte, in den eigentlichen Frachtraum wäre niemand gelangt.« Rolf Bär sagte das mit inbrünstiger Überzeugung.

»Musste er auch gar nicht. Er war schon drin«, erwiderte ich.

»Jemand, der unseren Sicherheitsoffizier überwältigt? Unmöglich. Wir beschäftigen nur bestens ausgebildete, loyale Männer. Ich habe diese Männer persönlich handverlesen und trainiert.«

Ich schnaubte ungläubig. Die Namen derjenigen, die in der

Vergangenheit ihre Loyalität für die richtige Summe verkauft hatten, würden Bände füllen.

»Wenn er allein war, war er nicht loyal. War noch jemand im Laderaum, war Ihr Mann loyal, wurde aber überwältigt«, stellte ich ruhig fest. Wie anders hätte es sonst gehen sollen? Es sei denn, der Transporter wurde gewaltsam aufgesprengt.

Bär neben mir machte eine gleitende Bewegung und zog eine Pistole unter seiner Jacke hervor. Er war schnell, wirklich schnell, vor allem für einen Mann mit seiner Körpermasse. Die große Glock wirkte in seiner Hand wie eine kleine Spielzeugpistole. Immerhin hatte er sie nicht durchgeladen, und gesichert war sie auch noch. Aber ich wurde nervös, wenn große Kerle plötzlich eine Pistole in der Hand hatten.

»Wie, bitte sehr, sollte ein bewaffneter EuroBOST-Mann überwältigt werden?« So, wie Bär das fragte, klang es wie eine Drohung. Ich hatte genug von seinen Spielchen. Ich saß zwar nicht gerade günstig, aber es reichte. Vor einem Monat hätte ich das einarmig noch vergessen können, aber jetzt …

Ich beugte mich nach vorne. Mit der bionischen Hand griff ich zu und fand auch sofort den richtigen Druckpunkt an Bärs Ellenbogen. Das fühlt sich an wie ein Stromschlag, und die Muskeln sind sofort unfähig, sich zu bewegen. Mit der rechten Hand blockierte ich den Schlitten der Pistole und drehte sie ihm aus der Hand. Man muss ein paar Jahre üben, um das flüssig hinzubekommen. Ich hatte das mehr als nur ein paar Jahre geübt. In einer Bewegung lud ich durch und entsicherte mit dem Daumen die Glock.

Rolf Bär starrte fassungslos in die Mündung seiner eigenen Waffe, die schussbreit keine dreißig Zentimeter von seiner Nasenspitze entfernt war. Anerkennend muss ich sagen, dass er keine Schmerzen zeigte, obwohl sein Arm höllisch brennen musste.

»Was meinen Sie, Herr Bär, war der Mann in dem Transporter besser als sein Ausbilder?«, fragte ich mit sanfter Stimme. »Ich halte es durchaus für denkbar, dass man einen bewaffneten EuroBOST-Mann überwältigen kann.«

Ich sicherte die Pistole und hielt sie Bär mit dem Griff voran entgegen. Die tiefe Röte, die seinen Hals und das Gesicht überzog, zeugte nicht gerade von niedrigem Blutdruck. Meine Reaktion war vielleicht ein Fehler gewesen, aber mir waren Kerle, die sich als Krone der Schöpfung ansahen, schon immer ein Gräuel gewesen.

Jan lachte leise. »Mensch, Paul, und ich dachte, du wärst mit den Jahren langsamer geworden. Tja, Herrschaften, dann haben wir diesen Punkt wohl auch geklärt.«

Ich sah in Bärs Augen die unterdrückte Wut. Geklärt war für ihn noch gar nichts, aber ich hatte ihn vorgeführt, da würde er sich hüten, auch noch den schlechten Verlierer heraushängen zu lassen.

»Sie sagen also, der Transporter konnte überfallen werden, weil unsere Männer sich nicht an die Regeln gehalten haben?« Greifenthal stellte die Frage, als wäre nichts geschehen. Mir sollte es recht sein.

»Ganz genau, Frau Dr. Greifenthal. Sie können nicht verhindern, dass ein Fahrer die Straßenverkehrsordnung beachtet, und dazu gehört auch, einem Polizisten Folge zu leisten. Ich würde allerdings dafür sorgen, dass künftig nur ein Mann hinten im Laderaum mitfährt.«

»Ein interessanter Punkt, auch aus Sicht der Personalkosten«, ließ Lambert sich vernehmen.

»Vielleicht sollten Sie einfach regelmäßig mal ein paar Angestellte erschießen lassen, da ist noch Einsparpotenzial«, murmelte ich bissig.

»Na, na, Paul, so hat das Sebastian sicher nicht gemeint. Nicht wahr, Sebastian? Aber genau für solche Analysen brauchen wir einen Mann wie dich.« Jan rieb sich zufrieden die Hände.

Ich dagegen war alles andere als zufrieden. Ich mochte Jan, wir hatten uns früher gut verstanden, und ich hatte ihn als einen hervorragenden Ermittler in Erinnerung. Ja, es würde mir Spaß machen, mit ihm zusammenzuarbeiten, überhaupt keine Frage. Aber das galt nicht für das restliche Dreigestirn hier im Raum, und leider bei jedem aus anderen Gründen. Rolf Bär war mir viel zu selbstgefällig, er war es gewohnt, alles mit Kraft und schierer Präsenz zu lösen. Ich hatte meine Zweifel, ob wir je beste Freunde werden würden. Lambert wirkte in seine Bilanzen verliebt, war also vermutlich ein hoffnungsloser Theoretiker, und Dr. Greifenthal hatte weder Bär noch Lambert zurechtgewiesen oder wenigstens kommentiert. Nichts zu sagen war zumindest Beleg für eine unklare Haltung.

»Ich stimme Major Ollerhovens Einschätzung zu. Wobei mich Ihre analytischen Fähigkeiten noch keineswegs überzeugt haben, aber wir können es ja einmal mit Ihnen probieren.« Dr. Greifenthal legte die Fingerspitzen aneinander und nickte wohlwollend in meine Richtung.

Um Jans Freundschaft willen schluckte ich herunter, was ich von ihrem »mal probieren wollen« hielt. Im Gegenteil, ich sagte so höflich wie nur irgend möglich: »Liebe Frau Dr. Greifenthal, ich weiß Ihr Interesse an meiner Person zu schätzen. Aber Sie werden sicher verstehen, dass ein solcher Schritt gut überlegt sein will. Erlauben Sie mir, ein, zwei Nächte über Ihr Angebot zu schlafen. Ach, und das mit Ihrem Mann tut mir leid. Und dann noch eine jüngere Frau, aber immerhin hat er Ihnen den großen Hund gelassen. Ist sicher auch ein Trost, so ein Tier.«

Irene Greifenthal verschlug es die Sprache. Sie blickte mich mit halb geöffnetem Mund an, was in meinen Augen reichlich dümmlich aussah. Zeit genug, um aufzustehen, den Anwesenden zuzunicken und mit einem »Sie entschuldigen mich jetzt« den Raum zu verlassen.

Jan holte mich mit langen Schritten auf dem Flur ein.

»Paul, warte! Du bist doch nicht sauer, Alter? Das war doch eine sehr beeindruckende Demonstration deiner Fähigkeiten.« Jan schlug mir überschwänglich auf die Schulter. »Himmel, erst den Bär entwaffnen und dann die Frau Doktor sprachlos sitzen lassen – du hast wirklich ein Händchen dafür, dir neue Freunde zu machen.«

»Jan, ich schätze es überhaupt nicht, wenn einer mit seiner Waffe selbstgefällig herumfuchtelt, und diese herablassende Art eurer Personalchefin nervt mich.«

»Ja, das habe ich mir schon gedacht, aber du musst ja auch nur mit mir zusammenarbeiten. Unter uns, woher wusstest du das mit dem Mann, der Sekretärin und dem Hund?«

Ich blieb im Flur stehen. »Dass eine Sekretärin im Spiel war, hast du gerade erst gesagt. Greifenthal trug lange einen Ehering, jetzt nicht mehr. Ich konnte den hellen Streifen an ihrem Finger sehen, als sie die Hände zusammengelegt hat. Witwen trauern um ihren Mann, die wollen ihn in der Regel nicht sofort vergessen und ziehen dann auch nicht den Ring ab. Verlässt in dem Alter ein Mann seine Frau, dann sicher nicht für eine Ältere. Außerdem standen in der Ecke ein paar schlammige Schuhe, während sie Pumps trug. Die Schuhe waren noch feucht, sie hatte sie also noch kurz vorher getragen. Aus der Manteltasche am Haken darüber hing ein Stück Hundeleine, und der Mantel war auf Höhe der Tasche schlammig, was passiert, wenn ein großer Hund sich mal kurz an dich schmiegt. War nicht sonderlich schwer, die richtigen Schlüsse zu ziehen.«

Jan grinste bei meinen Ausführungen über das ganze Gesicht und klopfte mir erneut kollegial auf die Schulter. »Bitte, du musst für uns arbeiten. Versprich mir zumindest, dass du ernsthaft darüber nachdenkst. Gerne auch zunächst nur als externer Berater, wenn dir das lieber ist. Ja?«

Ich musterte meinen alten Freund. Er meinte es jedenfalls ernst mit seinem Angebot.

»Also gut, Jan, ich verspreche dir, darüber nachzudenken. Lass uns nächste Woche telefonieren. Bis dahin hat sich Rolf Bärs Wut gelegt. Sebastian Lambert kannst du schon mal darauf vorbereiten, dass meine Arbeit nicht umsonst sein wird. Sonst trifft das Kerlchen noch der Schlag angesichts meiner Honorarforderungen. Vielleicht wird mir ja auch noch Frau Doktor sympathisch, aber da habe ich so meine Bedenken.«

Jans Lachen begleitete mich, während ich draußen vor der Tür kurz anhielt, um mich umzusehen. Eine Frage ging mir nicht aus dem Kopf: War der Security-Markt wirklich so lukrativ, dass man sich so einen Komplex als eines von mehreren Büros leisten konnte? Sollte ich wirklich für Jan arbeiten, würde Lambert bluten müssen – mit diesem festen Vorsatz ging ich über den knirschenden Kies zurück zu meinem Wagen.

Campingplatz Pönterbach

Auf der Rückfahrt nach Andernach dachte ich, der heutige Tag könnte keine Überraschungen mehr bringen, doch das war ein Irrtum – und was für einer!

Auf der Bank vor dem Laden saß Kalle in der Abendsonne. Nichts Ungewöhnliches. Von Kell aus ist es nur ein kurzer Spaziergang von einer Viertelstunde bis zum Campingplatz. Ungewöhnlich war eigentlich nur, dass Kalle unangekündigt gekommen war. Meistens meldete er sich vorher an. Vor allem Besuche während der Woche waren selten, da hingen die Treffen von Kalles Dienstzeiten ab.

»Mensch, Kalle, habe ich eine Verabredung verpasst? Das würde mir echt leidtun«, rief ich, als ich aus dem Auto stieg.

»'n Abend, Paul. Nee, wir wollten uns erst am Wochenende zu Helgas Geburtstag sehen. Aber ich muss mit dir sprechen. Das heißt, wenn du Zeit hast.«

»Zeit? Na klar habe ich Zeit für dich. Komm rein, oder noch besser, bleib einfach hier draußen in der Abendsonne sitzen, ich hol uns rasch zwei Bier aus dem Kühlschrank. Du darfst doch ein Bier trinken – oder musst du noch zum Dienst?«

Kalle schüttelte den Kopf. »Ich habe dienstfrei, aber ich weiß nicht, ob das Bier nicht noch warten muss. Vor allem ist hier draußen …«

»Paul, bist du das?« Helgas Frage aus einem der oberen Fenster ließ Kalle verstummen.

»Ja, Helga, ich bin zurück.«

»Kalle sitzt dort unten auf der Bank. Ach, das siehst du ja selber. In fünf Minuten steht das Essen hier oben auf dem Tisch. Kalle wollte nichts mitessen.«

»Nein, Helga, wollte ich nicht«, rief Kalle hoch.

»Papperlapapp, als ob ein bisschen Salat, Baguette und Käse einem Mann schaden könnte. Mal ehrlich … Also in fünf Minuten, das Brot ist schon im Ofen.«

Kalle verdrehte die Augen. »Lieber würde ich mit dir allein sprechen.«

Kalle sah aus, als hätte sich jemand auf seinen Lieblingshamster gesetzt. Und ganz bestimmt war nicht Helgas unmissverständliche Essenseinladung daran schuld.

»Raufgehen müssen wir, das weißt du«, sagte ich. »Kannst du, was immer du mit mir besprechen willst, nicht auch in Gegenwart von Helga besprechen?«

Kalle zögerte einen Moment, dann nickte er seufzend. »Was soll's. Helga ist schon okay. Ich meine, sie hat mir das Leben gerettet und dabei einem Killer die Stirn geboten – ist vielleicht ganz gut, wenn sie es auch erfährt.«

Während ich hinter Kalle die Treppen zu Helgas Wohnung hochstieg, wunderte ich mich über seinen ungewöhnlich dramatischen Ton. Vom Inhalt mal ganz abgesehen.

»Gute Entscheidung«, sagte Helga, als wir oben ankamen. »Kalle, du siehst wirklich fertig aus. Komm, setz dich hierhin. Paul, hol bitte noch Gläser aus dem Schrank. Kalle möchte vielleicht ein Bier trinken. Ich habe welches im Kühlschrank. Mir kannst du einen Rotwein einschenken. Aber nur ein kleines Glas. Bin gleich zurück.«

Helga verschwand wieder in der Küche, und ich beeilte mich, ihren Anweisungen zu folgen.

Zwei Minuten später biss Kalle tatsächlich herzhaft in ein großes Stück Baguette und schnitt sich eine Ecke Käse ab.

»Also, dann erzähl mal«, ermunterte Helga meinen Polizistenfreund.

Kalle und ich schauten sie fragend an.

»Och, kommt, ihr beiden. Ich kenne euch Jungens seit eurer Geburt. Es ist mitten in der Woche, Kalle kommt überraschend vorbei, sitzt mit Grabesmiene auf der Bank, will nichts trinken oder essen – da ist doch was im Busch.«

Zum ersten Mal lächelte Kalle. »Helga, du hast dir wirklich den falschen Job ausgesucht. Wärst du mal nur zur Polizei gegangen, es gibt da Kollegen, die könnten noch von dir lernen.«

Helga beugte sich vor und tätschelte Kalles Hand. »Lieb von dir, mein Junge. Aber die wirklich bösen Buben überlasse ich lieber Paul und dir. Mir reicht die Genugtuung zu wissen, dass ich nicht völlig danebenlag.«

Helga lachte kurz, bevor sie einen Schluck Rotwein trank, um dann Kalle aufzufordern: »Jetzt aber los. Man soll doch keine alten Tanten warten lassen. Neugierig bin ich schon.«

»Also gut, heute Morgen wurde am Laacher See ein Toter gefunden.«

Helga gab einen erstickten Schreckenslaut von sich und fing an zu husten, weil sie sich am Wein verschluckt hatte.

Ich klopfte ihr vorsichtig auf den Rücken und fragte Kalle: »Wisst ihr schon, wer es ist?«

»Ja, das ging schnell. Der Tote ist Dr. Volker Roberts.«

»Roberts? Der Anwalt aus Daun?«

»Du bist schneller als ich, Paul. Ich hab zwei Stunden gegrübelt, woher ich den Namen kenne.«

»Moment mal, war das nicht der Rechtsanwalt, der diesen halbseidenen Windkraftfonds vertreten hat?«, fragte Helga empört.

Das war vor ein paar Monaten eine sehr unangenehme Geschichte gewesen, die Helga zu Recht aufregte.

Onkel Hans hatte, ohne es Helga zu sagen, Geld investiert und dabei den Campingplatz als Sicherheit hinterlegt. Dann starb er völlig überraschend, und Helga erfuhr zunächst nichts von dieser Geldanlage, bis die Sicherheit eingefordert wurde und mit einem Schlag ihre Existenz auf dem Spiel stand. Das Ganze war im wahrsten Sinne des Wortes so *windig* gewesen, dass sich mittlerweile die Koblenzer Staatsanwaltschaft mit den Fondsbetreibern befasste. Ich hatte mit Dr. Roberts, der den Fonds vertrat, einen Deal ausgehandelt. Einen Deal, der mich zunächst hunderttausend Euro gekostet hatte, fast meine ganzen Ersparnisse. Das Geld hatte ich nach der Verwundung in Afghanistan erhalten. Damit den Campingplatz zu retten, schien mir angemessen zu sein.

Ich musste Roberts zugestehen, dass er keine Ahnung von den Machenschaften seiner Klienten gehabt hatte. Mehr noch, ihm war es später gelungen, den Deal auf fünfzigtausend Euro herunterzuhandeln.

»Ja, der Rechtsanwalt, das war Dr. Roberts«, erklärte ich Helga. »Dr. Roberts hat ja mit der Staatsanwaltschaft zusammengearbeitet, das heißt, er war sauber und selbst daran interessiert, dass die Sache aufgeklärt wird«, nahm ich ihn in Schutz.

»Der tote Anwalt ist aber noch nicht die ganze Geschichte«, nahm Kalle den Faden seiner Erzählung wieder auf. »Roberts war nicht allein in Maria Laach, er hat dort mit einer Mitarbeiterin den Abend und die Nacht verbracht. Die beiden sind seit einigen Jahren ein Paar. Das war keine heimliche Affäre.«

»Aber ausgerechnet im Hotel eines Klosters«, murmelte Helga.

»Es gibt noch was – nicht wahr, Kalle?«

Kalle seufzte. »Roberts Geliebte, also seine Mitarbeiterin und Freundin, meine ich, ist Claudi. Meine Claudi. Also, meine alte Claudi.«

»Deine Ex-Frau?«, fragte ich ungläubig.

»Ja, wohnt die denn nicht in der Nähe von Daun?«, wunderte sich Helga, um sich sofort selbst zu verbessern. »Natürlich wohnt sie da, wo doch auch Dr. Roberts aus Daun kommt. Dumme Frage.«

»Claudi hat mich heute im Dienst angerufen, das heißt, zunächst mal hat sie mit Mutter telefoniert.«

»Ich hoffe doch, Elsbeth geht es gut. Ich hab bestimmt schon seit einer Woche nichts von ihr gehört.«

»Helga, lass doch Kalle weitererzählen«, bat ich.

»Ja, Mutter geht es gut, Helga. Sie hat gesagt, ich soll mich sofort um Claudi kümmern. Und die hat mir dann erzählt, dass sie ihren Volker vermisst. Zwei Stunden wäre der schon überfällig«, erzählte Kalle weiter. »Ich habe ihr dann versprochen, mich umzuhören. Und kurze Zeit später erhielten wir einen Hinweis der Notruf-Leitstelle. Zwei Joggerinnen hatten am Laacher See einen Toten gefunden.«

»Und dieser Tote war Dr. Roberts?«

»Genau, Paul. Der Kopf wurde ihm praktisch von den Schultern gerissen. Scheußlich, mir hat sich der Magen umgedreht.«

»Kalle, bitte, wir essen noch.«

»'tschuldigung, Helga. Was glaubst du wohl, warum ich jetzt gerade zum ersten Mal wieder was esse? Ich hab den ganzen Tag keinen Bissen runtergekriegt.«

»Und jetzt möchtest du gerne mehr Licht ins Dunkel bringen, weil es auch Claudi betrifft. Mit der du zwar eigentlich nichts mehr zu tun hast, aber mit der du dich auch nicht gerade im Bösen getrennt hast«, fasste ich zusammen. »Nur – musst du das wirklich tun?«

Kalle schaute mich fast flehend an. »Du warst nicht dabei, als ich es ihr sagen musste. Ich meine, Claudi und ich, das hat einfach nicht gepasst, vielleicht waren wir auch nur zu jung damals, diesen Roberts hat sie wirklich geliebt. Das war mehr als nur eine Affäre zwischen dem Chef und seiner Mitarbeiterin. Die beiden waren ungebunden, da waren keine Kinder, keine Verpflichtungen. Gut, er war bestimmt zwanzig Jahre älter als Claudi, aber das ist ja nun eine Sache, die die beiden unter sich ausmachen mussten.«

»Wie kann ich dir denn helfen?«, fragte ich vorsichtig. Dass mein Freund Hilfe brauchte, lag auf der Hand. Sogar Helga nickte zu meiner Frage mit einem Gesichtsausdruck, als wollte sie ebenfalls sofort in die Bresche springen und irgendetwas tun, damit es ihm besser ging.

»Ich habe mich noch mit den Kollegen von der Spurensicherung unterhalten. Wie immer wollen die natürlich erst einmal ihre Untersuchung abschließen, aber eins habe ich doch herausbekommen, nämlich dass sie völlig ratlos sind.«

»Das wäre ja mal innerhalb einer Polizeibehörde was ganz Neues.«

»Nein, Paul, ich meine, keine der Spuren passt zusammen. Ich möchte, dass du dir das ansiehst. Ich weiß, da wird Koblenz jetzt die Fäden in der Hand halten. Das ist Sache des K11, aber ich habe Claudi versprochen, dass ich am Ball bleibe.«

»Gibt es schon Fotos?«

»Krieg ich vielleicht morgen, der Kollege von der Spusi war nicht ganz abgeneigt, mir welche zu schicken.«

»Wie kann ich dir nun helfen?« Und bevor ich die Frage zu Ende ausgesprochen hatte, fiel mir auch schon die Antwort ein. »Lass uns zum Laacher See fahren, dann kann ich mir das Ganze mal vor Ort ansehen.«

Zum zweiten Mal heute Abend lächelte Kalle. »Das ist genau das, worauf ich gehofft hatte.«

Ich lächelte zurück und prostete ihm zu. Mit meiner neuen Hand konnte ich sogar ein dünnes Bierglas halten.

»Die neue Hand ist wirklich der Hammer, Captain Hook. Echt«, sagte Kalle bewundernd.

»Stimmt, und du hattest mit allem recht, hätte ich nur früher auf dich gehört.«

»Sagt mal, ihr beiden, ihr habt ja wohl die Ruhe weg.« Helga schlug mit der flachen Hand auf den Tisch. »Jetzt aber mal los. Wenn ihr da nicht im Finstern herumstolpern wollt, solltet ihr euch beeilen. Nehmt auf jeden Fall Taschenlampen mit.«

»Ja, Helga«, sagten Kalle und ich wie aus einem Mund, und wahrscheinlich fühlten wir uns beide dabei plötzlich wieder wie Zwölfjährige.

Laacher See

Kalle erzählte mir in den paar Minuten Fahrt zum See noch die wenigen Einzelheiten, die er kannte. Viel war es weiß Gott nicht.

Seine Ex-Frau hatte ausgesagt, dass Volker Roberts sich ganz normal verhalten hatte. Weder in der Kanzlei noch an dem Tag vorher war ihr irgendetwas Besonderes aufgefallen. Roberts hatte lediglich von einer kurzen Laufrunde gesprochen. Er war regelmäßig gelaufen, hatte sogar schon die Marathondistanz bewältigt. Es gab keine Anzeichen dafür, dass Roberts unruhig oder besorgt gewesen war. Er hatte keine speziellen Feinde, es hatte nie irgendwelche Drohungen gegeben. Das Aufregendste in den letzten Monaten war tatsächlich die Windkraft-Geschichte gewesen, und selbst diese Akte hatte Roberts geschlossen.

Claudia und er hatten einen gemeinsamen Winterurlaub im österreichischen Seefeld geplant, wollten sich am Wochenende mit Freunden in Köln treffen. Nichts hatte darauf hingedeutet, dass Roberts von seiner Trainingsrunde nicht mehr ins Hotel zurückkehren würde.

»Da vorne geht's runter, ist wirklich gut, dass wir die Taschenlampen dabeihaben.« Kalle wies mit dem Zeigefinger auf einen schmalen Pfad zwischen den Bäumen, die jetzt, nach Sonnenuntergang, zu einer zunehmend schwarzen Wand miteinander verschmolzen.

»Ist ja nicht so, als wären wir zum ersten Mal hier«, gab ich zurück und schloss mein Auto ab.

»Stimmt.«

»Und, wie weit ist es?«

»Wir müssen an unserer alten Badebucht vorbei, halb rum, und da an den großen Basaltfelsen haben sie ihn gefunden.«

Kalle und ich waren in meinen Sommerferien bei Onkel und Tante oft im See schwimmen gewesen. Allerdings hatten wir meistens darauf verzichtet, den Eintritt zu bezahlen, den der Campingplatzbetreiber für seine offizielle Badebucht nahm. Stattdessen hatten wir die flachen Buchten auf der linken Seeseite gewählt, um zu schwimmen. Ich wusste also genau, welche Stelle am Seeufer Kalle da beschrieb.

Wir kamen aber erst gar nicht bis an die Felsen heran. Schon von Weitem sahen wir im Licht unserer Lampen, dass immer noch das ganze Areal abgesperrt war. Über einem Großteil der Felsen war ein Zelt aufgebaut worden. Kriminaltechniker wollten wohl vermeiden, dass ein plötzlicher Regenschauer wertvolle Spuren vernichtete.

»Ich fürchte, weiter werden wir nicht kommen, Kalle.«

Aber mein Freund hörte gar nicht auf meine Bedenken, sondern bückte sich unter dem Absperrband hindurch und ging schnurstracks auf das Zelt der Spurensicherung zu.

»Kalle, das ist ein Tatort.«

Kalle blieb stehen. Offenbar war mein Einwand doch noch rechtzeitig in seinem Hirn angekommen.

»Da drüben, in einer Spalte zwischen den beiden großen Felsen, da lag er.« Kalle leuchtete mit seiner Taschenlampe auf die Stelle, die jetzt von der Zeltwand verdeckt wurde. Ich konnte mir das Ganze auch so ganz gut vorstellen, die Felsen lagen ja nicht erst seit gestern hier herum.

»Wie genau lag er denn dort? Lag er auf dem Rücken oder auf dem Bauch? War er mit den Füßen voran in die Spalte gekrochen?«

Kalle gab ein resigniertes Schnauben von sich. »Wir wissen ja nicht einmal, ob er aus eigener Kraft zwischen die Felsen gekrochen ist. Aber um deine Fragen zu beantworten: Er lag auf dem Rücken, und die Füße zeigten nach vorne, eben so, als hätte er sich rückwärts in die Spalte geschoben.«

»Mhm. Er lag also nicht auf dem Bauch. Das heißt, er ist nicht zwischen die Felsen gekrochen, um sich zu verstecken und gleichzeitig etwas hinter den Felsen zu beobachten. Nein, er rutscht auf dem Hintern zwischen die Steine. Warum tut er das?«

»Vielleicht, weil er etwas oberhalb von sich beobachten wollte oder jemand Großes vor diesen Steinen stand«, überlegte Kalle laut.

»Okay, an der Stelle machen wir später weiter. Jetzt noch mal zu seinen Verletzungen.«

»Das willst du jetzt nicht wirklich im Detail wissen, Paul.«

Selbst im Schein der Taschenlampe sah ich, dass Kalle blass geworden war. Vielleicht beschwerte sich sein Magen gerade darüber, dass er eben noch gegessen hatte.

»Wie soll ich dir helfen, Kalle, wenn ich von dem Toten lediglich weiß, dass er einen grauenhaften Anblick geboten hat?«

Kalle blies die Wangen auf und ließ die Luft langsam entweichen. »Mann, Mann, das ist echt der Stoff, aus dem Alpträume gestrickt sind. Also, ich habe drei Theorien gehört. Nummer eins: Er wurde enthauptet, aber mit einem ganz stumpfen

Messer. Gegen diese Theorie spricht allerdings das ganze Blut an den Steinen. Nummer zwei: Er hat sich eine Handgranate an die Schläfe gedrückt und ist auf diese furchtbare Weise aus dem Leben geschieden. Von den Spuren her könnte das hinkommen, aber irgendeinen Rest der Granate hätte man dann schon finden müssen.«

»Ich ahne schon, wie die dritte Theorie aussieht. Ihm wurde der Kopf von einer Explosion abgerissen, möglicherweise ein sehr, sehr großes Geschoss. Aber diese Theorie wirft mehr Fragen auf, als sie Antworten gibt. Mir fallen da gleich ein paar ein. Auf Roberts muss vorher schon geschossen worden sein, warum hätte er sich sonst freiwillig zwischen die Steine geschoben?«

»Vielleicht war er auch nur auf der Flucht vor seinem Mörder und wollte sich verstecken«, überlegte Kalle.

Ich nickte zustimmend. »Ja, das wäre denkbar. Sein Mörder hat ihn dann aufgespürt und zur Strecke gebracht.« Ich schaute mich um, stellte mir vor, wie Volker Roberts voller Panik immer tiefer zwischen die Felsen rutschte.

»Der Mörder hätte dann hier draußen stehen müssen. Mist, das passt nicht zusammen. Wenn da vorne jemand zwischen den Felsen liegt, kann ich ihm in die Beine schießen, vielleicht auch seinen Unterleib treffen, aber nicht den Kopf.«

»He da, was haben Sie hier zu suchen? Sie befinden sich innerhalb eines abgesperrten Tatorts!«

Zwei helle Lichtkegel schnitten sich durch die Dunkelheit und blendeten schmerzhaft grell meine Augen.

»Schon gut, schon gut. Ich bin ein Kollege. Polizeioberkommissar Seelbach aus Andernach«, stellte Kalle sich vor. »Ich war heute früh mit Uwe Miesheim hier.« Kalle griff in seine Hosentasche und zog seinen Dienstausweis heraus, um ihn gut sichtbar in den Strahl der Taschenlampen zu halten. »Und dürfte ich euch jetzt bitten, die Taschenlampen herunterzunehmen?«

Tatsächlich wanderten die beiden Lichtstrahlen langsam herunter, und die Männer hinter den Taschenlampen wurden schemenhaft sichtbar.

»Sorry, man hat uns gar nicht gesagt, dass ihr Andernacher ebenfalls involviert seid.«

Kalle hob abwehrend die Hände. »Nein, schon gut, ich bin heute früh nur durch Zufall in die ganze Sache hineingeraten. Ich war mit meinem Kollegen noch in Mendig unterwegs, und mir hat das Ganze keine Ruhe gelassen. Also habe ich auf dem Rückweg noch einmal gehalten, um mich umzusehen.«

Sehr gut. Bevor die beiden fremden Polizisten auch noch meinen Dienstausweis sehen wollten oder anfingen, darüber nachzudenken, warum mein Freund außerhalb seiner Dienstzeiten, sozusagen als Privatperson, plötzlich an einem Tatort auftauchte, trat Kalle den Rückzug an.

»Na ja, war auch nur so eine Schnapsidee, wir machen dann mal Feierabend.« Kalle wartete gar nicht erst ab, was seine beiden Kollegen von dieser Schnapsidee hielten, sondern drehte sich um und ging seelenruhig mit einem halblauten »Schönen Abend dann noch« den Weg zurück, den wir gekommen waren.

»Das war eine bekloppte Idee von mir, dich da hinzuschleppen. Mitten in der Nacht. Was sollen die Kollegen sich nur denken?«, stöhnte Kalle, als wir wieder in meinem Auto saßen.

»Erstens war die ›bekloppte Idee‹ von mir. Und zweitens, was bitte schön soll denn passieren? Glaubst du, die beiden werden sich bei deiner Dienststelle darüber beschweren, dass du privat noch einmal einen Tatort aufgesucht hast?«

Kalle war zu sehr mit seinen eigenen Gedanken beschäftigt, um mir darauf eine Antwort zu geben. Er brütete stumm vor sich hin, während ich zurück nach Kell fuhr, um ihn zu Hause abzusetzen. Hätte ich gewusst, was unser nächtlicher Besuch am Seeufer alles ins Rollen bringen würde, hätte ich die Klappe nicht so weit aufgerissen.

Campingplatz Pönterbach

Kalle wollte sich bei mir melden, sobald er die Fotos vom Tatort hatte. Möglicherweise hätte er dafür aber auch erst später nach Dienstschluss Zeit. Also begann ich direkt nach dem Frühstück, die große Zeltwiese zu mähen. Während ich mich auf dem Aufsitzrasenmäher durchrütteln ließ, wanderten meine Gedanken zurück zu dem Toten, Volker Roberts. Grundsätzlich gab es da zwei Möglichkeiten: Entweder er war einem irren Mörder in die Quere gekommen und damit dummerweise am falschen Ort zur falschen Zeit gelandet, oder er war ganz bewusst als Ziel ausgewählt worden. Dann mussten wir Motiv und Täter in seinem Umfeld suchen, also in Daun.

Was natürlich die Frage aufwarf, warum er ausgerechnet am Laacher See gefunden worden war und nicht in Daun selbst. Gelegenheiten hätte es in Daun doch sicher genug geben. Hatte der Laacher See eine besondere Bedeutung? Bot er als Ort einem Verbrecher etwas, was die Kreisstadt in der Eifel nicht zu bieten hatte?

Gerade als ich den Rasenmäher anhielt, um aufzutanken, hörte ich den Wagen. Hier im Pöntertal waren ankommende Fahrzeuge immer schon von Weitem hörbar, was daher kam, dass es ansonsten vollkommen still war.

Ein BMW, getönte Scheiben, Koblenzer Kennzeichen. Sah nicht nach neuen Gästen aus. Ich stellte den Benzinkanister zur Seite und wischte mir an einem alten Lappen die Hände ab, dann ging ich den beiden Männern entgegen, die aus dem Auto gestiegen waren. Der eine im Anzug, der andere in Jeans, Polohemd und Lederjacke. Hundertprozentig keine Feriengäste. Der Anzugträger fummelte mit der Fernbedienung herum und hatte offenbar Probleme, den BMW abzuschließen.

»Guten Morgen. Kann ich Ihnen weiterhelfen?«, begrüßte ich die beiden.

»Wenn Sie Paul David sind, ja, denn ich will Ihnen ein paar Fragen stellen.«

Es gibt Menschen, bei denen weiß man schon nach zwei Sekunden, dass man nicht irgendwann ziemlich beste Freunde werden wird. Mir ging das mit dem Anzugträger so, der jetzt die Fernbedienung in seiner Hosentasche versenkte und sich mit einem abschätzigen Grinsen umschaute.

»Machen Sie jetzt einen auf Landleben, David? Von der NATO-Spezialeinheit zum verkrüppelten Rasenmäher – ganz schön tiefer Fall.«

Ich konnte ihn direkt mit einem Fußtritt vom Hof jagen oder mir anhören, warum er hier war. Er hatte Glück, ich hatte heute meinen neugierigen Vormittag.

Der Anzugträger war um die vierzig, mittelgroß, leichter Bauchansatz. Klassischer Fall von zu viel Fast Food und zu wenig Bewegung. Sein Begleiter war deutlich jünger, und seine Körpersprache ließ tief blicken. Gerade jetzt verlagerte er unbewusst das Gewicht auf den anderen Fuß, weg vom Anzugträger, so als wollte er auf Distanz gehen. Dabei blickte er einigermaßen neutral, konnte aber ein kurzes Zusammenzucken bei dem Wort verkrüppelt nicht vermeiden. Eines war klar: Die beiden waren beruflich keine Partner, dem Jüngeren war offenbar die unliebsame Aufgabe aufs Auge gedrückt worden, den Anzugträger hierherzubegleiten.

»Warum interessiert sich das Bundeskriminalamt für einen toten Anwalt aus Daun?«, fragte ich.

Die Frage sorgte für erste Risse in dem selbstgefälligen Lächeln des Anzugträgers.

»Wie kommen Sie darauf, David? Kennen wir uns?«

»Sie fahren den BMW zum ersten Mal, haben keine Ahnung, wie man ihn abschließt, und keiner im Koblenzer Polizeipräsidium hätte innerhalb von vierundzwanzig Stunden meine persönliche Akte auf dem Schreibtisch. Ich vermute, nicht mal in vierundzwanzig Tagen. Woher wissen Sie also von meiner Arbeit? Weil Sie nicht aus Koblenz kommen, sondern von einer übergeordneten Behörde. BKA hab ich nur getippt, aber das haben Sie ja gerade bestätigt. Und da hier – wie Sie messerscharf geschlossen haben – das pure Landleben herrscht, ist die Zahl der Gewaltverbrechen eher klein. Was also, außer dem Tod von Volker Roberts, könnte Sie aus Koblenz hierherführen? Ich hatte bislang angenommen, beim BKA müsste man ein Mindestmaß an Intelligenz mitbringen – hab ich mich wohl getäuscht.«

»Vorsicht, David, Sie bewegen sich da auf ganz dünnem Eis, und Sie sind nur noch einen Wimpernschlag von dem Tatbestand der Beamtenbeleidigung entfernt.«

»Dann wünsche ich Ihnen noch einen schönen Tag. Besser, ich mähe meinen Rasen zu Ende.«

»Sie bleiben, und Sie beantworten jetzt meine Fragen.«

»Verraten Sie mir doch erst einmal, wer Sie sind.«

»Röschel, Tobias Röschel, und das da ist … ähm …«

Röschel verstummte und schaute den Jüngeren in der Lederjacke an.

»Kriminalkommissar Dennis Calwheim, Kripo Koblenz.« Dennis Calwheim sah jetzt so aus, als würde er eine Zitrone lutschen. Röschel hierherzubegleiten war definitiv nicht sein Highlight auf der To-do-Liste.

»Also, David, klare Frage, einfache Antwort: Wo waren Sie gestern zwischen sieben und neun Uhr morgens?«

»Hier auf dem Campingplatz.«

»Gibt es dafür Zeugen?«

»Meine Tante, unsere Gäste, den Postboten – wollen Sie eine Liste? Wieso kommen Sie überhaupt auf die Idee, ich könnte ein Alibi gebrauchen?«

Röschel lächelte zufrieden. Das Lächeln schaltete die Leuchtreklame »arroganter Arsch« direkt über seinem Kopf ein. Gut sichtbar, auch für Uneingeweihte, die ihn noch nicht kannten. Uneingeweihte wie Dennis Calwheim, der jetzt tatsächlich einen Schritt zur Seite machte.

»Ich sage nur: fünfzigtausend Euro. Sie haben bei Roberts hundert Riesen versenkt. Eine ziemliche Stange Geld. Und dann hat Ihnen Roberts nur die Hälfte zurückgegeben. Das mit dem Geld brauchen Sie gar nicht erst abzustreiten, wir haben die Aussagen aus Roberts' Kanzlei. Wussten Sie, dass er sich gegenüber einer Mitarbeiterin besorgt geäußert hatte? Er fühlte sich bedroht. Haben Sie ihn bedroht, David? War das Geld der Grund, warum Sie sich mit Roberts gestritten haben?«

»Ich hatte keinen Streit mit Roberts, und ich habe ihn auch nur ein einziges Mal getroffen.«

»Da habe ich aber was ganz anderes gehört. Sie sollen Roberts mit der Staatsanwaltschaft gedroht haben. Ist ja auch nur verständlich, da droht diese kleine Idylle hier den Bach runterzugehen, und Roberts kümmert sich nicht darum.«

»Vielleicht machen Sie erst einmal Ihre Hausaufgaben und sprechen mit der Koblenzer Staatsanwaltschaft.«

»Glauben Sie mir, das werde ich auch noch tun. Aber vorher wollte ich den Mann kennenlernen, der die Fähigkeiten hat, mit einem Gewehr sein Opfer aus sicherer Entfernung zu töten, und der ein Motiv hat. Einen, der diesen Mann hasst. Sie, David, sind ausgebildeter Scharfschütze, und Sie haben nicht nur ein Motiv, Sie haben gleich fünfzigtausend. Ach, und bevor ich das vergesse: Ihr kleiner Ausflug zurück zum Ort des Verbrechens ist nicht unbemerkt geblieben. Was wollten Sie denn mit Ihrem Kumpel da? Ein paar Spuren verwischen?«

»Ähm, Herr Röschel, Polizeioberkommissar Seelbach war bereits morgens am Tatort …«

»Schnauze, Calwheim. Wenn ich Ihre Meinung hören will, frage ich laut. Hab ich laut gefragt? Hab ich nicht!«

Das war nicht gerade wie aus dem Lehrbuch für erfolgreiche Mitarbeiterführung. Der junge Polizist bekam hektische Flecken am Hals. Röschel schien das nicht mal zu bemerken. »Wie ich schon sagte, über die Folgen Ihres Ausflugs reden wir noch. Wahrscheinlich ist dieser Seelbach sogar Ihr Komplize. Passt doch alles prima zusammen. Sie hassen Roberts, und Seelbach gibt Ihnen Rückendeckung, versorgt Sie mit Insiderinfos. Ich meine, Roberts vögelt Seelbachs Ex-Frau. Die hat ihn für diesen Anwalt verlassen.«

»Frau Sauermos ist bereits seit acht Jahren geschieden.«

»Calwheim, Sie reden ja schon wieder dazwischen«, Tobias Röschel wurde lauter, »brülle ich Ihnen zu undeutlich, oder was?«

Dennis Calwheim streckte sich und schob das Kinn vor. »Ich verbitte mir diesen Ton, Herr …«

»Ach, flennen Sie doch nicht rum.« Tobias Röschel machte

einen Schritt vorwärts und stieß mir wütend mit dem ausgestreckten Zeigefinger gegen die Brust.

»Sie, David, stehen auf meiner Verdächtigenliste ganz, ganz oben, dass das klar ist.«

Während er das sagte, stach sein Zeigefinger ein zweites Mal zu, diesmal noch härter. Genug. Bevor er den Finger zurückziehen konnte, hatte ich ihn mit Daumen und Zeigefinger gepackt, direkt hinter dem zweiten Gelenk.

»Sagen Sie, Herr Kriminalkommissar Calwheim, wissen Sie, wo in Andernach das Krankenhaus ist?«

»Ja, sicher.«

»Gut, da müssen Sie nämlich gleich Ihren Kollegen hinfahren, damit er seinen gebrochenen Zeigefinger behandeln lassen kann.«

»Lassen Sie los, verdammt noch mal.«

Ich verstärkte den Druck, und Röschels Protest endete in einem schmerzvollen Aufstöhnen. So leise, dass Calwheim nichts verstehen konnte, raunte ich: »Sollten Sie noch einmal vorbeikommen wollen, Herr Röschel, dann werden Sie sehr höflich sein. Sie verzichten auf Wörter wie verkrüppelt, und Sie behalten Ihre Finger bei sich. Noch besser, Sie kommen mit etwas Amtlichem wieder. Ein Durchsuchungsbeschluss oder ein Haftbefehl, irgendwas, das Ihnen erlaubt, hier einen auf dicke Hose zu machen. Ansonsten wird das sehr, sehr unangenehm werden.«

Ich ließ den Zeigefinger los, und Röschel stolperte zwei Schritte zurück.

»Das wird Ihnen noch leidtun, David«, zischte er, »ich krieg Ihren Arsch, und es wird mir ein Fest sein, Ihnen selbst die Handschellen anzulegen.«

»Bringen Sie Verstärkung mit, die werden Sie brauchen.«

Röschel verzichtete auf eine Entgegnung und stampfte zurück zum BMW. Dennis Calwheim machte den Mund auf, so als wollte er sich für das, was gerade passiert war, entschuldigen – dann zuckte er nur verlegen mit den Schultern und folgte dem BKA-Mann.

Das war nicht gut, überhaupt nicht gut. Und dann auch noch das: Als ich kurz in den Laden ging, sah ich auf dem Handy eine WhatsApp-Nachricht von Kalle: »Gab Ärger. Komme später vorbei. Kann nicht mehr schreiben, ruf Steffen an.«

Frankfurt a. M.

»… der geplante Besuch von Alexej Wolkow wird von der Bundesregierung als reine Privatreise angesehen. Dies bestätigte heute in Berlin Regierungssprecher Thorsten Ebers. Wolkow hatte in der letzten Woche angekündigt, mehrere Tage in Deutschland verbringen zu wollen. In unserem Hauptstadtstudio begrüße ich jetzt meine Kollegin Sieglinde Ramas. Frau Ramas, was genau verbirgt sich denn eigentlich hinter diesem Deutschlandbesuch?«

»Nun, aus seinen Motiven hat Wolkow ja kein Geheimnis gemacht. Er möchte die Wurzeln seiner Familie kennenlernen. Im 18. Jahrhundert wurden von Katharina der Großen Tausende deutsche Bauern dazu ermutigt, in der Wolgaregion zu siedeln. Die russische Großfürstin versprach den Siedlern unter anderem Steuer- und Religionsfreiheit. Es gab in vielen deutschen Regionen regelrechte Anwerber. Familien aus der Pfalz, aber auch aus der Eifel sind damals in die Wolgaregion ausgewandert. Wolkows Vorfahren gehörten offensichtlich dazu. Alexej Wolkow hat in der Vergangenheit schon mehrmals davon gesprochen, dass er die Gegend kennenlernen möchte, aus der seine Familie ursprünglich stammt: die Vulkaneifel.«

»Wolkow! Das klingt nicht gerade ureiflerisch.«

»Wolkow ist die russische Ableitung des Wortes Wolf, Herr Kollege.«

»Ah ja, natürlich. Alexej Wolkow ist ja kein Unbekannter. Der Oligarch war in den zurückliegenden Jahren mit seinen Firmen und Konzernen wirtschaftlich sehr erfolgreich. Seit zwei Jahren ist er nun auch politisch aktiv. Kann da die Bundesregierung so tun, als sei es lediglich der Besuch eines Privatmannes?«

»Genau das ist ja der Grund, warum Thorsten Ebers heute vor

der Bundespressekonferenz noch einmal unterstrichen hat, dass man die Reise des russischen Milliardärs lediglich zur Kenntnis genommen habe. Aber das ist meiner Meinung nach nur die halbe Wahrheit. Stellen Sie sich vor, ein amerikanischer Präsidentschaftskandidat würde privat nur sechs Monate vor der Wahl Deutschland besuchen. Wäre das wirklich ein Privatbesuch? Bei Wolkow ist das ganz ähnlich. Die russische Opposition ist von diesem Mann begeistert. Auch wenn er selbst bislang öffentlich ganz unterschiedliche Positionen bezogen hat. So viel aber ist klar: Für viele ist Wolkow der neue Hoffnungsträger in Russland. Er hat sich immerhin klar gegen Vetternwirtschaft und Korruption ausgesprochen, und viele Beobachter glauben, dass sich mit ihm das Land deutlich in Richtung Westen und der NATO öffnen würde.«

»Eine letzte Frage, Frau Ramas: Wie sieht es denn mit den Sicherheitsvorkehrungen während des Besuches in Deutschland aus?«

»Auch hier kann ich nur spekulieren, ob die deutschen Sicherheitsbehörden Wolkow begleiten werden. Bei seinen letzten Auftritten in der Öffentlichkeit wurde Wolkow von einem ganzen Trupp privater Sicherheitsleute bewacht. Insofern dürfte dieser Aspekt der Bundesregierung noch die geringsten Kopfschmerzen bereiten.«

»Frau Ramas, ich danke Ihnen für diese ersten Einschätzungen. Und jetzt weiter zur Börse. In Frankfurt stieg der Deutsche Aktienindex DAX aufgrund positiver Nachrichten im Zusammenhang mit den neuen Konjunktur…«

Susanne Winkler drehte das Autoradio wieder leiser, um über das eben Gehörte nachzudenken. Ein russischer Oligarch mit deutschen Wurzeln. Zu gerne würde sie Wolkow einmal interviewen. Die Titelmusik der US-Serie »Lou Grant« tönte plötzlich laut aus ihrer Handtasche. Susanne drückte auf den Bestätigungsknopf ihrer Freisprecheinrichtung, um den Anruf entgegenzunehmen.

»Susanne Winkler, hallo!«

»Dieblich hier. Haben Sie gerade Zeit?«

Wenn Johannes Dieblich, Chef des Frankfurter SPIEGEL-Büros, persönlich anrief, sollte man besser Zeit haben – so viel hatte Susanne in den letzten Monaten gelernt.

»Ich bin gerade auf dem Weg nach Hause, aber da vorne ist ein Parkplatz. Warten Sie, ich fahre kurz ran, dann kann ich mir Notizen machen.«

Dass Dieblich sie nicht auf dem Handy anrief, um über das Wetter zu plaudern, stand für Susanne fest. Normalerweise erhielt sie ihre Aufträge von Paul Bertram, Dieblichs rechter Hand. Dass der Chef persönlich anrief, war ausgesprochen selten. Eine Minute später stand der Wagen, und Susanne hatte Füller und Notizbuch aus der Handtasche gefischt.

»So, Herr Dieblich, es kann losgehen.«

»Ich brauche Sie nächste Woche in der Eifel, Frau Winkler. Aus Hamburg kam die Einladung, Alexej Wolkow für drei Tage zu begleiten. Ein Kollege von der Süddeutschen, ein ZDF-Kamerateam und wir. Ein ziemlich exklusiver Kreis also.«

Susanne glaubte sich verhört zu haben. »Ich soll Alexej Wolkow begleiten?«, fragte sie ungläubig.

»Genau das. Aus Wolkows Umfeld hat man ausdrücklich nach Ihnen gefragt.«

»Sie wollen mich auf dem Arm nehmen, Herr Dieblich.«

»Mädchen, aus dem Alter bin ich lange heraus.«

Susanne konnte förmlich sehen, wie der massige Dieblich zufrieden in seinem großen Bürosessel saß und vor sich hin lächelte.

»Aber ich … Ich meine, warum …?«

»Na, na. Die werden schon ihre Gründe haben. Immerhin haben Sie zwei Bundesministern das Leben gerettet, da müssen Sie sich nicht wundern, wenn Sie eine gewisse Bekanntheit erreicht haben. Außerdem sind Sie für Wolkow ganz sicher eine angenehmere Erscheinung als Olaf Herschel von der Süddeutschen.« Johannes Dieblich lachte über seinen eigenen kleinen Scherz. »Wir haben jedenfalls mit dieser Einladung die Möglichkeit, Russlands künftige Nummer eins in einem sehr privaten Umfeld kennenzulernen. Also verpatzen Sie es nicht, Susanne.«

»Aber meine Geschichte mit der Bundeswehr …«

»Wird natürlich weiterlaufen. Sie sollen ja keine sechs Wochen Urlaub einreichen, sondern nur ein paar Tage in der Pressedelegation mitreisen.«

»Es gibt da aber wirklich noch Etliches, was ich erledigen muss«, protestierte sie.

Dieblich schnaubte gereizt. »Ihr Bruder hatte oft drei, vier Storys parallel in Bearbeitung.«

Mein Bruder, dachte Susanne verbittert, war ein Workaholic, der sein kaputtes Privatleben mit zwei Pulitzerpreisen gekrönt und sich am Ende, gejagt von seinem eigenen Erfolg, in der Nordeifel verkrochen hatte. Aber selbst von dort war er auf die Jagd nach Schlagzeilen gegangen, weil er danach süchtig war. Doch nichts davon sagte sie Johannes Dieblich. Im Gegenteil. »Nein, klar, das kriege ich schon hin«, hörte sie sich selber sagen.

»Weiß ich doch, Mädchen, sonst hätte ich ja die Einladung nicht schon in Ihrem Namen angenommen.« Ihr Chef hatte wieder auf seine Erbonkel-Johannes-Stimme umgeschaltet. »Ich lasse Ihnen von Bertram die Details mailen. Ihr Stück brauche ich dann für eine der Oktober-Ausgaben, wenn wir das Schwerpunktthema Russland im Heft haben.«

Susanne nickte gedankenverloren, ohne zu bemerken, dass Johannes Dieblich sie ja gar nicht sehen konnte. Der hatte allerdings auch schon aufgelegt, sodass Susanne noch nicht einmal Gelegenheit hatte, sich richtig zu verabschieden.

In den nächsten Tagen würde eine Menge Arbeit auf sie zukommen, sie musste für die Bundeswehrgeschichte vorarbeiten. Paul und der Geburtstag von Helga fielen ihr plötzlich wieder ein. Sie seufzte leise, als ihr klar wurde, was das für sie bedeutete.

Campingplatz Pönterbach

Mit fünfzehn Jahren war Steffen Rubert bereits ein Computernerd gewesen. Sein Foto hätte sogar im Lexikon neben dem

Stichwort »Nerd« stehen können. Er erfüllte alle Klischees: Als Jugendlicher war er klein, dick und ziemlich kurzsichtig gewesen. Dazu kam, dass seine Mutter ihm immer die Haare von einer untalentierten Nachbarin schneiden ließ – Hauptkriterium dabei: Es musste billig sein. Rückblickend wundere ich mich eigentlich nur, dass Steffen nicht während seiner kompletten Jugend mit einer Mütze auf dem Kopf herumgelaufen ist. Aber sein Aussehen war ihm wohl egal. Ich glaube, es lag daran, dass er es gewöhnt war, der Außenseiter zu sein.

Wie gesagt, Steffen war ein Computernerd gewesen in einer Zeit, in der wir anderen noch nicht mal wussten, wie man Computer, geschweige denn Nerd buchstabiert. Seinen ersten eigenen Computer hatte Steffen mit elf Jahren zusammengelötet, mit vierzehn hatte er angefangen, Informatik zu studieren. Möglich war das, weil er mehrere Datenbanken gehackt hatte, um seine persönlichen Daten und Zeugnisse zu frisieren. Mit neunzehn Jahren gründete er seine erste Computerfirma, um selbst entwickelte Spiele zu verkaufen. Zwei dieser Spiele hatten sich zu absoluten Rennern entwickelt. Die Erlöse aus den Lizenzverkäufen an eine US-Firma reichten für ein komfortables Leben. Wenn er gewollt hätte, hätte Steffen nie wieder beruflich eine Computermaus anfassen müssen. Aber Steffen wollte nicht.

Er legte das Geld in eine neue Firma an. Gleichzeitig investierte er in eine persönliche Rundumerneuerung. Personal Fitnesstrainer, Kontaktlinsen, Designerklamotten. Der kleine, dicke Steffen mit der Kassenbrille war Geschichte.

Ich hatte ihn bis zu diesem Frühjahr fast zwanzig Jahre lang nicht gesehen, nur ab und zu über Kalle ein paar Neuigkeiten gehört. Kalle und ich waren die Einzigen, die damals mit Steffen befreundet gewesen waren. Viele Jahre war Steffen auf meinem persönlichen Radar nicht mehr aufgetaucht. Dann aber hatten wir unsere Freundschaft erneuert.

Jetzt wählte ich auswendig Steffens Mobilnummer.

»Hi, Paul, habe gerade daran gedacht, bei dir heute noch vorbeizuschauen«, begrüßte mich Steffen, der wohl meine Nummer auf seinem Display erkannt hatte.

»Tatsächlich?«

»Yep – Mutter ist zur Kur, und ich muss ihre beiden Katzen füttern. Wo ich doch eh in Kell bin, könnte ich gleich den neuen WLAN-Repeater, den Helga sich gewünscht hat, vorbeibringen.«

Helga hatte sich einen WLAN-Repeater gewünscht?

»Sprechen wir von derselben Helga? Also, die, die ich kenne, wird am Wochenende siebenundfünfzig Jahre alt, trägt ihre grauen ungefärbten Haare in einem modischen Kurzhaarschnitt und wird fuchsteufelswild, wenn ich sie Tante Helga nenne.«

Steffen lachte am anderen Ende der Leitung. »Du sagst es, Alter. Sie wird siebenundfünfzig, nicht achtzig. Sie ist zwei Jahre jünger als Bill Gates. Und Steve Jobs wäre in diesem Jahr auch neunundfünfzig Jahre alt geworden, wenn er nicht vor drei Jahren seinen Call vom großen Lord bekommen hätte.«

Jetzt musste auch ich lachen. »Okay, ist angekommen. Aber wozu brauchen wir einen Repeater?«

»Das ist nicht irgendein Repeater, das ist die neueste Entwicklung meiner Firma – ein absoluter Reichweiten-Hammer. Helga will euren Gästen auf dem Platz Internet anbieten. So was kann sich durchaus positiv in den Bewertungen von Besuchern bemerkbar machen.«

Ich musste zugeben, dass ich daran überhaupt noch nicht gedacht hatte. Helga offenbar schon, und mit Steffen hatte sie sich genau den richtigen Ansprechpartner geschnappt.

»Helga hat da weiter gedacht als ich«, gab ich unumwunden zu. »Also, wann kannst du hier sein?«

»Die Stubentiger haben ihr Fressen, die Blumen sind gegossen. Du kannst schon mal die Espressomaschine anwerfen und mir einen großen Milchkaffee ziehen. Bin gleich da.«

Tatsächlich bremste keine fünf Minuten später ein silberner Sportwagen auf unserem Hof. Nicht irgendein Sportwagen, sondern ein Aston Martin DB5. Vor unserer Tür stand der Dienstwagen von James Bond in »Goldfinger«.

»Ja, ich sollte mich wohl künftig mit dem Satz ›Mein Name

ist Rubert, Steffen Rubert‹ vorstellen«, erklärte Steffen zufrieden, als er mein erstauntes Gesicht sah.

»Ist das etwa ein original Aston?«

»Du meinst, ob der auch einen Schleudersitz, eine schusssichere Panzerplatte, Maschinengewehre und Öl-Spritzdüsen hat? Nee, ich habe da kurz drüber nachgedacht, ob ich mir einen der Originalwagen vom Film ersteigern soll, aber die waren mir dann doch zu teuer. Vor vier Jahren ist ja einer unter den Hammer gekommen. Ist für mehr als drei Millionen weggegangen. Der hier ist allerdings auch Baujahr 1963, und ich werde mal mit meiner Lieblingswerkstatt sprechen, was man da noch so alles einbauen lassen kann.« Steffen zwinkerte mir vergnügt zu. »Wenn du mit Frauen ins Gespräch kommen willst, ist der Wagen der Knaller. Zweihundertsechsundachtzig PS unter der Haube, er schafft locker die Null-auf-hundert in sieben Sekunden.«

Wie Steffen da so auf unserem Hof stand, in Ledermokassins, Jeans und rotem Seidenhemd, einen Meter achtzig groß und mit vom Personal Trainer geformtem Oberkörper, konnte ich mir schwer vorstellen, dass er wirklich einen schnellen Oldtimer brauchte, um bei Frauen anzukommen. Aber das würde ich für mich behalten, stattdessen sagte ich: »Wenn Kalle den Wagen sieht, wird er anfangen zu sabbern.«

Neid war für Kalle eigentlich ein Fremdwort, aber als bekennender Bond-Fan würde er bei dem Aston Martin feuchte Hände kriegen.

»Komm erst mal rein, Steffen, dein Milchkaffee wartet schon, und ich brauch dringend deine Hilfe.«

»Sehr wohl, M, wie immer stehe ich für Königin und Vaterland zur Verfügung.«

Ich brauchte nur fünf Minuten, um Steffen alles zu erzählen. Als ich von Claudia berichtete, fluchte Steffen herzhaft. Natürlich kannte er Kalles Ex-Frau ebenfalls. Mein Zusammenstoß mit Röschel dagegen machte Steffen nachdenklich. »Und du glaubst, dieser Röschel kam vom BKA?«

»Es gibt nicht viele Behörden bei uns, die so schnell Zugriff auf vertrauliche Personalakten haben. Dass ich bei einer Spezialeinheit gedient habe, steht schließlich nicht in meinem Facebook-Profil.«

»Hey, du hast schon mal von Facebook gehört?«

»Sehr witzig, Mister Superhirn. Was mir aber wirklich Sorgen bereitet, ist nicht die Tatsache, dass jemand bei der Polizei meine Akte kennt, sondern dass Kalle und mir die Hände gebunden sind, in diesem Fall weiterzuermitteln. Als Verdächtiger habe ich jetzt viel weniger Handlungsspielraum.«

»Du willst also nicht weitermachen?«

»Unsinn, ich will mich nur nicht von Röschel erwischen lassen«, erwiderte ich grimmig. »Und hier kommst du ins Spiel. Kannst du mir Informationen über Tobias Röschel besorgen? Und wir benötigen die Fotos vom Tatort. Die Spurensicherung muss ja welche gemacht haben.«

Steffen lehnte sich zurück und schlürfte genüsslich seinen Milchkaffee. »Ich mag das, wenn du so unanständige Sachen von mir verlangst. Aber ich hatte gehofft, du hättest mal eine anspruchsvolle Aufgabe für mich. Na ja, zum Warmwerden ist so ein kleiner Hack der Personaldatenbank des Bundeskriminalamtes sicher lustig. Ich hol mal meine Tasche aus dem Auto. Ich brauch da ein paar Programme.«

»Die hast du dabei?«

»Allzeit bereit, wie damals bei den Pfadfindern. Wenn du mir kurz deinen Laptop leihst, will ich mal sehen, was ich so finden kann.«

»Du willst das von hier aus erledigen?«

»Darauf kannst du aber einen lassen, Alter. Und außerdem, wenn die mal eine Spur verfolgen, dann doch besser zu deiner IP-Adresse als zu meiner.« Steffen sah mein entgeistertes Gesicht. »War nur ein Scherz.«

Fünf Minuten später hatte sich Steffen an meiner Küchentheke häuslich niedergelassen. Eine neue Tasse Milchkaffee, ein kleines Mäppchen mit verschiedenen USB-Sticks und eine externe Festplatte – zumindest hielt ich das Gerät dafür – waren um ihn herum ausgebreitet. Wozu er das alles brauchte, lag für mich im Dunkeln. Eigentlich wie alles, was Steffen am Computer zauberte.

Er klappte meinen Laptop auf, startete ihn und stieß einen leisen Pfiff aus. »Junge, Junge, Paul, pass bloß auf, dass das Technische Museum in München dieses Schätzchen nicht in seine gierigen Finger kriegt. Wo hast du denn den her?«

»Der gehörte Onkel Hans, also mir reicht der«, verteidigte ich meinen in die Jahre gekommenen Computer. Steffen schnalzte missbilligend mit der Zunge und verdrehte dabei genervt die Augen. »Dann kannst du mir bestimmt auch verraten, wo ich hier das Stück Kohle nachlegen muss, damit er nicht gleich wieder ausgeht. Mit so einer Möhre haben die bestimmt die Apollo-Missionen zum Mond koordiniert.«

»Vielleicht sollten wir das Ganze doch verschieben, die Aufgabe ist wahrscheinlich einfach zu kompliziert für dich.«

»Sehr witzig, Herr David. Ja, pack mich nur bei meiner Ehre, da steh ich drauf.«

»Hey, du hast angefangen, hier rumzustänkern«, lachte ich. Jetzt grinste auch Steffen übers ganze Gesicht. »Geschenkt, Paul. Mal sehen, was ich mit deiner Kiste hier erreichen kann. In der Not frisst der Teufel bekanntlich Fliegen.«

Minutenlang hörte ich nichts als das rasante Tippen von Steffen. Zwischendurch stieß er mal ein »Und schnick« oder ein leises »Ha, das hättet ihr wohl gern« aus. Diesen leisen Kommentaren folgten USB-Sticks, die er nacheinander in den Laptop steckte und wieder herauszog. Offenbar nutzte Steffen verschiedene Programm-Tools für seine gesetzeswidrige Suche. Nach genau zehn Minuten lehnte er sich zurück, wies mit der Hand auf den Bildschirm und sagte laut: »Taaadaaa.«

»Hast du was?«

»Nee, dieses triumphierende Geräusch mache ich immer, wenn ich nicht weiterkomme. Die Datenbank hat eine Firewall aus der Steinzeit, da gibt es scheunentorgroße Sicherheitslücken, das ist ja beschämend simpel.«

»Gut. Für uns.«

»Und für meine Firma. Gleich nächste Woche unterbreite

ich denen mal ein Angebot, der DB5 will ja auch abbezahlt werden.« Steffen kicherte zufrieden. »Dann wollen wir doch mal sehen.« Er klickte mit der Computermaus herum. »Ah, das ist ja der Fotoordner … Heilige Scheiße!«

Mit zwei langen Schritten war ich bei ihm. Die Tatortfotos der Koblenzer Spurensicherung waren von beeindruckender Schärfe. Wie sich das für ein ordentliches Tatortfoto gehörte, hatte der Fotograf darauf geachtet, auch das kleinste Detail festzuhalten. Leider! Für meinen Geschmack waren da deutlich zu viele Details, und Steffen war ganz käsig um die Nase herum geworden. Wahrscheinlich überlegte sein Magen rebellierend, was er alles zum Frühstück gehabt hatte und ob er das wirklich alles brauchte. Kalle hatte mir ja bereits berichtet, dass der Tote ausgesehen hatte, als ob eine Handgranate neben seinem Schädel explodiert wäre. Aber davon zu hören oder es als Farbfoto in voller Bildschirmgröße auf dem Laptop zu sehen, waren zwei Paar Schuhe.

»Grundgütiger, der sieht ja so aus, als hätte Godzilla ihm den Kopf abgebissen.«

Steffen klickte sich durch die Bilderserie, aber leider wurden die Fotos nicht appetitlicher. Gegen Steffens Theorie, dass das japanische Riesenmonster am Laacher See aufgetaucht sein könnte, sprachen die großen Blutflecke auf den Basaltsteinen.

»Ich fürchte, ich muss dich enttäuschen, Steffen. Volker Roberts wurde der Kopf nicht abgebissen, er ist explodiert.« Ich deutete mit dem Zeigefinger auf die dunklen Stellen, die selbst auf dem Foto noch als feucht glänzend zu erkennen waren.

»Blut und Hirnmasse, hier, hier und hier.«

Steffen stieß auf. »Mensch, Paul, so genau wollte ich das gar nicht wissen.«

Zum Glück für Steffens Mageninhalt konzentrierten sich die nächsten Fotos auf den Rest des Tatortes.

»Weißt du, Paul, ich lade mir die Fotos mal runter und schau mir die Details in Ruhe an, also die Details vom übrigen Tatort, auf den blutigen Rest kann ich gut verzichten.«

»Wie du willst. Vielleicht kannst du auch ein paar Abzüge ausdrucken, wenn du schon einmal dabei bist.«

Fürs Erste reichte mir das, was ich bisher gesehen hatte, und Kalle hatte das Ganze ja sogar live und in Farbe genießen dürfen – ich war sicher, dass er nicht nach einer Auffrischung seiner Erinnerungen gierte.

»Ausdrucken geht klar, Meister, und jetzt brauche ich mal kurz Ruhe. Ich schätze, dieser Röschel ist eine härtere Nuss als die Fotodatenbank hier.«

»Der Tote am Laacher See gibt der Polizei weiterhin Rätsel auf. Wie berichtet, haben Joggerinnen gestern in der Nähe der Abtei Maria Laach eine Leiche gefunden. Kollege Armin Schwarz fasst den Stand der bisherigen Ermittlungen zusammen:«

»Auf einer eben beendeten Pressekonferenz hat die Kriminalpolizei in Koblenz erste Details bekannt gegeben. Nach dem bisherigen Stand der Ermittlungen handelt es sich bei dem Toten um Dr. Volker Roberts, einen dreiundfünfzigjährigen Rechtsanwalt aus Daun, der für ein paar Tage im Seehotel Maria Laach Urlaub gemacht hatte. Zur eigentlichen Todesursache wollte die Polizei bislang noch nichts sagen. Hier, so ein Sprecher, wolle man die weiteren Ergebnisse der rechtsmedizinischen Untersuchungen abwarten. Fest steht, dass der Tote das Opfer eines Gewaltverbrechens geworden ist. Die Kriminalpolizei hat darüber hinaus mitgeteilt, dass für die weiteren Ermittlungen eine Sonderkommission ins Leben gerufen wurde. Neben der Koblenzer Kriminalpolizei und Vertretern der Staatsanwaltschaft wurden auch Beamte des Bundeskriminalamtes hinzugezogen. Kriminalhauptkommissar Tobias Röschel vom BKA in Wiesbaden zeigte sich bei seinem kurzen Statement überraschend optimistisch. Es gebe bereits erste vielversprechende Spuren und Hinweise, denen man nachgehen würde. Die Motive für die Tat liegen seiner Meinung nach im persönlichen beziehungsweise beruflichen Umfeld des Toten. Noch sei es zu früh, um von Fahndungserfolgen zu sprechen, aber er gehe davon aus, dass es innerhalb der nächsten zweiundsiebzig Stunden zu einer Verhaftung komme. Ein Optimismus, den der Sprecher der Koblenzer Kriminalpolizei im anschließenden Interview mit unserem Sender so nicht teilen wollte. Vielmehr wolle man mit Hochdruck daran arbeiten, die Tatortspuren auszuwerten. Auch zu dem genauen Tathergang könne man frühestens bei der nächsten Pressekonferenz etwas sagen.

Die wurde für morgen um zehn Uhr angekündigt. Armin Schwarz, SWR-Studio Koblenz.«

»Wir haben es gerade gehört, liebe Hörerinnen und Hörer. Der Tote vom Laacher See kommt aus Daun in der Eifel. Meine Kollegin Manuela Felder-Kakenbrecht hat dort erste Reaktionen eingefangen.«

»In Daun hat man mit großer Betroffenheit und Trauer reagiert. Dr. Volker Roberts war mit seiner Kanzlei seit mehr als zwanzig Jahren in der Kreisstadt tätig. Stadtbürgermeister Dieter Seller würdigte den Verstorbenen als einen engagierten Bürger, dem Daun und die Eifel am Herzen lagen. Zehn Jahre lang saß Volker Roberts für die CDU im Stadtrat der Kreisstadt und war Mitglied des Haupt- und Finanzausschusses der Stadt. Dass der oder die Täter im persönlichen Umfeld des Rechtsanwalts zu suchen sein sollen, hält man in Daun für unwahrscheinlich. Volker Roberts war hier sehr beliebt und für sein politisches und soziales Engagement bekannt, so Stadtbürgermeister Seller gegenüber unserem Sender. Wie beliebt der Verstorbene war, kann man leicht vor dem historischen Fachwerkhaus erkennen, in dem der Rechtsanwalt seine Kanzlei betrieb. Hier haben gestern Abend bereits viele Menschen als Zeichen ihrer Trauer und ihres Mitgefühls Kerzen angezündet und Blumen niedergelegt. Roberts, dessen geschiedene Frau seit vielen Jahren in Luxemburg leben soll, hinterlässt keine Kinder. Die Stadt plant, im Rahmen eines Gedenkgottesdienstes am kommenden Sonntag dem Toten die letzte Ehre zu erweisen. Aus Daun: Manuela Felder-Kakenbrecht.«

»So weit die Berichte aus Koblenz und Daun. Wir halten Sie selbstverständlich auf dem Laufenden, wenn es aktuelle Entwicklungen in diesem Fall gibt.«

Der markante Einstieg in den Song »And When I Die« mit der Blues-Mundharmonika von Blood, Sweat and Tears gab mir genügend Zeit, über den Radiobeitrag, den ich gerade gehört hatte, nachzudenken.

»Ist dir klar, was das da eben war?«, fragte ich Steffen quer durch den Raum. Steffen unterbrach seine Suche auf den unerlaubten Pfaden im Internet und schaute mich über die Schulter hinweg an.

»Klar, das war Blood, Sweat and Tears. ›And When I Die‹, 1968. War die dritte Singleauskopplung aus ihrem Album, erreichte Platz zwei der US-Top-100. Zwei Jahre vorher hatten das Peter, Paul and Mary aufgenommen, sie hatten die Rechte an dem Song für fünftausend Dollar einer unbekannten Songwriterin abgekauft, die das Lied als Siebzehnjährige geschrieben hatte.«

Steffen konnte einen in den Wahnsinn treiben.

»Nein, ich meine natürlich nicht das Lied im Radio, sondern die beiden Korrespondentenberichte davor.«

»Nö, hab nicht zugehört.«

»Kriminalhauptkommissar Tobias Röschel lässt nichts anbrennen. Der war heute früh hier und hat schon einen Tatverdächtigen und geht davon aus, dass er dem innerhalb von drei Tagen Handschellen anlegen kann.«

»Röschel? Unser Röschel, der, den ich gerade suche? Echt jetzt, haben die im Radio auch gesagt, wen Röschel verdächtigt?«

»Nein, haben sie natürlich nicht. Die Kripo in Koblenz ist da auch viel zurückhaltender gewesen als dieser arrogante Kotzbrocken vom BKA. Aber ich befürchte, dass Kalle und ich die Favoriten auf Röschels Liste sind.«

»Das hilft dir vielleicht noch nicht weiter, aber so wie ich das jetzt hier sehe, ist dieser Röschel nicht wirklich beim BKA in Wiesbaden.«

Neugierig legte ich die Monatsabrechnungen zur Seite, mit denen ich mich in der letzten halben Stunde halbherzig beschäftigt hatte.

»Das verstehe ich nicht.«

»Ganz einfach, Tobias Röschel gehört zwar offiziell zum Bundeskriminalamt, aber alle Einträge, die ich in internen Datenbanken finden konnte, wurden erst kürzlich hinzugefügt. Da hat jemand mit nur mäßigem Talent und mit heißer Nadel eine Vita zusammengeschustert.« Steffen schnaubte geringschätzig. »Das ist alles viel zu offensichtlich. Als Kriminalhauptkommissar müsste der Kerl doch in Dienstberichten auftauchen, in Gremien dabei sein, aber Fehlanzeige. Die haben sich nicht einmal die Mühe gemacht, die Personalakte vollständig anzulegen, da fehlt die Hälfte.«

»Du hast Einsicht in Röschels Personalakte?«

»Trägt der Papst lustige Kappen? Natürlich habe ich die Personalakte, was denkst denn du?«

»'tschuldigung.«

»Geschenkt. Weil ich beim BKA nicht weitergekommen bin, habe ich die Suche ausgeweitet. Allem Anschein nach hat dieser Tobias Röschel schon in vielen Sandkästen gebuddelt. Der war mal eine Zeit lang beim MAD, er taucht aber auch beim Landeskriminalamt Niedersachsen auf. Und wer weiß, was ich sonst noch herausfinde, wenn ich erst einmal tiefer grabe. Ich hatte ja nur eine knappe halbe Stunde.«

Warum war ein Mann wie Röschel plötzlich in Koblenz? Und vor allem: Warum interessierte sich so jemand – der ganz offenbar über weitreichende Beziehungen verfügte – für einen Mord in der Osteifel?

»Du solltest diesen Röschel nicht unterschätzen, Paul«, unterbrach Steffen meine Überlegungen, »das ist nicht einfach nur ein karrieregeiler Beamter, ich fürchte, da steckt mehr dahinter.«

Da hatte Steffen wohl recht, und Röschels Interesse an Kalle und mir machte alles nicht leichter. Röschel hatte versucht, mich mit seinem Auftritt einzuschüchtern. Das war ein Fehler gewesen, ich hasse es, wenn man mir auf die Füße tritt. Nein, ich würde Röschel sicher nicht unterschätzen. Aber er würde sich noch wundern. Jetzt ging es nicht mehr nur darum, Kalle zu helfen. Röschel hatte mir gedroht. Das war jetzt etwas Persönliches geworden. Ich werde nämlich höchst ungern bedroht.

Eigentlich hätte ich ein Dutzend Kleinigkeiten erledigen müssen, aber ich tat es nicht. Ich kümmerte mich weder um den Heckenschnitt noch um die Lebensmittelbestellungen für den Laden, ich machte keine Abrechnungen und reparierte auch nicht die lose Tür des Stromverteilerkastens an der Zeltwiese. Das alles musste warten.

Steffen war in seinen Aston Martin gestiegen und hatte versprochen, so schnell wie möglich weitere Einzelheiten zu liefern. Er wusste selbst nicht so genau, was er bei seinen illegalen Datenbankbesuchen noch finden würde, aber er schien voller Optimismus zu sein. Ein Optimismus, der mir im Augenblick fehlte.

Ich hatte in den zurückliegenden Jahren gelernt, dass es zwei Dinge gab, die mir halfen, den Kopf freizubekommen: eine Abfolge von Nahkampftechniken, ähnlich einer Kata im Karate, oder einfach nur ein Spaziergang im Wald. Ich entschied mich für den Wald.

Ein großer Vorteil unseres Campingplatzes war seine Lage. Nach vorne heraus lag das Pöntertal, ein lang gezogenes Tal mit sanft abfallenden Wiesen und alten Apfelbäumen. Hinter dem Campingplatz aber begann dichter Wald. Am Waldrand standen hohe Tannen. Als Junge hatte ich die Sommertage geliebt, an denen hier die warme Luft nach Harz und Tannennadeln gerochen hatte. Der Großteil des Gebietes aber bestand aus Buchen und Eichen. Ich ging auf einem kaum sichtbaren Trampelpfad zwischen den Bäumen hindurch. Meine Schritte federten auf dem alten Laub am Boden, ein intensiver Duft von Blättern und Pilzen lag in der Luft. Ich brauchte keine zehn Minuten, um auf »meine« Lichtung zu gelangen.

Die Bäume waren größer und das Unterholz dichter geworden, die Lichtung war kleiner, als ich sie in Erinnerung hatte, aber der Basaltfindling lag noch immer an seinem Platz. Für mich hatte dieser Stein früher etwas Magisches gehabt. Seine glatte Oberfläche, die perfekte Kugelform. Ich wusste damals nicht, dass er der stumme Zeuge einer gigantischen Explosion war. In meiner Phantasie war dieser Stein einmal ein germanischer Opferplatz gewesen, ein Versammlungsort alter Magier, der Beratungsplatz von Indianern.

Später wurde die Lichtung mein geheimer Rückzugsort. Ein Ort, von dem weder Helga noch Hans wussten. Selbst Kalle gegenüber hatte ich diesen Platz und den Stein nie erwähnt.

Als ich mit der Hand über den glatten, von der Nachmittagssonne aufgewärmten Basaltstein strich, tauchten die Bilder von den anderen Basaltfindlingen auf. Steine, die tatsächlich mit Blut getränkt worden waren. Aber wer hatte dieses Opfer verlangt? Ich wusste, dass ich hier und jetzt keine Antwort auf diese Frage finden würde, aber vielleicht würde mir ein Weg einfallen, der Antwort näher zu kommen. Ich setzte mich auf eine dicht bemooste Stelle am Boden und lehnte mich mit dem Rücken gegen den sonnenwarmen Stein. Wenn man erst einmal darauf achtete, dann war es in diesem Wald alles andere als ruhig. Es knackte im Unterholz, Vögel zwitscherten, irgendwo in der Nähe hämmerte ein Specht. Von noch weiter weg wehte das Geräusch einer Kettensäge herüber.

Ich schloss die Augen, es war Zeit, ein paar Dinge zu ordnen. Wenn es mir nicht gelang, möglichst schnell herauszufinden, was Volker Roberts zugestoßen war, würde Tobias Röschel wieder vor meiner Tür stehen. Es gab schlechtere Motive als den Verlust von fünfzigtausend Euro. Dass ich nicht die volle Summe zurückerhalten hatte und dann Roberts dafür verantwortlich gemacht haben könnte, war so abwegig nicht.

Es waren schon Männer für deutlich kleinere Summen gestorben.

Nein, ich hatte Volker Roberts bei meinem Gespräch in Daun nicht gedroht. Aber ich hatte ihn gewarnt. Sein Mandant spielte ein undurchsichtiges Spiel. Ein Spiel, für das sich die Koblenzer Staatsanwaltschaft interessierte. Roberts wollte damit natürlich nichts zu tun haben. Nein, gedroht hatte ich ihm ganz sicher nicht. Wozu auch? Er sollte ja nur begreifen, worum es ging, und seinen Mandanten möglichst nachdrücklich davon überzeugen, dass meine sofort gezahlten hunderttausend Euro allemal einträglicher sein würden als eine Zwangsversteigerung des Campingplatzes mit ungewissem Ausgang.

Und genau das hatte der Anwalt dann auch getan. Offenbar war er so erfolgreich gewesen, dass sich seine Mandanten am Ende sogar mit nur fünfzigtausend Euro zufriedengegeben hatten. Roberts hätte die anderen fünfzigtausend Euro behalten können, ich hätte nie etwas davon erfahren. Schließlich hatte ich die Riesensumme von hunderttausend Euro bereits gedanklich abgeschrieben. Ich hatte vorher nie viel Geld gebraucht und würde wohl auch in Zukunft keine allzu großen Summen benötigen. Das Geld, das ich aufgrund meiner Verstümmelung erhalten hatte, war wie ein unerwartetes, eigentlich nicht benötigtes Geschenk gewesen.

Nein, Volker Roberts hatte sich als Ehrenmann erwiesen, der unwissend an den falschen Mandanten geraten war. War er jetzt wieder an den Falschen geraten? In den Augen der Polizei sprach viel für diese These. Aber das war mir zu einfach. Also ging ich noch einmal die Fragen durch, die ich mir schon heute früh, vor dem Besuch von Röschel, gestellt hatte.

Einmal angenommen, der Täter kannte Volker Roberts, dann wäre es doch viel einfacher gewesen, ihm in Daun aufzulauern. Viele Menschen haben feste Gewohnheiten, einen regelmäßigen Tagesablauf. Sie kommen und gehen zu bestimmten Zeiten zur Arbeit, besuchen regelmäßig Vereine, treiben Sport. Wahrscheinlich kannte jeder Nachbar die Mittagspausenzeiten der Kanzlei. Ein fester Tagesablauf war der Alptraum eines jeden Leibwächters. Nur dass wir in unserem normalen Leben diese Art von Schutz nicht benötigen. Roberts hätte einen Leibwächter gut gebrauchen können, aber er hatte keinen, und er fühlte sich auch nicht bedroht, sonst wäre er nicht in aller Herrgottsfrühe alleine zu einem Trainingslauf in einem ihm unbekannten Wald gestartet.

Hätte man ihn bedroht, wäre er vorsichtiger gewesen. Der Täter konnte nicht gewusst haben, wann sein Opfer loslaufen würde – oder vielleicht doch?

Auf jeden Fall war das eine zusätzliche Komplikation. Warum also der Laacher See?

Ich schaute mich um. Ähnlich wie hier bestand der Wald am Laacher See aus hohen Laubbäumen, es gab Büsche und Unterholz, aber das bildete kein undurchdringliches Dickicht. Was noch? Die Gegend war praktisch ein Kessel, mit dem See im Mittelpunkt. Also Uferzone, Waldweg und dann zum Teil steil ansteigender Waldhang. Rund die Hälfte des Sees sah so aus. Die Hälfte, wo Roberts gestorben war. An den übrigen Stellen gab es Viehweiden, Obstplantagen und das Klostergelände.

Aber der Anwalt war eben nicht auf seinem Weg vorbei an den Kuhweiden gestorben, der Täter hatte sich genau diese Stelle ausgesucht. Roberts war auf dem Waldweg unterwegs gewesen, das heißt, sein Mörder könnte eine höhere Position eingenommen haben. Ich hielt es für unwahrscheinlich, dass der Täter von der Wasserseite aus sein Opfer verfolgt hatte.

Was sprach noch gegen Daun? Daun war Kreisstadt, aber beileibe keine Metropole. Einmal angenommen, der Täter hätte den Anwalt erschießen wollen – ein einzelner Schuss war kein Problem, selbst ein zweiter Schuss wäre möglich gewesen, wobei kein ausgebildeter Scharfschütze einen zweiten Schuss benötigen würde.

Natürlich gab es immer die Möglichkeit, dass etwas Unvorhergesehenes passierte. Irgendwer geriet ins Schussfeld, Menschen, die panisch herumrannten, ein Opfer, das sich ängstlich in Deckung warf.

Nun, ein freies Schussfeld, eine erhöhte Position und die Sicherheit, sein Opfer alleine im Visier zu haben, waren am Laacher See gegeben.

Das mochte erklären, warum ausgerechnet dieser Ort gewählt worden war, aber Roberts war nicht mit einem Gewehr getötet worden. Die schwere Verletzung war auf keinen Fall eine Schussverletzung.

Ich rieb mir mit den Händen über das Gesicht. Verdammt, so kam ich nicht weiter. Ich drehte mich im Kreis. Ich hatte kein Motiv. Die Art des Mordes passte überhaupt nicht zu einem Anwalt aus der Eifel. Roberts setzte Testamente auf, erledigte Scheidungen, ab und zu mal ein Klient aus einem örtlichen Unternehmen. So schätzte ich zumindest seine Kanzlei ein. Roberts war nicht im Affekt getötet worden, unwahrscheinlich, dass jemand frühmorgens mit einer Handgranate unterwegs war.

Ein wahnsinniger Serienmörder? Denkbar!

Aber solange der nicht wieder zuschlug, wollte ich mich

lieber darauf konzentrieren, dass der Anwalt nicht einfach nur ein zufälliges Opfer geworden war.

Was die Klienten der Kanzlei anging, hatte ich natürlich nur meine eigenen Vermutungen und oberflächlichen Eindrücke – ich war schließlich nur ein Mal dort gewesen.

Ich musste mehr über Roberts Klienten erfahren. Jetzt war es zu spät dafür. Morgen, morgen früh würde ich nach Daun fahren.

Irgendwo in der Vulkaneifel

Der Toyota war nicht mal schlecht. Nicht, dass ihm irgendetwas an Autos lag. Sie waren Werkzeuge, brachten ihn von Punkt A nach Punkt B. Manchmal gehörten sie zu seiner Tarnung, vervollständigten das äußere Bild einer Identität, die er annahm, um sein Ziel zu erreichen. Ja, er hatte auch schon Autos speziell nur aufgrund ihrer Fähigkeiten ausgesucht: ihre Geländegängigkeit, ihr Tempo oder ihr großes Ladevolumen. Aber sie blieben doch immer eines: Werkzeuge.

Er konnte nicht verstehen, wie jemand eine bestimmte Marke bevorzugte, die Begeisterung, ja manchmal sogar Ehrfurcht, die ein bestimmtes Automodell bei Menschen auslöste, waren ihm fremd.

Der Toyota fuhr zügig, er verbrauchte wenig, und vor allem fiel er überhaupt nicht auf. Bisher war alles glattgegangen, er hatte auch nichts anderes erwartet. Unerwartete Probleme waren in seinen Augen das Ergebnis von mangelnder Planung, fehlender Weitsicht und Unfähigkeit. Er hatte lange an sich gearbeitet, um all das auszumerzen.

Ein Telefonklingeln überraschte ihn. Er hasste es, überrascht zu werden. Das Klingeln kam aus dem Handschuhfach. Keine fünfzig Meter vor ihm stand ein Hinweisschild, das einen Wanderparkplatz ankündigte. Er gab Gas, fuhr auf den Parkplatz und holte dann das klingelnde Handy aus dem Handschuhfach.

Wortlos nahm er den Anruf an. Es war nicht sein Handy, es gab nur eine Person, die wusste, dass er in diesem Wagen unterwegs war, also lag der Schluss nahe, dass ihn sein Auftraggeber kontaktieren wollte. Er schätzte es nicht, wenn seine Kunden ihn während seiner Arbeit kontaktierten. Das war unprofessionell, gefährlich und vor allem völlig unnötig.

»Hören Sie mich?«

Eine dämliche Frage, er hatte schließlich den Anruf angenommen. Er hätte jetzt einfach wieder auflegen können, aber dann hätte es womöglich weitere Anrufe gegeben. Außerdem spürte er einen Hauch von Neugier – für ihn ein eher ungewohntes Gefühl.

»Hallo! Ich fragte: Können Sie mich verstehen?«

»Natürlich! Was wollen Sie?«

»Dieses Handy kann nicht zurückverfolgt werden, es besitzt eine ausländische Prepaidkarte, unser Telefonat ist also sicher.«

Nichts war sicher, schon gar nicht ein Handyanruf. Die Idioten in seiner Branche, die so was geglaubt hatten, lebten nicht mehr oder saßen im Knast. Er hatte nicht vor, ihnen nachzueifern.

»Warum rufen Sie an? Ihr Auftrag war eindeutig, und Sie wissen doch, dass ein einmal erteilter Auftrag weder verändert noch storniert werden kann. Er ist wie eine Gewehrkugel, Sie haben abgedrückt, jetzt ist sie unterwegs.«

Für seine Verhältnisse hatte er jetzt genug geplaudert.

»Ja, ja, ich weiß das alles. Aber die Medienberichte, die ganze Aufregung, die Sie da ausgelöst haben. War das wirklich nötig?«

Er unterdrückte ein empörtes Schnauben. Er tat, was er tun musste, um sein Ziel zu erreichen. Schon die Frage allein war für ihn ein Schlag ins Gesicht.

»Rufen Sie deshalb an, weil Ihnen ein paar Zeitungsberichte und Radiobeiträge Sorgen bereiten?«

»Nun ja, ich habe natürlich mit einer gewissen Beunruhigung verfolgt, wie groß …«

»Es gibt ein Sprichwort: ›Wenn man den Tiger reitet, kann man schwer absteigen.‹ Verstehen Sie, was das bedeutet?«

Stille am anderen Ende, dann ein leises »Es gibt kein Zurück«. Wieder Stille, schweigende Kapitulation.

»Genau! Rufen Sie mich nie mehr an.«

Er erwartete keine Antwort auf seine Forderung und beendete das Gespräch. Er schaltete das Handy aus, entfernte den Akku, stieg aus und warf Handy und Akku getrennt in zwei verschiedene Mülltonnen, die auf dem Parkplatz standen. Dann stieg er wieder in den Wagen und fuhr los. Er war immer noch in seinem Zeitplan, mehr war im Moment nicht wichtig.

Einkaufswelt Andernach

Als ich nach meiner Rückkehr einen Blick auf das Display meines Handys warf, sah ich, dass Kalle eine neue WhatsApp-Nachricht geschickt hatte: »Neunzehn Uhr, hinterer Parkplatz, Kaufland«.

Entweder hatte Kalle sein Faible fürs Geheimnisvolle entdeckt, oder er stand mächtig unter Druck. Ich schaute auf die Uhr, mir blieb noch mehr als eine Stunde Zeit. Also beschloss ich, wenigstens die Bestellungen für den Laden zu bearbeiten, bevor ich Kalles Aufforderung zum Rendezvous folgen würde.

Kurz vor sieben parkte ich den Pick-up wie gewünscht auf einem der beiden hinteren Parkplätze des Einkaufszentrums. Ab und zu begleitete ich Helga zum Einkaufen, daher wusste ich, dass in dem Einkaufszentrum zwei Modeläden, Bäckereien, eine Pizzeria und ein Kaufland-Supermarkt untergebracht waren. Nebenan gab es noch Schuhe, Elektronik und eine Diskothek, die, wie ich von Kalle gehört hatte, vor allem an Wochenenden für Rummel sorgte. Ich richtete mich aufs Warten ein und wollte gerade eine Ray-Brown-CD einlegen, als die Beifahrertür geöffnet wurde und Kalle auf den Sitz rutschte.

»Gut, dass du pünktlich bist, Paul.«

»Deine Nachricht war ja an Deutlichkeit nicht zu überbieten. Was ist denn los?«

»Was los ist? Das kann ich dir sagen: Dieser Bürokratenarsch aus Koblenz hat mich an den Eiern.«

»Tobias Röschel?«

»Du kennst ihn?«, fragte Kalle verblüfft.

»Ja, er war heute früh bei mir auf dem Campingplatz und hat mehr oder weniger unmissverständlich deutlich gemacht, dass ich seine Nummer eins unter den Verdächtigen bin.«

»Komm jetzt – nicht im Ernst.«

»Und ob, und dich hat er wegen Beihilfe im Fadenkreuz. Schließlich hatte der Tote ein Verhältnis mit deiner Ex-Frau.«

Kalle starrte mich entgeistert an. »Das hat er gesagt?«

»Nein, Röschel hat das mehr durch die Blume angedeutet. Seine genaue Wortwahl war: ›Ich meine, Roberts vögelt Seelbachs Ex-Frau. Die hat ihn für diesen Anwalt verlassen.‹ Ja, so hat er sich ausgedrückt, und du würdest mir Insiderinfos verschaffen, das hat er auch noch gesagt.«

Kalle schlug wütend mit der flachen Hand aufs Armaturenbrett. »So eine miese kleine Ratte. Boah, wenn ich den in die Finger kriege.« Kalle schaute auf seine Uhr.

»Scheiße, mir rennt die Zeit weg. Pass auf, Paul. Ich habe den ganzen Tag schon so einen Kollegen aus Koblenz an der Backe, Kriminalkommissar Dennis …«

»Calwheim. Jeans, Polohemd, Lederjacke. Nicht gerade ein enthusiastischer Fan von Röschel. Nicht mal 'ne Hassliebe.«

»Den kennst du also auch schon? Und obwohl der, wie du richtig erkannt hast, mehr auf unserer Seite steht, behält er mich doch die ganze Zeit im Auge. Nicht offiziell, da heißt es, er soll als Kontakt fungieren.«

Kalle stieß ein hämisches Schnauben aus. »Das ist natürlich Bullshit. Wir haben ja nichts mit dem Fall zu tun. Ich musste mir heute einen Rüffel abholen, weil ich gestern Abend noch mal am Tatort war. Morgen früh soll ich nach Koblenz fahren und dort mit den Teilnehmern der neu eingerichteten Soko Boston sprechen. Boston, wie der Marathonlauf, weil der Tote doch Läufer war. Ich möchte nur wissen, welches kranke Hirn sich immer diese Soko-Namen ausdenken muss. Egal – ich werde den jedenfalls nicht los, und mir sind erst mal morgen die Hände gebunden.«

»Und deshalb sitzen wir hier konspirativ zusammen?«

»Ich fürchte, ich muss mal eine Weile den Ball flach halten. Tanja sitzt mit diesem Calwheim im Streifenwagen vorne auf dem Parkplatz, und ich hole offiziell gerade für unser Team die Pizzen ab. Deswegen hab ich auch so wenig Zeit.«

Jetzt verstand ich. »Also dann im Schnelldurchlauf, Kalle. Ich brauche Claudias Handynummer. Ich werde morgen mal die Klienten von Roberts abklopfen. Und kennst du jemanden in einem Laden irgendwo in Mayen?«

»Ein Laden in Mayen? Klar, Bonzo, der arbeitet im Obi. Aber was hast du vor? Pass bloß auf, wenn die mir schon Kollege Calwheim zur Seite gestellt haben, werden sie dich bestimmt auch beobachten.«

»Einwand ist angekommen – deshalb ja der Laden in Mayen. Los, schreib mir Claudias Nummer auf, und hast du auch die Nummer von diesem Bonzo?«

Kalle nickte, scrollte durch sein Handy und schrieb hastig zwei Telefonnummern auf seinen Notizblock. Er reichte mir den Zettel. »Da hast du die Nummern. Bonzo kennst du von früher. Hans-Jürgen, du weißt schon. Das Riesenbaby aus dem alten Haus neben der Kirche.«

Eine vage Erinnerung von einem groß gewachsenen Teenager mit Pilotenbrille tauchte in meinem Kopf auf.

»Danke, das hilft mir weiter. Steffen hat übrigens die Tatortfotos gespeichert …«

Kalle stöhnte leise. »Ich will gar nicht wissen, wie er das gemacht hat.«

»Aber du wolltest doch die Fotos haben.«

»Natürlich will ich die Fotos, aber ich muss doch kein Freudenfeuerwerk abbrennen, weil ein Freund von uns schneller eine gesicherte staatliche Datenbank knackt, als ich mein E-Mail-Passwort tippen kann.«

»Klär das mit Steffen. Er schaut jedenfalls, ob er noch was findet, und – zumindest das wird dir gefallen – Röschel ist gar nicht beim BKA. Das heißt, offiziell schon, aber Steffen ist sicher, dass unser gemeinsamer Freund aus einem ganz anderen Stall kommt. MAD, LKA – Hauptsache, drei Buchstaben. Das BKA ist nur das Mäntelchen, das sich Röschel umgehängt hat, um möglichst schnell und ohne Aufsehen in Koblenz aufschlagen zu können«, fasste ich zusammen.

»Was uns vor die Frage stellt, warum er überhaupt in Koblenz ist.«

Kalle hatte die Hunderttausend-Euro-Frage gestellt. Genau das war der Punkt. Warum interessierte sich jemand wie Röschel für den Mord an einem kleinen Anwalt aus der Eifel?

Kalle seufzte und öffnete die Autotür. »Ich muss wieder los, sonst wird es zu auffällig. Ich hatte schon angekündigt, dass es Wartezeiten geben würde, aber zu lange kann ich auch nicht wegbleiben. Steffen soll schauen, was er noch ausgraben kann.« Kalle deutete auf den Zettel mit den Telefonnummern, der vor mir auf der Ablage lag. »Ich versuche, Bonzo noch zu erreichen, um ihn vorzuwarnen. Wenn alles klappt, komme ich morgen Abend bei dir vorbei. Ich muss.«

Kalle knallte die Tür zu und rannte los, um die bestellten Pizzen abzuholen. Wenn sogar er als Polizist solche Versteckspielchen aufführen musste, war die Lage wirklich ernst.

Ich griff zum Telefon und wählte Claudias Nummer. Sie ging schon nach dem zweiten Klingeln dran.

»Guten Abend, Claudi. Hier ist Paul David. Kalle hat mir deine Nummer gegeben. Ja, genau, Paul … Können wir uns morgen früh in Daun treffen?«

Andernach-Kell

Kriminalkommissar Dennis Calwheim gähnte herzhaft und ungeniert sein Gesicht im Rückspiegel seiner Mercedes B-Klasse an. Was für ein beschissener Morgen. Er hatte nur knapp fünf Stunden geschlafen, war mit Magengrummeln aufgewacht –

wahrscheinlich die Pilze auf der Pizza gestern Abend – und hatte heute früh gerade noch Zeit gefunden, eine Tasse Kaffee zu trinken. Dabei liebte er es, ausgiebig zu frühstücken: Brötchen, Butter, Honig, Käse, ein Rührei und zum Abschluss frisches Obst. So gestärkt konnte er einen stressigen Tag im Präsidium locker überstehen. Jetzt aber wurde ihm schon übel, wenn er sich Rührei nur vorstellte.

Anstatt mit einem warmen, leicht gebutterten Toast den grässlichen Pizzapilzen den Kampf anzusagen, musste er hier im Auto hocken und die Einfahrt des Campingplatzes im Blick behalten. Was für eine bescheuerte Idee!

Dieser Röschel hatte sie ja nicht alle. Wie der sich gestern früh benommen hatte … So konnte man doch nicht mit einem jüngeren Kollegen umgehen. Dieses arrogante Arschloch. Und wie der mit diesem David gesprochen hatte. So vernahm man doch keinen Verdächtigen. Also zumindest nicht, solange man nicht einen Haftbefehl besaß und der Fall wasserdicht war.

Dennis Calwheim hatte da gestern in der Polizeiinspektion so ein paar Sachen aufgeschnappt. War ja auch lange genug da gewesen. Noch so ein Hirnfurz von Röschel. Glaubte der wirklich, dass Polizeioberkommissar Seelbach in die Sache verstrickt war? Im Leben nicht! Und dieser Paul David, der war nicht nur Militärpolizist gewesen, sondern auch bei einer Sondereinheit der NATO. Jede Wette, dass der in seiner aktiven Zeit mehr Ermittlungserfolge erzielt hatte, als Röschel je erreichen würde. Da konnte Röschel locker die nächsten dreißig Jahre aktiv sein.

Egal, ob Röschel David für schuldig hielt, er hatte ihn einen Krüppel genannt. Was für eine peinliche Scheiße. Calwheim rülpste leise. Er hasste es, Magenschmerzen zu haben. Womöglich war da auch dieser Röschel mitschuldig. Der hatte es ja immerhin geschafft, ihn zum Aufpassen zu verdonnern. Erst musste er einen halben Tag an Seelbach kleben und dann heute früh hier Stellung beziehen. Was erhoffte sich der BKA-Mann? Vielleicht träumte Röschel ja davon, David auf frischer Tat zu ertappen, wie der eine Waffe in den Kofferraum lud, um zum nächsten Anschlag aufzubrechen?

Zum Glück lag oberhalb der Campingplatzeinfahrt ein kleiner Parkplatz. Mit dem Fernglas hatte man eine ziemlich gute Sicht auf den Vorplatz und auf die Zufahrtstraße sowieso.

Calwheim stieß resigniert die Luft aus. Das würde ein ganz, ganz öder Tag werden.

Campingplatz Pönterbach

Als ich aus dem Haus trat und mich unauffällig umsah, beglückwünschte ich mich selbst zu meinen Telefonaten. Der helle Lichtreflex war unübersehbar gewesen. Da oben beobachtete mich jemand mit einem Fernglas. Wie auffällig ging es denn noch? Wer immer dort auf der Lauer lag, er konnte froh sein, dass wir hier in Andernach waren. Ich kannte Gegenden, da wäre der unbedarfte Fernglas-Mann jetzt schon tot.

Ich hätte es ja nicht geglaubt, wenn Kalle nicht diese übervorsichtige Aktion gestern auf dem Parkplatz der Einkaufswelt durchgezogen hätte.

Wie hatte einer meiner Ausbilder immer gesagt: Verzichte auf die Planung, und du stirbst. Aufklärung, Planung, erfolgreicher Einsatz – er hatte uns sein Credo über Wochen eingehämmert, so lange, bis wir nachts davon träumten.

Nun, ich hatte meine Hausaufgaben gemacht, jetzt musste sich zeigen, ob mein Plan aufging.

***

Paul David war früh auf den Beinen. Calwheim sah, wie er aus dem Haus kam. Der war völlig ahnungslos. Wer ging auch schon davon aus, dass er morgens beobachtet wurde?

Calwheim sah, wie David zu dem roten Pick-up hinüberging. Er musterte die große, hagere Gestalt mit den raspelkurzen dunkelblonden Haaren. Sehr muskulös wirkte David nicht, eher sehnig. Wie diese asiatischen Kampfsportler, die ja auch keine aufgeblähten Muskelpakete zur Schau trugen, dachte Calwheim. Er erinnerte sich, wie David Röschels Finger festgehalten hatte. Noch nie hatte er jemanden so schnell packen gesehen. Wie das unerwartete Zustoßen einer Schlange, einer sehr kräftigen Schlange. Röschel hatte sich auf der Rückfahrt nach Koblenz die ganze Zeit leise fluchend den Finger massiert und ihn später im Präsidium sogar noch gekühlt.

Dennis Calwheim nahm sich fest vor, Paul David nicht zu unterschätzen.

***

Ich fuhr am Laacher See und der Benediktinerabtei vorbei in Richtung Mayen. Dass mir eine B-Klasse brav folgte, wäre mir sogar ohne Kalles Warnung aufgefallen.

Eine Viertelstunde später lenkte ich den Pick-up in eine Parklücke auf dem Obi-Parkplatz. Ich sollte in der Nähe des Imbisswagens parken, also tat ich das auch. Es hatte zu nieseln begonnen – perfekt.

***

Dennis Calwheim machte sich keine Sorgen, dass David ihn bemerken könnte. Wie auch? – Er hielt ausreichend Abstand, und David rechnete ja auch nicht mit einer Überwachung. Niemand tat das, das gab es allenfalls in schlechten Kinofilmen. Der rote Pick-up war auch auf größere Entfernung gut zu erkennen, ein Kinderspiel, an ihm dranzubleiben. Möchte nur wissen, wohin der will, überlegte Calwheim. Eine Viertelstunde später kannte er die Antwort: zum Obi-Baumarkt im Mayener Industriegebiet direkt gegenüber dem großen Schiefer-Unternehmen. Calwheim suchte sich direkt an der Einfahrt des Parkplatzes eine Lücke und sah, wie Paul David in der Eingangstür verschwand. Es nieselte, zum Schutz gegen den Regen hatte er sich die Kapuze seines schwarzen Sweatshirts über den Kopf gezogen. Jeder hier auf dem Parkplatz flüchtete vor dem Nieselregen zügig und mit gesenktem Kopf aus seinem Auto in Richtung Baumarkt. Dennis Calwheim überlegte, ob er David folgen sollte, verwarf den Gedanken aber gleich wieder. Im Markt konnte er zwischen den Regalen den Mann aus den Augen verlieren, aber es gab nur einen Ausgang, und den hatte er gut im Blick. Nein, er würde hier im Wagen sitzen bleiben und sehen, was als Nächstes geschah. War ja eine todsichere Sache, wie aus dem Lehrbuch.

Entweder war Paul David ein sehr schneller Einkäufer, oder er hatte die Sachen vorbestellt – es dauerte keine zehn Minuten, bis er wieder aus dem Baumarkt kam. Zwei große Pappkisten in den Händen, die sich vor ihm auftürmten.

David verstaute die Kisten auf dem Beifahrersitz seines Fahrzeugs, statt sie einfach auf die Ladefläche zu legen, sie sollten wohl nicht nass werden. Danach stieg er ein und fuhr wieder vom Parkplatz. Als der Pick-up an ihm vorbeirollte, duckte sich Calwheim kurz hinters Lenkrad. David hatte ihn mit Röschel gesehen, wer konnte schon sagen, ob er ihn nicht im Vorbeifahren erkennen würde. Besser, er blieb in Deckung.

Calwheim hängte sich wieder an Davids Auto. Er hatte es ja schon geahnt – das würde eine todlangweilige Sache werden. Ein Campingplatzbesitzer fährt in den Baumarkt, holt da ein paar Bestellungen ab und fährt wieder nach Hause. Wow, Herr Röschel, dachte Calwheim frustriert, das sollten wir aber ganz dringend im Protokoll festhalten.

Tatsächlich nahm David den direkten Weg zurück. Calwheim steuerte seinen Dienstwagen wieder auf seinen Beobachtungsplatz und griff nach dem Fernglas. Er hatte die Optik gerade scharf gestellt, als Paul David mit einer Kiste in Richtung Haus lief.

»Was zum Teufel …«, murmelte Calwheim. Er hatte David quasi zum Greifen nah vor Augen. Der stand jetzt an der Beifahrertür, schlug die Kapuze seines Sweatshirts zurück.

»Fuck, verdammter.« Calwheim schlug mit der Faust wütend auf das Lenkrad. Der Mann da unten am roten Pick-up hatte halblange schwarze Haare, einen mächtigen Sichelbart und trug eine Pilotenbrille. Von Paul David keine Spur. Calwheim stöhnte auf. David hatte ihn ausgetrickst wie einen blutigen Anfänger.

***

Ich wusste zwar nicht, wer in der B-Klasse saß, aber er tat mir jetzt schon leid. Okay, das war nur so eine Redensart. In Wahrheit hielt sich mein Mitleid in Grenzen.

Als ich in den Obi kam, ging ich direkt zur Kundeninformation.

»Guten Morgen, ich suche Hans-Jürgen Bermel.«

Die Frau am Infoschalter lächelte höflich zurückhaltend. »Einen Augenblick.«

Sie beugte sich zu einem schmalen Mikrofon vor. »Herr Bermel, bitte die Dreiunddreißig. Die Dreiunddreißig, bitte.«

Keine zwei Sekunden später klingelte ihr Telefon. »Ja, Elke hier. Ah, Hans-Jürgen, ein Herr steht hier vor mir … Was? Einen Moment.« Sie schaute mich fragend an. »Sind Sie Paul David?«

Ich nickte zustimmend.

»Ja, ist er. Gut.«

Sie beendete das knappe Gespräch.

»Er kommt nach vorne. Wenn Sie bitte einen Augenblick warten würden.«

Damit war mein Fall für sie erledigt. Gut so, es standen noch drei Kunden hinter mir, die irgendetwas umtauschen wollten. Also trat ich zur Seite und wartete eine Weile. Ich wollte schon aus lauter Langeweile die neuesten Sonderangebote für den Herbstgarten studieren, als jemand meinen Namen rief.

»Paul? Paul David? Ja, howdy-ho, da bin ich.«

Ich hätte Hans-Jürgen Bermel im Leben nicht wiedererkannt. Das heißt, die Pilotenbrille trug er immer noch, aber da endeten dann auch schon alle Gemeinsamkeiten mit dem Teenager aus meinen Erinnerungen. Er war fast so groß wie ich, aber deutlich breiter. Das sollte kein Problem darstellen, ein Mensch sah, was er erwartete oder sehen wollte. So funktionierten manche Zauberkunststücke, und so würde das auch bei mir funktionieren.

Hans-Jürgens Gesicht wurde von einem mächtigen Sichelschnäuzer dominiert – Marke Wyatt Earp. Der Cowboy lachte mich vergnügt an. »Kalle hat mich per Mail vorgewarnt, dass du meine Hilfe brauchst. War deshalb gar nicht erstaunt über deinen Anruf. Ist doch eine Selbstverständlichkeit unter alten Kumpels.«

Kumpels? Ich hatte keine Ahnung, wie er darauf kam, als Jugendliche hatte wir kaum Kontakt gehabt – aber heute brauchte ich einen »Kumpel«, ich war da nicht wählerisch. Mir fielen die dünne Lederkette mit einem silbernen Bullenkopf an seinem Hals auf und die spitzen Cowboystiefel an seinen Füßen. Mein Kumpel Hans-Jürgen stand auf Western.

»Ich bin froh, dass du mir helfen willst, Hans-Jürgen …«

»Bonzo. Mensch, Paul, jeder meiner Freunde nennt mich Bonzo. Und schließlich hast du damals dem langen Kuhnert eins auf die Nase gegeben, als der mich und Steffen am Sack hatte. Ist doch Ehrensache, dass ich dir jetzt helfe.«

Zu gern hätte ich mehr erfahren, aber mir fehlte die Zeit, also umriss ich hastig, was er tun sollte. Bonzo klatschte begeistert in die Hände, dabei fiel mir ein Siegelring mit der Flagge der amerikanischen Südstaaten während des Bürgerkriegs auf.

»Alter, das wird ein Spaß. Ich hab mir eine Stunde Pause eingetragen, das sollte locker reichen.« Bonzo fischte einen Autoschlüssel aus der Hosentasche.

»Hier … Ist ein nachtblauer Pick-up mit Longhorn-Hörnern oberhalb der Fahrerkabine.«

Ich reichte ihm meinen Schlüssel. »Roter Pick-up ohne Longhorn, aber mit Campingplatzlogo auf den Türen. Steht links von der Pommesbude.«

»Jedem das Seine, Cowboy. Jedem das Seine.«

Ich zog mir das Sweatshirt über den Kopf. »Zieh das an, Bonzo, setz die Kapuze auf, und vielleicht kannst du ein Paket tragen, damit man dein Gesicht nicht erkennt.«

»Howdy-ho, Alter. Wird gemacht. Ich fahr zum Campingplatz und komm anschließend wieder hierher. Deine Autoschlüssel liegen später drüben bei Elke, kannst ihr die Schlüssel für meine Kutsche auch geben.«

»Danke … äh, Bonzo.«

»Yeah, it's showtime.«

Und so kam es, dass ein Mann mit dunklem Kapuzensweatshirt in meinen Pick-up stieg und zurück nach Kell fuhr, die B-Klasse mit meinem Schatten im Schlepptau.

Wie gesagt, Mitleid hatte ich keins. Das Einzige, was mich bei meiner Weiterfahrt beschäftigte, war die Frage, wer zum Teufel der lange Kuhnert gewesen war, dem ich angeblich eins auf die Nase verpasst haben sollte. Ich hatte keine Ahnung, aber es war schon das zweite Mal in wenigen Monaten, dass ich davon hörte. Ich nahm mir vor, meinen Kumpel Kalle danach zu fragen. Howdy-ho.

Unterwegs nach Daun

Bonzos Pick-up hatte gefühlt die Länge eines Schulbusses. Wahrscheinlich würde ich in Daun drei Parkbuchten benötigen. Mit dem Wagen war Bonzo bestimmt noch nie in Bad Godesberg unterwegs gewesen. Die Vordersitze mit den Ausmaßen einer Wohnzimmercouch waren mit schwarz-weiß geflecktem Kuhfell bezogen, den Schaltknüppel zierte ein Indianerporträt aus Sterlingsilber. Eine kleine Plakette verkündete »Jesus war ein Rodeofan« – sicher keine Weisheit der Cree-Indianer. Für meinen Geschmack übertrieb mein »Kumpel« Bonzo sein Faible für den Wilden Westen.

Unter der Motorhaube grollte ein schwerer Dieselmotor, ein Tippen aufs Gaspedal, und schon gurgelte sicher der Sprit literweise aus dem Tank. Der Tacho ging bis zweihundertachtzig Stundenkilometer. Wie schnell der Pick-up tatsächlich werden konnte, probierte ich lieber nicht aus, schließlich wollte ich keine Zeit mit Auftanken verlieren. Bonzo kannte sicherlich jeden Tankwart im Umkreis von hundert Kilometern und war mit ihm per Du, die rollten sicher den roten Teppich aus, wenn er kam.

Paul, du solltest dankbar sein, ermahnte ich mich. Schließlich war es mir mit Bonzos Hilfe gelungen, meinen Schatten abzuschütteln. Und ich war weiß Gott schon unbequemer unterwegs gewesen.

In einem großen Ablagefach lagen verschiedene CDs: Garth Brooks, Don Williams und Tim McGraw, dazu ein paar selbst gebrannte, unleserlich beschriftete Rohlinge. Was hatte ich erwartet? Helene Fischer?

Ich beschloss, Tim McGraw eine Chance zu geben, schließlich war die Fahrt nach Daun nicht allzu lang.

Daun

Heute war mein Glückstag. Auf dem Parkplatz, in der Nähe der Kaffeerösterei, waren gleich zwei Parkbuchten nebeneinander frei. Ich musste es jetzt nur noch schaffen, Bonzos Monstertruck einmal um den Parkplatz zu lenken, ohne zwischen den anderen Autos stecken zu bleiben.

Keine zwanzig Meter vor mir wartete Claudi bereits auf dem Gehweg, sie war mehr als pünktlich. Ich drückte leicht auf die Hupe, um sie auf mich aufmerksam zu machen. Eine Dreifach-Fanfare, gefolgt von einem lauten »Yiiieeha«, schmetterte über den Platz. Ein Rentnerehepaar starb fast an einem Herzinfarkt, und das restliche Daun, inklusive Claudi, wusste jetzt, dass ich da war. Bonzo hatte definitiv einen an der Murmel.

Claudia Sauermos war klein, mit ein paar Pfunden zu viel auf den Hüften, hatte schulterlange schwarze Haare und sicher ein sympathisches Lächeln. Zumindest an normalen Tagen. Heute kam das Lächeln reichlich gequält rüber, und als ich sie das letzte Mal gesehen hatte, waren die Haare auch noch blond und kürzer gewesen. Claudia war damals das, was man in Kalles Clique eine heiße Braut genannt hatte.

Von der war nichts mehr übrig. Sie trug Pumps mit flachem Absatz, einen schwarzen Rock, der ihr bis über die Knie ging, und einen dunklen Wollpulli mit Bluse, darüber einen offenen halblangen Mantel.

Trauerkleidung – na klar, aber ich ging jede Wette ein, dass sie auch an ihren fröhlicheren Tagen eher den konservativ-gediegenen Stil pflegte. Hochgeschlossene Bluse, Perlenkette, Karorock – so etwas in der Art. Claudia sah deutlich älter aus, als sie war. Helga hätte diese Sachen nicht mal unter Waffendrohung angezogen. Vielleicht wollte Claudia damit die zwanzig Jahre Altersunterschied zwischen ihr und Roberts überspielen.

Als ich vor ihr stand, legte sie den Kopf in den Nacken und schaute zu mir hoch.

»Hallo, Paul. Das muss eine Ewigkeit her sein, dass wir uns getroffen haben. Als du in unserer Kanzlei warst, hatte ich meinen freien Tag. Volker hat mir später von eurem Treffen erzählt.«

Ihre Stimme klang tonlos und gepresst. Meilenweit entfernt von entspannt und fröhlich, wie ich sie in Erinnerung hatte. Kein Wunder, nach dem, was sie durchgemacht hatte.

»Hallo, Claudi. Danke, dass du Zeit gefunden hast, dich mit mir zu treffen. Volker Roberts' Tod ist eine schreckliche Sache. Du hast sicher genug um die Ohren.«

Jetzt, wo ich vor ihr stand, sah ich die rot geweinten, verquollenen Augen. Ihr blasses, ungeschminktes Gesicht zeigte eine mühsam unterdrückte Traurigkeit, die dicht unter der Oberfläche nur darauf wartete, mit dem nächsten Weinkrampf wieder hervorzubrechen.

Ich war wirklich froh, sie zu sehen. Das machte alles viel leichter. Offenbar nahm sie mir auch nichts mehr übel. Als sie und Kalle geheiratet hatten, hätte ich eigentlich einer der Trauzeugen sein sollen. Doch dann ging alles schief, ich kam von meinem Einsatzort nicht weg. Kalle war mächtig sauer gewesen. Wenn ich mich richtig erinnerte, hatte dann Claudis Bruder meinen Part übernommen, Trauzeugenansprache und Glückwünsche für eine lange, harmonische Ehe inklusive – geholfen hatte es nicht.

Claudi schien gar nicht zu erwarten, dass ich noch weitere Erklärungen lieferte. Sie drehte sich wortlos um und lief los. Ich beeilte mich, neben ihr zu bleiben.

»Kalle hat mir eine SMS geschickt. Du interessierst dich für die Mandanten unserer Kanzlei. Das geht natürlich nur bis zu einem gewissen Punkt, vieles ist vertraulich. Die Polizei hat alles schon auf den Kopf gestellt, aber nichts gefunden. Ich glaube nicht, dass die noch einmal wiederkommen werden. Ist alles sinnlos. Noch einen Monat oder so, dann ist es wieder vorbei.«

Sie sprach ohne Pausen, wie in Trance, fixierte irgendeinen unbekannten Punkt in weiter Ferne. Sie funktionierte einfach, zugedröhnt von Trauer. Das war immerhin die Erklärung dafür, dass sie keine Fragen stellte.

»Wenn der Tod von Volker Roberts nicht einfach nur ein schrecklicher Zufall war und er Opfer eines Psychopathen geworden ist, könnte das Motiv in seinem beruflichen Umfeld liegen.«

»Ich sagte doch gerade«, Claudi schaute mich zum ersten Mal an, und ihre Stimme gewann an Schärfe, »die Polizei hat nichts gefunden.«

Ich hätte jetzt erklären können, dass ich schon mehr als einmal erlebt hatte, wie Hinweise von Ermittlern nicht erkannt wurden – das war mir selbst auch schon passiert –, aber ich schwieg. Claudi erwartete keine Antwort, der Funke Leben in ihrem Gesicht war schon wieder erloschen.

Kanzlei Dr. Roberts

Die Kanzlei lag unterhalb der Dauner Burg in einem alten, sorgfältig restaurierten Fachwerkhaus. Das Büro von Roberts besaß eine niedrige Decke mit rauchgeschwärzten Balken. Auf dem zerschrammten Eichenschreibtisch hatten sich bei meinem ersten Besuch vor ein paar Monaten verschiedene Stapel mit Unterlagen aufgetürmt. Jetzt gab es überall auf dem Boden Haufen mit Aktenmappen.

»Das war die Polizei, ich sagte ja schon, sie haben alles durchgesehen«, erklärte Claudi.

»Sag mal, gibt es eine Übersicht der Mandanten oder eine Aufstellung, womit ihr euch im letzten halben Jahr beschäftigt habt?«

»Also … die Mandanten, die kann ich dir in unserem Adressverzeichnis zeigen, aber unsere einzelnen Aufträge und Fälle …« Sie ließ den Satz mitten im Raum stehen, ihre Gedanken schienen sich irgendwo in der Vergangenheit zu verlieren.

»Claudi?«

Sie zuckte zusammen. »Ja also, die Fälle. Wir machen immer einen Jahresbericht für unser internes Archiv. Volker stellt das selber zusammen, meistens führt er die Liste über das ganze Jahr hinweg in seinem Computer, damit er nicht zum Jahresschluss noch einmal alles raussuchen muss.«

Mir fiel auf, dass sie von Volker Roberts immer so sprach, als sei er nur mal gerade außer Haus. Claudi brauchte jemanden, alleine würde sie mit dieser Tragödie nicht klarkommen. Ich nahm mir vor, mit Kalle darüber zu sprechen.

»Kann ich mir diese Liste ansehen?«, fragte ich in sanftem Ton.

»Ja, sicher, ich denke, das geht in Ordnung.«

Sie setzte sich an Roberts' Schreibtisch und fuhr routiniert seinen Computer hoch. Sie musste nicht einmal suchen, sondern schob nach weniger als einer Minute den Stuhl zurück, um mir Platz zu machen. »Hier ist die Liste, vielleicht hilft sie ja weiter.«

Leider half sie kein bisschen weiter. Die Tabelle war akkurat geführt: Datum, Name des Mandanten, das interne Aktenzeichen und eine kurze Bemerkung, worum es ging – Zeile für Zeile der Beleg dafür, dass Volker Roberts eine kleine, recht erfolgreiche Kanzlei mit unspektakulären Fällen geführt hatte. Mal ein Rechtsstreit zwischen Bauern, eine Räumungsklage, mehrere Testamente, unzählige Scheidungen – nichts, was man auch nur annähernd mit seiner Ermordung in Verbindung bringen konnte. Der Windkraftfonds stach mir ins Auge. »Neue Technologien Windkraft/NTW GmbH« las ich in der Spalte Mandant und einen Namen: »Oleg«. Nur Oleg, nichts weiter. Da ich davon ausging, dass die Koblenzer Staatsanwaltschaft längst an der Sache dran war, glaubte ich nicht, dass mir dieser Herr Oleg noch weiterhelfen würde.

Ich stand auf und begann, wahllos ein paar Unterlagen vom Boden aufzuheben und durchzublättern.

»Ich weiß nicht, Paul. Das ist doch vertraulich. Außerdem sind das zum Teil komplizierte Schriftsätze.« Claudia beobachtete mich misstrauisch.

»Claudi, ich hab mal Jura studiert. Ich komm schon mit euren Akten klar, und ich werde nichts mitnehmen. Einverstanden?«

Sie seufzte, ich nahm das mal für ein »Ja« und ging weiter die Akten durch. Tatsächlich konnte ich einige der Mappen mit den eben angesehenen Daten der Tabelle in Verbindung bringen.

So kam ich nicht weiter.

»Hatte Volker einen Terminkalender?«

»Ja sicher. Es gibt einen allgemeinen für die Kanzlei, elektronisch im Rechner, und einen kleinen Taschenkalender mit seinen privaten Terminen, aber den hat jetzt die Polizei.«

Also gut, ich glaubte auch nicht, dass Roberts' Tod mit einem Termin in Verbindung gebracht werden konnte, trotzdem scrollte ich mich, nachdem Claudia den Kalender für mich gestartet hatte, durch die Verabredungen und Termine der letzten Wochen. Fehlanzeige. Roberts' Kalender war wie seine Akten – durchschnittlich, unaufgeregt, vorhersehbar. Er hatte all das geplant, was man so plant, wenn man nicht weiß, dass man kurze Zeit später ohne Kopf am Laacher See liegen wird.

Na ja, was hatte ich erwartet?

Das war die frustrierende Frage, die mir in der letzten Stunde mehr als einmal durch den Kopf geschossen war. Was hatte ich erwartet?

Bis auf diesen Herrn Oleg und die Windkraft-Geschichte hatte Roberts Nullachtfünfzehn-Mandanten, wie sie im Buche stehen.

»Hatte dein Chef Schulden?«, fragte ich nachdenklich.

Claudia hatte die ganze Zeit auf einem Stuhl gesessen und darüber gewacht, was ich tat. Jetzt sprang sie auf und schüttelte vehement den Kopf.

»Schulden? Wie kommst du darauf? Denkst du, Volker hat seine Kanzlei nicht im Griff? Hier läuft alles bestens. Volker überlegt sogar, eine zusätzliche Mitarbeiterin …« Sie stockte, plötzlich schwammen ihre Augen in Tränen. Ihr ganzer Körper fing an zu zittern. Mit zwei schnellen Schritten war ich bei ihr und nahm sie in den Arm.

»Er ist tot. Volker ist tot«, schluchzte sie und drückte dabei ihr Gesicht an meine Schulter.

»Ja, Claudi, Volker ist tot.«

Die lapidare Feststellung ließ sie in einen Weinkrampf ausbrechen. Als hätte ich mit diesem einen Satz der Bestätigung einen Schalter in ihr umgelegt.

Mehrere Minuten lang hielt ich Kalles weinende Ex-Frau einfach nur im Arm. Dann entzog sie sich der Umarmung, schniefte, zog die Nase hoch und wischte sich mit der Hand über die Augen.

»Bitte entschuldige, Paul. Ich … es ist nur … ich weiß nicht, wie es weitergehen soll. Volkers Tod, das ist alles so … so unwirklich. Ich hoffe immer noch, dass ich gleich aus einem bösen Traum erwache.«

»Du musst dich nicht entschuldigen. Hast du eine Freundin, die in den nächsten Tagen bei dir bleiben kann?«

Claudia nickte. »Ja, die Doro, die hat schon angeboten, ich soll zu ihr kommen. Aber ich musste doch die Polizei hier reinlassen, mich um alles kümmern.«

»Du solltest dich um dich selber kümmern, Claudi. Geh zu deiner Doro. Die Kanzlei hier kann warten. Ich denke, da müsst ihr als Mitarbeiter nichts überstürzen. Hat Volker ein Testament aufgesetzt?«

»Ja, erst im letzten Jahr. Er hat das mit mir durchgesprochen.

Weißt du, wir wollten Ende des Jahres in aller Stille heiraten. Nicht hier in Daun, in Südfrankreich, Volker und ich hatten Pläne …« Die letzten Worte endeten in einem weiteren Aufschluchzen.

Ich legte meinen Arm um ihre Schultern und dirigierte sie durch das Vorzimmer und den Flur nach draußen.

Ich musste mir eingestehen, dass Claudi recht gehabt hatte. Die Suche in der Kanzlei war eine verdammte Sackgasse gewesen. In meiner Ausbildungszeit hatte ein Kamerad, Christian hieß er, Sackgassen immer geliebt. Sie konnten ihm bei einem Fall gar nicht oft genug auftauchen, sie halfen ihm dabei, nie etwas auf die leichte Schulter zu nehmen und jeder noch so kleinen Spur mit Feuereifer nachzugehen. Aber mal ehrlich, das war mir zu viel Selbstquälerei. Ich hasste Sackgassen, vor allem die Verschwendung von Zeit, die damit verbunden war.

Draußen ging das Leben weiter. Wir umrundeten die Blumensträuße und Kerzen, die in der Hofeinfahrt lagen. Ich wollte mit Claudia zu Bonzos Auto zurück und wäre beim Umdrehen fast mit einem älteren Herrn zusammengestoßen, der sich die Blumen und das Fachwerkhaus dahinter neugierig anschaute.

»Oh, wie unaufmerksam von mir, junger Mann«, entschuldigte er sich mit brüchiger Stimme. »Diese ganzen Blumen, warum liegen sie hier?«

»Ein plötzlicher Todesfall. Der Besitzer des Hauses ist gestorben«, erwiderte ich knapp. Ich hatte keine Lust, mit einer Frau im Arm, die sichtlich um Fassung rang, einem Wildfremden von der Tragödie zu erzählen.

»Ach, schrecklich. Und wie schön, dass andere Mitmenschen Anteil nehmen, wie schön.«

Der alte Mann ging mit zögerlichen kleinen Schritten weiter.

Claudi schien von dem kurzen Gespräch kaum etwas mitbekommen zu haben. Sie lehnte ihren Kopf an meine Seite und ließ sich zum Parkplatz zurückführen. Ich würde sie zu dieser Doro fahren. Insgeheim war ich froh, dass ich sie heute getroffen hatte, auch wenn nichts dabei herausgekommen war.

Flughafen Frankfurt a. M.

Doris und Bernd Gardin waren zufrieden. Sie hatten es geschafft, trotz Stau auf der Autobahn und einem überfüllten Parkhaus. Bernd Gardin plante immer genug Zeit ein. So konnte er seelenruhig ins zweite Parkhaus fahren, nachdem es im ersten keine freien Stellplätze gegeben hatte. Sie waren rechtzeitig im Ankunftsbereich eingetroffen, um ihre Enkelin Nele in Empfang zu nehmen. Die Achtzehnjährige hatte in Frankreich, in Sarlat, als Au-pair gearbeitet. Seit dem Tod der Mutter vor vier Jahren hatten sich Doris und Bernd um Nele gekümmert. Neles Vater arbeitete oft im Ausland, baute als Ingenieur Staudämme und Brücken und war schlicht mit der Erziehung und Versorgung einer Vierzehnjährigen überfordert gewesen. Doris und Bernd hatten ihrem Sohn diese Aufgabe abgenommen. Großeltern zu sein, hatten sich die Gardins zwar anders vorgestellt, aber was blieb ihnen übrig? Der Tod der Mutter hatte Nele zu einer stillen, ernsthaften jungen Frau gemacht. All die Streitereien und Konflikte, die Doris und Bernd aus der Pubertät ihres eigenen Sohnes noch in Erinnerung gehabt hatten, waren bei Nele ausgeblieben.

»Da sind wir.« Bernd Gardin deutete auf einen großen Volvo Kombi.

»Sag mal, Opa, ist der neu?« Nele lächelte ihren Großvater an, sie wusste, wie sehr der pensionierte Maschinenbauer Autos und Motoren liebte.

Natürlich spürte auch Bernd Gardin in ihrer Frage das Lächeln, gepaart mit sanftem Spott, aber sein Stolz über den Neuwagen überwog.

»Hab ihn vor zwei Wochen abgeholt. Fährt wie ’ne Eins und bietet genug Platz für alle Einkaufstouren deiner Oma.«

»Also wirklich, Bernd.« Doris gab ihrem lästernden Gatten einen Klaps auf den Arm. »Lass lieber Julchen aus dem Kofferraum, die Arme ist bestimmt schon ganz aufgeregt.«

Julchen – ein Beagle – sprang voller Begeisterung aus der geöffneten Heckklappe auf den Boden und stürzte sich danach freudig winselnd auf Nele. Die ließ ihren Koffer stehen, ging in die Knie und streichelte den Hund, der versuchte, ihr das Gesicht abzulecken.

»Ist ja gut, Julchen, ja, braver Hund. Ja, ich bin's wirklich.«

Nele stand auf und schob ihren Koffer zum Auto. Sie drehte sich zu dem Hund um in der Erwartung, er würde ihr winselnd folgen, doch er war an einem alten Mercedes stehen geblieben.

»Opa, was hat Julchen denn?«

»Was soll sie schon haben? Froh ist sie, dass du wieder da bist.«

»Nein, das meine ich nicht. Schau doch mal.«

Der Hund stand vor dem Auto und knurrte. Gerade noch verspielt, stand das Tier jetzt stocksteif da und winkelte das vordere Bein an.

»Julchen, komm schon«, befahl Bernd Gardin.

»Ja, Julchen, komm her, komm zu Frauchen«, ergänzte seine Gattin. Doch der Hund rührte sich nicht von der Stelle.

Bernd Gardin fluchte leise, dann ging er los, um seinen Hund am Halsband von dem fremden Wagen wegzuziehen. Als er sich bückte, um nach dem Halsband zu greifen, fielen ihm die Fliegen auf, die an der Kofferraumkante summten, und auch dieser süßliche Geruch. Bernd Gardin hatte sich sein Studium bei einem Schreiner verdient, der vor allem Särge verkauft hatte. Ein gutes Geschäft, selten Klagen von Kunden.

Diesen Geruch würde er sein Lebtag nicht vergessen.

»Ach du grundgütige Kacke«, fluchte er, bevor er sein Handy aus der Tasche zog und den Notruf wählte.

Unterwegs nach Mayen

Mein Bedarf an Countrymusik war für die nächsten Wochen gedeckt. Und auf die Aufmerksamkeit, die ich mit Bonzos Schlachtschiff überall weckte, konnte ich auch gut verzichten.

Ich schaltete das Radio ein. Nicht zu fassen, auch SWR 1 spielte Country. Hatte ich den Welt-Country-Tag verpasst, oder was?

Bonzos Radio war mit automatischer Scan-Funktion ausgestattet, ich musste nicht mal am Knopf drehen. Das Radio zappte sich alleine durch die empfangbaren Stationen, blieb jeweils für drei Sekunden bei einem Sender, bevor es weitersuchte. Fast hätte ich die Meldung verpasst. Glücklicherweise konnte ich noch schnell genug den Knopf drücken, um HR 3 eingeschaltet zu lassen.

»... Tote am Frankfurter Flughafen. Das ist das Topthema des heutigen Tages. Am Flughafen ist meine Kollegin Ulli Bramsch. Ulli, gib uns doch bitte einen aktuellen Zwischenstand.«

»Ein Rentnerehepaar und seine Enkeltochter haben hier am Frankfurter Flughafen einen grausigen Fund gemacht. Der Hund der Familie hatte etwas gewittert. Die Polizei fand im Kofferraum eines Mercedes eine männliche Leiche. Noch ist unklar, wann und woran der Mann gestorben ist. So viel aber konnten wir bislang schon erfahren: Der Mann war offenbar Angehöriger der US-Streitkräfte, denn er trug eine entsprechende Uniform. Inzwischen ist nicht nur das Parkhaus von der Polizei weiträumig abgeriegelt worden, auch die ersten Ermittlungsteams der U.S. Army sind eingetroffen. Der außergewöhnliche Fundort, ein Kofferraum, lässt den Schluss zu, dass dieser Soldat keines natürlichen Todes gestorben ist. Aus Frankfurt: Ulli Bramsch.«

Ein toter Soldat in einem Kofferraum. Für den Bruchteil eines Augenblicks tauchte da ein Gedanke auf, aber bevor ich ihn zu fassen kriegte, war er auch schon wieder verschwunden. Was blieb, war nur ein leichtes Unbehagen.

Zwanzig Minuten später parkte ich Bonzos Auto auf dem

Obi-Parkplatz, gab brav den Schlüssel ab und erhielt im Gegenzug von Elke lächelnd meine eigenen Schlüssel zurück. »Bonzo lässt Ihnen ausrichten, es hätte alles geklappt. Er ist jetzt gerade in einem Abteilungsleiter-Meeting, würde sich aber freuen, wenn Sie sich mal wieder melden.«

Ich lächelte zurück. »Sagen Sie ihm bitte einen schönen Gruß. Er hat jetzt was bei mir gut.«

Elke hatte sicher keinen Schimmer, worum es ging, aber das konnte sie sehr professionell verbergen. Sie nickte. »Richte ich ihm aus. Und einen schönen Tag noch.«

Ich atmete tief durch, als ich wieder in meinem alten Pick-up saß, der sich im Vergleich zu Bonzos Wagen winzig anfühlte. »Alles eine Frage der Perspektive, Paul«, sagte ich laut und fuhr los. Ich war gespannt, ob mein Schatten immer noch auf seinem Beobachtungsposten war. Und wenn schon. Da würde es bestimmt keine Probleme geben.

Ich konnte ja nicht ahnen, dass meine Probleme in nicht mal einer Stunde vor meiner Tür auftauchen würden.

In einem Büro

Am Anfang hatte er gedacht, das Ziel wäre, davonzukommen, aber mittlerweile fand er Gefallen an seinem Spiel.

Bisher lief alles nach Plan. Der arrogante Sack, der sich einbildete, sein Geld abgreifen und ihn am Telefon zur Schnecke machen zu können, würde sich noch wundern. Er war schon mit ganz anderen Männern fertiggeworden, die sich auch alle für etwas Besonderes gehalten hatten. Bis er ihnen mit Anlauf einen Arschtritt verpasste. Aber noch brauchte er ihn, noch war der Auftrag nicht ausgeführt. Ein Spielzug nach dem anderen.

Die Meldungen aus Frankfurt waren alle sehr beruhigend. Dass sie McGowan gefunden hatten, spielte für das große Ganze keine Rolle. Und genau das war doch die Kunst: das große Ganze im Blick zu behalten.

Es war an der Zeit, sich mit Paul David zu beschäftigen. Was du heute kannst besorgen … Er griff zum Handy.

»Ja, ich bin's.«

Er nannte nie einen Namen am Telefon.

»Ich habe einen neuen Auftrag, wer von deinen Männern spricht Russisch? Ah, gut. Die Details zum Zielobjekt sind im Portal hinterlegt. Ich zahl diesmal das Doppelte. Warum? Weil die Zielperson gefährlich ist. … Das sind deine Männer auch? Gut, aber beschwer dich hinterher nicht. Ich habe dich gewarnt.«

Er beendete grußlos das Telefonat. Der nächste Spielzug war gemacht. Das große Ganze kam in Fahrt.

Altbauwohnung, Hanauer Landstraße, Frankfurt a. M.

Susanne Winkler saß im Schneidersitz auf dem Boden ihres großen Wohnraums und gruppierte zum zigsten Mal an diesem Tag die DIN-A5-großen Karteikarten um, die vor ihr auf dem Fußboden lagen. Sie trug Recherchekleidung, wie sie es im Stillen nannte, eine alte Jeans, darüber ein weites Hemd, die Haare zu einem praktischen Pferdeschwanz zusammengebunden. In den Klamotten würde sie allenfalls im Dunkeln bis zur Pommesbude am Anfang der Straße laufen oder den Müll runterbringen. Aber wenn sie hier in ihrer Wohnung arbeitete, konnte sie keinen modischen Schnickschnack gebrauchen, da trug sie Wohlfühlklamotten, die sie sonst zum Rumgammeln auf dem Sofa anzog.

Susanne hatte in den letzten Wochen oft darüber nachgedacht, ihre Altbauwohnung an der Hanauer Landstraße zugunsten einer größeren Wohnung aufzugeben. Eine Wohnung mit einem richtigen Arbeitszimmer und einem großen Schreibtisch, an dem sie schreiben konnte. Hier in der Altbauwohnung gab es nur den großen Wohnraum mit einem Essplatz, an dem sie normalerweise auch ihre Artikel verfasste, ein kleines Schlafzimmer und ein Bad. Aber der Wohnraum besaß einen alten Holzfußboden und eine hohe Decke, so etwas musste man in Frankfurt normalerweise teuer bezahlen. Das war auch der Grund, warum Susanne noch immer hier wohnte. Die Wohnung war bezahlbar, und sie traute ihrem beruflichen Erfolg noch nicht so richtig über den Weg. Zu lange hatte sie sich mit kleineren Aufträgen über Wasser halten müssen. Außerdem wusste sie von ihrem verstorbenen Bruder Roger, wie kurzlebig Erfolge in der Medienbranche sein konnten. Schließlich bekamen es die freien Mitarbeiter immer als Erste zu spüren, wenn ein Verlag mal wieder Kosten einsparen musste.

Schon deshalb wollte Susanne alles dafür tun, ihre Position in den Redaktionen weiter auszubauen. Ja, sie hatte ein paar gute Storys geliefert, sie war diejenige, die über die Medikamentenfälschungen geschrieben und die zwei Bundesminister vor dem sicheren Tod bewahrt hatte. Aber wie schnell konnte ein Chef vom Dienst wechseln oder ein Redaktionsleiter das Handtuch werfen. Und die Nachfolger würden sich womöglich an ihre alten Erfolge nicht erinnern.

Diese Bundeswehrstory ist wichtig, dachte sie, Titelstory, Fortsetzungen, das ganze Programm. Das Gleiche galt für den Termin mit Wolkow, da war auch Potenzial drin. Wenn der dann noch die Wahlen in Russland gewinnen würde, wäre sie diejenige, die den russischen Politiker besonders gut kennengelernt hätte. Wolkow war auch eine Investition in ihre Zukunft.

Susanne drückte seufzend den schmerzenden Rücken durch. Sie saß jetzt schon seit drei Stunden hier auf dem Boden, hatte ihre Notizen auf Karteikarten übertragen, die Interviewabschriften sortiert und Ausdrucke von Pressemitteilungen den jeweiligen Fällen zugeordnet.

Was dir fehlt, ist ein roter Faden, Mädchen. Die Zeit rannte ihr davon, sie musste die Unterlagen in der Redaktion abgeben – da gab es Lars, einen jungen Kollegen, dem sie zwei, drei Punkte zur Recherche aufs Auge drücken konnte. Am Wochenende war der sicher nicht da, sie würde ihm ihre Papiere ins Fach legen und ihn per Mail briefen. Nur, was sollte in dem Briefing stehen? Ach, verflixt!

Susanne dachte an Helgas Geburtstag morgen, den musste sie auch noch absagen. Eine Feier an einem Sonntag – da gab es nicht viele Ausreden.

Susanne fühlte sich mies bei dem Gedanken, Paul und Helga zu enttäuschen, vor allem Paul. Das hatte er nicht verdient. Wieder musste sie an ihren Bruder denken. Zwei Pulitzer und eine Handvoll gescheiterte Beziehungen. Sie hatte sich immer fest vorgenommen, nie so zu werden wie Roger, jedenfalls nicht in dieser Hinsicht. Und trotzdem passierte jetzt genau das. Sie begann, ihr Privatleben hintanzustellen und dem Job stets Vorrang zu geben. Aber verdammt noch eins, was sollte sie denn tun? Sie hatte doch gar keine Wahl …

Johannes Dieblich hatte ihr alle Unterlagen zur Verfügung gestellt, darunter auch die offizielle Einladung der Russen. Man erwartete sie am Sonntag am Frankfurter Flughafen, spätestens aber am Montagmittag in Gerolstein beim Empfang der Stadtverwaltung. Wolkow wollte verschiedene Orte in der Vulkaneifel besuchen, unter anderem, um in alten Kirchenbüchern nach seinen Vorfahren zu suchen. In Manderscheid sollte er sogar die Ehrenbürgerschaft erhalten – Dieblich hatte den Termin mit einem Ausrufezeichen im Reiseplan versehen. Er wollte, dass Susanne diesen Tag für eine Reportage nutzte. Und mit der Büroleiterin von Alexej Wolkow hatte Johannes Dieblich vereinbart, dass Susanne auch ein Exklusivinterview für den SPIEGEL bekommen würde.

»Okay, eins nach dem anderen«, sagte Susanne laut zu sich selbst, stand auf, streckte sich und ging in die Kochecke, um neuen Kaffee aufzusetzen.

Aus ein paar Metern Entfernung sahen die Zettel und die einzelnen Stapel auf dem Fußboden noch viel chaotischer aus. Kein Wunder, dachte Susanne, mehr als vierzig Waffen- oder Munitionsdiebstähle innerhalb der letzten zehn Jahre waren ja auch eine ganze Menge. Ihr fiel Paul wieder ein, der alles andere als glücklich über diese Story war. Klar, hier ging es ja nicht um die Tat eines Einzelnen, sondern die Fälle belegten, dass etwas ganz grundsätzlich in der Truppe schieflief. Jede Wette, dass Paul das als persönlichen Affront ansah.

»Oh mein Gott, ich Idiotin!«, rief Susanne so laut, dass es wahrscheinlich noch der alte Wolters in der Wohnung unter ihr hören konnte. Möglicherweise war sie die ganze Zeit von einer falschen These ausgegangen. Vierzig Diebstähle über zehn Jahre. Vierzig, die publik geworden waren. Vielleicht lag die Dunkelziffer ja sogar noch höher. Das wäre der Beleg dafür, dass der Apfel quasi vom Kern her verfault war. Offenbar befand sich die Truppe in einer Situation, in der kriminelle Aktivitäten möglich waren. Okay, das war der Punkt, an dem sie in den letzten Tagen gearbeitet hatte. Und jetzt der neue Gedanke: Was, wenn sich ein Teil der Fälle auf ein und dieselbe Gruppe zurückführen ließe? Wenn der Apfel also praktisch bis auf eine faule Stelle kerngesund war? Wenn immer dieselbe Gruppe für diese Diebstähle verantwortlich war, dann war das Ganze ein großes abgekartetes Spiel, bestens organisiert und geplant.

Die Idee elektrisierte Susanne. Noch während sie zu ihren Stapeln zurückstürzte, rasten ihre Gedanken. Wie konnte sie Verbindungen zwischen den einzelnen Fällen finden? Bei dem Munitionsdiebstahl in Niedersachsen gingen die Ermittler von Insidern aus. Und nichts war genauer dokumentiert als die Angehörigen eines Standortes oder die Personen, die Zugriff auf Informationen dieses Standortes hatten. So eine Liegenschaft war ja kein offenes Dorf, wo jeder unerkannt ein und aus gehen konnte. Natürlich hatten der MAD und die Feldjäger dies überprüft, aber hatten die Ermittler die Fälle einzeln betrachtet oder tatsächlich Querverbindungen zwischen allen Fällen der letzten zehn Jahre gezogen?

Susanne begann, die Stapel auf ihrem Fußboden neu zu ordnen. Wenn ihre Theorie stimmte, war das eine Riesenstory. Sie brauchte mehr Fakten. Lars, der für sie recherchieren sollte, würde eine Menge zu tun bekommen.

Campingplatz Pönterbach

Am Nachmittag hatte der Nieselregen aufgehört, danach machten die dichten Wolken – zuerst zögerlich, dann immer bereitwilliger – der Sonne Platz. Es versprach ein netter Abend zu werden. Zumindest hatte ich das bis wenige Minuten zuvor gedacht.

Sie kamen mit drei Fahrzeugen. Der BMW bremste derart scharf auf dem Vorplatz, dass der Schotter nur so spritzte. Röschel wollte offenbar Eindruck schinden. Mit etwas Abstand und deutlich langsamer fuhren dann noch eine B-Klasse und ein Streifenwagen vor. Tobias Röschel hatte diesmal keine Probleme, sein Auto abzuschließen, aber anstatt voranzustürmen, wartete er tatsächlich, bis Kriminalkommissar Calwheim aus der B-Klasse und die beiden Polizisten aus ihrem Streifenwagen ausgestiegen waren.

Körperhaltung und Gesten der vier Männer sprachen Bände. Röschel wippte ungeduldig auf den Fußballen herum und schaffte es, dass sein Lächeln gleichzeitig siegesgewiss und arrogant wirkte. Wie schon bei ihrem letzten Besuch hier auf dem Campingplatz blieb Dennis Calwheim auf Abstand zu Röschel. Ein Samstagabend auf einem Campingplatz: In der Luft lagen Holzkohlenrauch und der Duft von gegrilltem Fleisch. Tatsächlich zog einer der beiden Streifenpolizisten grinsend die Luft ein und sagte etwas zu seinem Kollegen. Rüffel von Röschel. Das Lächeln verschwand. Ja, Röschel hatte den Dreh raus, wie man als Vorgesetzter mit Mitarbeitern umgehen musste.

Ich beobachtete die Szene von dem kleinen Seitenbalkon aus, der zu Helgas Wohnung gehörte. Ich war gerade dabei gewesen, Helga von Daun zu erzählen, als ich die ankommende Fahrzeugkolonne gehört hatte.

»Helga, wir kriegen Besuch. Dieser Röschel vom BKA ist wieder da, und diesmal hat er Verstärkung mitgebracht. Ich geh runter und hör mir an, was er zu sagen hat.«

»Paul, meinst du nicht, ich sollte mitkommen?«

»Was hast du vor, Röschel mit dem Nudelholz drohen,

damit er deinem Neffen keine Gemeinheiten an den Kopf wirft?«

»Werde nur nicht frech, mein Lieber. Vielleicht bist du hinterher froh, wenn du eine unabhängige Zeugin vorweisen kannst.«

»Touché, Helga, Röschel traut mir tatsächlich den Mord am Laacher See zu. Da ist es vielleicht gar nicht schlecht, wenn die herzensgute Tante mit von der Partie ist. Aber erst rufst du Kalle an. Sag ihm, dass ich unsere Verabredung bei ihm nicht einhalten kann. Wenn er es irgendwie schafft, soll er hierherkommen. Und erzähl ihm, dass Röschel mit der Kavallerie da ist.«

»Mache ich, Paul, und danach komme ich runter. Ich kann übrigens nicht nur herzensgut, ich kann auch rabiat.«

Ich machte noch ein paar Schritte auf die vier Männer zu, dann blieb ich abwartend stehen. In der Luft lag immer noch Grillfleischduft. Mein Magen knurrte vernehmlich.

»Guten Abend, die Herren. Was kann ich für Sie tun?«

Kriminalkommissar Calwheim wollte meine Begrüßung erwidern, aber Tobias Röschel war schneller. Er hielt ihm auffordernd die Hand hin und bellte: »Calwheim, wo ist der Schrieb? Na los, ein bisschen Tempo.«

Dennis Calwheim verdrehte die Augen, hielt aber den Mund und zog einen Brief aus der Innentasche seiner Lederjacke, den er Röschel überreichte. Der nahm den Brief, trat dicht an mich heran, klatschte mir das Schreiben mit der flachen Hand gegen die Brust und zischte: »Das hier, David, ist ein richterlicher Durchsuchungsbeschluss. Und weil Sie doch so ein neunmalkluges Arschloch sind, verrate ich Ihnen auch, was wir suchen: Wir suchen nach Beweisen, dass Sie, Paul David, Dr. Volker Roberts kaltblütig ermordet haben. Wenn Sie in der nächsten Stunde auch nur mit der Nasenspitze zucken oder ungefragt den Mund aufmachen, lasse ich Sie verhaften. Wegen Widerstands gegen die Staatsgewalt, Beamtenbeleidigung oder irgendwas anderem, was mir noch einfallen wird. Die beiden Beamten warten nur auf mein Zeichen. Haben wir uns verstanden, David?«

»Wissen Sie eigentlich, dass Sie Mundgeruch haben und beim Sprechen spucken?«

Röschels linkes Augenlid begann hektisch zu zucken, bestimmt wäre er mir am liebsten an die Gurgel gegangen. Tat er aber leider nicht. Schade!

»Ihr Arsch gehört mir, David. Sie wissen es nur noch nicht.«

Röschel ließ es sich nicht nehmen, zusammen mit den beiden uniformierten Polizisten zuerst den Laden und dann meine kleine Wohnung dahinter zu durchsuchen. Die Rollen waren dabei klar verteilt: Röschel zog Schubladen heraus und durchwühlte sie, öffnete Schränke und holte wahllos ihren Inhalt heraus, die beiden Polizisten folgten den gebellten Anweisungen mit einem Minimum an Enthusiasmus. Ich musste Röschel zumindest zugutehalten, dass er gründlich war. Meinen eingebauten Tresor im Schlafzimmerschrank entdeckte er schon nach einer Viertelstunde.

»David, was ist da drin?«

»Eine registrierte Handfeuerwaffe, für die ich einen Waffenschein besitze.«

»Los, öffnen!«

Für den Augenblick saß er am längeren Hebel, also öffnete ich den Tresor und trat zur Seite. Röschel holte meinen Revolver und die Packung mit Patronen heraus. Er hielt beides einem der Uniformierten hin. »Sie da, packen Sie diese Waffe ein und sorgen Sie dafür, dass sie ins Labor kommt. Schauen Sie nicht so dämlich drein, sondern tun Sie, was ich sage. Oder haben Sie noch nie eine potenzielle Tatwaffe sichergestellt? Wenn Sie hier unten fertig sind, gehen Sie mit Ihrem Kollegen nach oben und beginnen mit der Durchsuchung der Wohnung. Danach sind die Nebengebäude dran. Habe ich mich klar und deutlich ausgedrückt? Gut, also Abmarsch.«

Röschel arbeitete eindeutig an seiner Kandidatur zum beliebtesten Chef des Jahres. Ich wollte den beiden Beamten schon folgen, als Röschel mich zurückhielt.

»Sie bleiben hier, David. Von Ihnen will ich jetzt Antworten hören.«

Röschel öffnete die Tür und brüllte nach draußen: »Calwheim! Schwingen Sie Ihren Hintern hier herein, Sie haben genug Pause gemacht.«

Röschel musste irgendetwas in der Hinterhand haben, so einfach bekam man keinen Durchsuchungsbeschluss.

Als Dennis Calwheim mein Wohnzimmer betrat, hörte ich durch die offene Tür Helgas Stimme. Sie nahm die beiden Polizisten unten an der Treppe in Empfang und hatte offenbar schon auf rabiat umgeschaltet.

»Meine Herren, wenn Sie es wagen, mir oben Unordnung zu machen, werde ich mich bei Ihrem Vorgesetzten beschweren. Sie beide können gerne mit heraufkommen, aber Sie treten sich die Schuhe ab … So ist es richtig. Und wagen Sie es ja nicht, in meiner Unterwäsche zu wühlen, das sieht man ja manchmal im Fernsehen. So was gibt es bei mir nicht …«

Die restlichen Anweisungen konnte ich leider nicht mehr verstehen. Zu gern hätte ich die Gesichter der Polizisten gesehen.

»Mit der Selbstgefälligkeit ist es gleich vorbei, David.«

Wenn Röschel es auf Provokation anlegte, um mich aus der Reserve zu locken, musste er stärkere Geschütze auffahren. Den Gefallen würde ich ihm nicht tun.

»Sie haben einen Durchsuchungsbeschluss, aber keinen Haftbefehl in der Tasche – also, durchsuchen Sie meine Wohnung. Aber erwarten Sie nicht, dass ich aufhöre, mich zu freuen, wenn Sie sich dabei zur Lachnummer machen.«

Ein kurzes Grinsen zuckte über Calwheims Gesicht, bevor er wieder versuchte, unbeteiligt mit einem Hauch Bedrohung auszusehen. Doch das ging gründlich daneben.

»Solche Typen wie Sie, David, kenne ich zur Genüge«, sagte Röschel. »Sie glauben, Sie stehen über dem Recht, aber das stimmt nicht. Also, erste Frage: Was haben Sie heute Vormittag gemacht?«

»Warum fragen Sie? Sie wissen es doch längst, schließlich war heute früh ein Schatten an meiner Stoßstange. Ich bin nach Mayen in den Baumarkt gefahren.«

Ich sah zu Dennis Calwheim hinüber, der bekam einen roten Kopf und betrachtete mit großem Interesse seine Fußspitzen. Garantiert hatte er Röschel verschwiegen, dass er von mir abgehängt worden war.

»Und weiter?«

»Nichts weiter, ich bin später wieder zurückgekommen und habe hier ein paar Dinge erledigt. War's das schon? Mehr wollten Sie nicht wissen?«

»Ich fange gerade erst an. Noch mal zurück zum Tag des Mordes. Wo waren Sie vorgestern, am Donnerstag, zwischen sieben und neun Uhr morgens?«

»Das habe ich Ihnen doch schon beim letzten Mal gesagt: Ich war hier auf dem Campingplatz, habe im Laden Brötchen und Zeitungen verkauft und für zwei oder drei Gäste die Abrechnungen gemacht.«

»Gibt es Zeugen, die bestätigen können, dass Sie die ganze Zeit über hier waren?«

»Nein, natürlich nicht. Niemand stand zwei Stunden neben mir.«

»Aha!«

Röschel ging mir langsam auf die Nerven.

»Sie glauben doch nicht im Ernst, dass ich hier im Laden zuerst Brötchen verkaufe, dann zum Laacher See fahre, um jemanden zu erschießen, um schließlich wieder hier im Laden die nächste Abrechnung zu machen?«

»Wer, David, hat denn davon gesprochen, dass Volker Roberts erschossen wurde?«

»Ach, hören Sie doch auf, Röschel. Sie sind nicht Inspector Columbo. Polizeioberkommissar Seelbach hat die Leiche gesehen und sie mir leider in allen Details beschrieben. Wenn Ihrem Mordopfer niemand eine Dynamitstange, eine Handgranate oder ein Päckchen Plastiksprengstoff an die Mütze geheftet hat, wurde ihm auf irgendeine Art und Weise der Kopf weggeschossen. Oder wie würden Sie sich die Verletzungen des Toten erklären?«

Ich unterschlug bewusst Steffens Theorie, dass Godzilla als Täter in Frage käme. Außerdem konnte ich den beiden ja schlecht erklären, dass mein Freund sich in ihre Datenbank gehackt hatte und ich deshalb ihre Tatortfotos kannte.

»Calwheim, wie schnell kann man von hier aus zum Laacher See fahren?«

»Ich schätze, das dauert weniger als fünf Minuten.«

Röschel nickte zufrieden. »Sehen Sie, David, das ist Ihr Problem. Sie hätten jederzeit den Laden verlassen und kurz zum See fahren können. Gar keine große Sache. Sie hängen einfach ein Schild an Ihre Ladentür: ›Bin gleich zurück‹. Sie töten Roberts und spielen danach wieder den unschuldigen Campingplatzbesitzer.«

»Noch einmal, Röschel, ich war hier, und mich haben mindestens sechs oder sieben Personen in der Zeit gesehen. Außerdem: Wie hätte ich bitte schön wissen sollen, wann Volker Roberts am Laacher See seine Laufrunde dreht? Ich hätte exakt wissen müssen, wann er losläuft, oder lange Zeit auf der Lauer liegen müssen.«

Röschel verzog sein Gesicht zu einem sardonischen Lächeln. Plötzlich wusste ich, dass ich einen Fehler begangen hatte. Ich hatte ihm sozusagen eine Steilvorlage geliefert.

»Calwheim, erklären Sie es ihm.«

Dennis Calwheim zog einen weiteren Zettel aus den Tiefen seiner Innentasche.

»Sie haben in der Rezeption des Campingplatzes ein Festnetztelefon?« Er hielt mir den Zettel entgegen. »Ist das Ihre Telefonnummer?«

Auf dem Zettel war eine Tabelle mit Telefonnummern, Daten und Uhrzeiten, ähnlich wie bei einem Einzelgesprächsnachweis einer Telefonrechnung, nur dass hier alle Nummern komplett aufgeführt waren. Eine Rufnummer war mit Textmarker gelb hervorgehoben – meine Nummer.

»Ich denke, Sie wissen, dass das unser Anschluss ist.«

Calwheim nickte. »Ja, das wissen wir. Von diesem Anschluss aus hat man am letzten Dienstag im Seehotel angerufen. Haben Sie in der letzten Woche mit dem Hotel telefoniert?«

»Nein, habe ich nicht. Am letzten Dienstag war ich den ganzen Tag hier vor Ort, am Mittwoch bin ich sehr früh morgens nach Frankfurt gefahren und erst abends zurückgekommen.«

Jetzt mischte sich wieder Röschel ein. »Also haben Sie für

den besagten Tag wieder kein vernünftiges Alibi. Sie haben von diesem Telefon dort drüben im Hotel angerufen. Ein Mitarbeiter an der Rezeption, Kevin Murtental, hat ausgesagt, dass er angerufen wurde. Diese Liste der eingegangenen Anrufe bestätigt seine Aussage. Der Anrufer war männlich und bat Herrn Murtental, bei einem kleinen Streich für einen Junggesellenabschied mitzumachen. Der Anrufer wusste, dass Volker Roberts einen Tag später zusammen mit seiner Mitarbeiterin und Geliebten im Hotel übernachten würde. Er bot Murtental hundert Euro an, dafür sollte der ihn auf einer Handynummer anrufen, wenn Roberts am Donnerstagmorgen das Hotel verlassen würde. Offenbar wusste der Anrufer, dass Roberts jeden Tag seine Laufrunden drehte.«

»Sie haben also einen männlichen Anrufer und aus irgendeinem Grund meine Telefonnummer im System des Hotels …«

»Oh nein, David«, Röschel hatte jetzt seinen ganz großen Auftritt, »der Anrufer hat sich am Dienstagabend noch persönlich mit unserem jungen Kevin getroffen. Die hundert Euro wechselten ihren Besitzer, und Kevin erhielt eine Handynummer, die er dann auch brav am Donnerstagmorgen angewählt hat. Und was soll ich Ihnen sagen? Es war zwar dunkel, und Kevin hat das Gesicht des Mannes nicht richtig erkennen können, aber er schwört jeden Eid, dass der Fremde an seiner linken Hand einen schwarzen Handschuh trug. So einen Handschuh, wie man ihn – und jetzt zitiere ich Kevin – ›über einer Prothese trägt‹. Kennen Sie zufällig jemanden, David, dem hier in der Gegend die linke Hand abhandengekommen ist?« Röschels Stimme triefte nur so vor Hohn.

Ja, der Schutzhandschuh meiner bionischen Hand war tatsächlich auf dem Handrücken dunkel.

»Dann machen Sie doch einfach eine Gegenüberstellung«, forderte ich.

»Das werden wir, David, darauf können Sie sich verlassen. Das Einzige, was mich daran hindert, Sie direkt mitzunehmen und einzulochen, sind zwei Punkte: Es war nicht Ihre Handynummer. Gut, wer wäre auch schon so dumm? Aber wenn Sie schon ein Prepaidhandy verwenden, warum haben Sie dann von Ihrem Festnetzanschluss telefoniert? So dämlich können Sie unmöglich sein, oder?«

»Ist das einer Ihrer seltenen hellen Momente, oder kommt da noch was?«

»Wenn es nach mir gegangen wäre, hätte ich Sie jetzt schon am Sack und müsste mir nicht mehr Ihre blöden Sprüche anhören. Aber tatsächlich haben Richter und Staatsanwaltschaft in Koblenz noch Skrupel, aufgrund unserer bisherigen Ermittlungserkenntnisse einen Haftbefehl gegen einen ehemaligen NATO-Ermittler auszustellen. Da gibt es ein paar hohe Tiere, die von Ihrer Akte mächtig beeindruckt sind. Glauben Sie mir, ich bin das nicht.« Röschel hielt Daumen und Zeigefinger einen Spaltbreit auseinander. »Uns fehlt nur noch so wenig, um Sie einzukassieren. Vielleicht liefert uns ja die Hausdurchsuchung das letzte Puzzleteilchen.«

Andernach-Kell

»Dreck, Pest und Ziegenarsch, wie mein alter Großvater immer sagte, so verbohrt kann doch keiner sein. Ich meine, allein der Gedanke, dass du Roberts ermordet haben könntest, ist doch absurd.«

Kalle tigerte schon seit fünf Minuten in seinem Wohnzimmer aufgeregt auf und ab. Nachdem ich ihm von der Hausdurchsuchung und dem Gespräch mit Calwheim und Röschel erzählt hatte, haute er einen Fluch nach dem anderen raus. Flüche, von denen ich bislang noch nie gehört hatte.

»Aber es passt zu dem, was ich heute den ganzen Tag erlebt habe«, sagte Kalle. »Irgendwer in Koblenz mauert, da hat Röschel seine Finger drin. Die Kollegen von der Spurensicherung machen plötzlich einen auf wortkarg, und wenn ich nachfrage, erhalte ich lediglich den Hinweis, ich soll mich an die Soko Boston wenden – da kann ich auch genauso gut eine SMS an

Röschel schicken. Und jetzt hat der Sack dank der Aussage aus dem Hotel und der Telefonliste auch noch Oberwasser. Bist du sicher, Paul, dass niemand in deiner Abwesenheit vom Telefon der Rezeption angerufen hat?«

Ich überlegte kurz, diese Frage hatte ich mir natürlich auch schon gestellt. Ich war zu Fuß nach Kell gegangen, in der Hoffnung, bei dem Spaziergang den Kopf frei zu kriegen. Viel geholfen hatte es nicht.

»Das Telefon steht hinten im Regal, und wenn ich die Rezeption oder den Laden verlasse, schließe ich immer ab. Letztes Jahr hatten sich so ein paar Idioten im Laden bedient, ohne zu bezahlen. Seitdem achte ich darauf, dass die Tür zu ist. Nein, Kalle, es ist mir schleierhaft, wie meine Telefonnummer auf der Liste des Hotels auftauchen kann. Aber immerhin wissen wir nun, dass Volker Roberts nicht das zufällige Opfer eines Psychopathen geworden ist. Sein Mörder wusste, wann Roberts im Hotel sein würde, er hatte also Zugriff auf dessen Terminkalender.«

»Den du dir in der Kanzlei doch angesehen hast, oder?«, fragte Kalle.

»Ja und nein. Den persönlichen Terminkalender hat die Polizei. Aber die Geschäftstermine wurden im Computer geführt, da gibt es einen Gruppenkalender. Roberts hat sich in Maria Laach mit einem Mandanten getroffen, gut möglich, dass dieses Treffen im Computer stand.«

Kalle ging in den offenen Küchenbereich seines Wohnraums und öffnete die Kühlschranktür. »Mir raucht der Kopf, bei so viel Nachdenken werde ich ganz durstig. Möchtest du auch ein Bier?«

»Ich dachte, du musst neues Bier brauen?«

»Stimmt schon, aber ein paar Flaschen sind noch da.«

Ich war kein großer Biertrinker, aber Kalle braute seit ein paar Monaten sein eigenes Bier, und das war richtig lecker. »Echt-Keller-Kalle-Bräu« – ich fand ja, an dem Namen musste Kalle noch arbeiten. Während Kalle sorgfältig zwei Gläser einschenkte und darauf achtete, dass keine Resthefe aus der Flasche im Glas landete, überlegte ich laut weiter.

»Wir wissen also, dass dieser Mord kein Zufall war. Der Mörder kannte die Verbindung zwischen mir und Volker Roberts. Dabei habe ich den Anwalt doch nur ein Mal getroffen. Im Frühjahr, wegen der Windkraftgeschichte.«

Kalle reichte mir ein Glas, prostete mir zu und nahm einen ausgiebigen Schluck. »Ah, gut«, machte er, als würde er den Gerstensaft zum ersten Mal kosten. Dann setzte er wieder sein ernstes Gesicht auf und sagte: »Also, Paul, dieser halbseidene Windkraftfonds ist eine ganz unerfreuliche Geschichte, keine Frage. Da zieht im Hintergrund übrigens irgendein polnisch-russisches Konsortium die Fäden. Ich habe von einem Kollegen gehört, dass die Drahtzieher noch ganz andere Dinge am Laufen haben. Im Vergleich dazu war der Windkraftfonds geradezu mustergültig, sozusagen das legale Aushängeschild. Roberts hat ihnen fünfzigtausend Euro von deinem Geld vorenthalten. In diesem einen Punkt hat Röschel recht, Menschen sind schon für kleinere Summen über die Klinge gesprungen. Aber bei dem, was ich bislang von Kollegen in Koblenz in dieser Sache gehört habe, würde ich sagen, dass die Hintermänner zurzeit ganz andere Probleme haben, als sich mit einem kleinen Anwalt aus der Eifel herumzuschlagen. Zumal so ein Auftragsmörder ja auch nicht für einen Lolli und ein paar Luftballons arbeitet.«

Aus irgendeiner Ecke des Wohnzimmers ertönten die ersten Takte von Peter Gabriels »Sledge Hammer«. Es war Kalles Handy. Bevor die Fanfare vom Intro erneut loslegen konnte, hatte sich Kalle das Handy von einem Regal geschnappt und mich, nach einem Blick aufs Display, zu sich herangewinkt.

»Das ist Steffen.«

Kalle nahm den Anruf an und schaltete gleichzeitig auf Freisprechen.

»Hi, Steffen, Paul sitzt hier neben mir.«

»Paul? Oh, das ist gut. Dann muss ich ihn nicht extra anrufen.«

»Hast du was rausgefunden?«, schaltete ich mich in das Gespräch ein.

»Darauf kannst du einen lassen, Alter. Ich bin da sehr stolz auf mich. Im Moment rechnet sich mein Computer zwar noch einen Wolf, aber ich denke, das wird megakrass.«

»Mach's doch nicht so spannend, worum geht's?« Kalle verdrehte theatralisch die Augen. Am anderen Ende der Leitung ertönte ein zufriedenes Kichern. »Nee, Kalle, erst muss ich wissen, dass das auch wirklich klappt, was ich mir da überlegt habe. Deshalb rufe ich ja auch an, ich wollte nicht, dass ihr denkt, das geht so hopplahopp. Das ist schon eine andere Hausnummer als der simple Hack einer Datenbank.«

Ich kannte Steffen; wenn es um seine Computer und Programme ging, war er ein Künstler. Und einen Künstler konnte man nicht zwingen, auf seinen großen Auftritt zu verzichten. Mir fiel eine Frage ein, auf die Steffen womöglich eine Antwort wusste.

»Sag mal, Steffen, Kalle und ich kommen an einem Punkt nicht weiter …«

»Echt jetzt, nur an einem Punkt?«, prustete Steffen los. »Sorry, Leute, war nicht so gemeint.«

Kalle murmelte neben mir halblaut: »Na toll, jetzt macht schon ein Computerfreak seine Witzchen auf meine Kosten.«

Ich ignorierte Kalles Gemaule und fragte: »Im Hotel der Abtei Maria Laach hat jemand angerufen, und zwar über meinen Festnetzanschluss. Gibt es eine Möglichkeit, einen fremden Anschluss zu nutzen, ohne das eigentliche Telefon zu verwenden?«

»Verscheißerst du mich jetzt, Paul, oder ist das eine ernst gemeinte Frage?« Steffen hatte aufgehört zu kichern. »Mann, ihr beiden seid echt noch in den Neunzigern hängen geblieben. Das Zauberwörtchen heißt Call-ID-Spoofing, ist ein ganz alter Hut. Mittlerweile kursieren sogar Apps in den Stores, mit denen man eine beliebige Nummer vortäuschen kann. Ihr wollt einen Kumpel mit einem Anruf aus dem Bundeskanzleramt oder dem Weißen Haus überraschen? Kein Problem. Ist zwar nicht legal, geht aber trotzdem.«

»Eine App? Warum wundert mich das nicht?«, raunte Kalle.

»Schwierig wird es nur, wenn man zurückgerufen werden

soll, denn beim Spoofing täuschst du ja lediglich eine Telefonnummer vor. Bei Rückrufen müsste schon eine Telefonanlage umprogrammiert werden.«

Deshalb hatte der geheimnisvolle Anrufer Kevin eine Handynummer gegeben. Kevin sollte sich ja nicht bei mir auf dem Campingplatz melden.

»Steffen, du hast dir gerade ein großes Stück von Helgas Geburtstagstorte verdient.«

»Oh, Mist. Helga hat ja morgen Geburtstag … Ich weiß wirklich nicht, ob ich es schaffe. Der Fall hat mich ziemlich viel Zeit gekostet, und schließlich muss meine Firma ja auch noch ein paar Brötchen verdienen. Da wird der Sonntag samt Nachtschicht draufgehen.«

»Wenn deine Zeit reicht, komm vorbei. Susanne wird auch da sein. Ich bin sicher, das wird nett.«

Ich hatte ja keine Ahnung …

Auf dem Weg zurück zum Campingplatz Pönterbach

Als ich zurückging, brauchte ich nicht einmal eine Taschenlampe, so hell schien der Mond. In Kell war Ruhe eingekehrt, niemand war mehr auf der Straße. Hinter einigen Fenstern schimmerte es bläulich, der Spätfilm am Samstagabend.

Mit Beginn des Feldweges endeten auch die Straßenlaternen, aber das störte mich nicht. Mein Handy vibrierte in der Tasche. Ich fischte es heraus und sah Susannes Nummer auf dem Display.

»Hallo, Susanne. Du hast Glück, dass du mich auf dem Handy noch erwischst, bevor das große Funkloch kommt.«

»Hallo, Paul. Ich habe schon mit Helga gesprochen, sie hat mir gesagt, dass du bei Kalle wärst.«

Etwas stimmte nicht. Sie klang anders als sonst.

»Was ist los?«

»Paul … ich … ich habe Helga gerade abgesagt. Ich schaffe

es nicht. Da gibt es einen neuen Auftrag. Ich gehöre zu einer kleinen Delegation, die einen Russen, Alexej Wolkow, für ein paar Tage begleiten soll. Das ist ein ganz wichtiger Auftrag.«

»Und nur du kannst diesen Auftrag erledigen? Ich meine, Helga hat sich wirklich darauf gefreut, ihren Geburtstag mit dir zu feiern. Ich habe mich darauf gefreut, dich zu sehen.«

»Ich weiß, Paul. Und es tut mir auch unendlich leid. Aber ich habe gar keine andere Wahl.«

»Hattest du schon. Zum Beispiel hättest du sagen können: ›Nein, ich kann nicht.‹«

Schon während ich das sagte, wusste ich, dass es falsch war. Falsch und ungerecht. Aber ich war enttäuscht und wütend zugleich. Susanne hatte unsicher und zerknirscht geklungen, jetzt wurde sie sauer.

»Du hast ja keine Ahnung, wovon du redest. Was glaubst du eigentlich, womit ich mein Geld verdiene? Hier warten Dutzende freie Mitarbeiter darauf, einen solchen Auftrag zu kriegen. Wenn ich den ablehne, bin ich ganz schnell wieder weg vom Fenster. Dafür habe ich nicht die ganzen letzten Jahre geschuftet. Ich will nicht wieder Diättipps geben oder über die richtige Ernährung im Sommer schreiben müssen. Wenn du das nicht einsehen kannst, dann tut es mir leid.«

»Mir tut es leid, dass du nicht siehst, wohin das alles führt. Ich dachte, du wolltest nie so werden wie dein Bruder.«

»Lass Roger aus dem Spiel, Paul. Und sei nicht so verdammt selbstgefällig. Ich habe gesagt, dass es mir leidtut. Helga hat es verstanden.«

»Na, dann kannst du ja mit ruhigem Gewissen diesem Russen hinterherlaufen. Kümmere dich …«

Ich stockte, weil ich merkte, dass ich nur noch mit mir selbst sprach. Scheiß-Funklöcher. Ich ging ein Stück zurück, bis ich auf dem Display sah, dass ich wieder im Netz war, und wählte Susannes Nummer. Die Mailbox ging dran. Ich beendete den Anruf. Na los, Susanne, ruf wieder an.

Ich wartete fünf Minuten, starrte auf mein Telefon. Fünf Minuten ohne Anruf. Ich steckte das Telefon ein und ging nach Hause. Der Weg vor mir war dunkel und einsam. Seit

Frankfurt hatte ich irgendwie damit gerechnet, dass so was passieren könnte. Nur nicht so schnell. Verdammt, nur nicht so schnell.

Hilton International, Flughafen Frankfurt a. M.

Als Alexej Wolkow die Lobby des Hotels betrat, drehten sich ein paar Köpfe zu ihm herum. Kein Wunder. An seiner Seite schritt eine schöne Frau durch die Tür. Vor ihm ging ein großer, breitschultriger Mann im schwarzen Anzug mit grimmigem Gesichtsausdruck her, dem das Wort Bodyguard praktisch auf die Stirn tätowiert war. Seine beiden Zwillingsbrüder – zumindest dem Aussehen nach – hatten sich aufgeteilt. Einer blieb immer dicht neben Wolkow, der andere ein paar Schritte hinter der Gruppe, sozusagen als Nachhut.

Alexej Wolkow schien die Aufmerksamkeit, die seine Gruppe erregte, gar nicht wahrzunehmen. Der Russe hatte ein altersloses, glatt rasiertes Gesicht. Wer ihn zum ersten Mal sah, hätte nicht schätzen können, ob Wolkow Mitte vierzig oder Mitte sechzig war. Nur dass er deutlich zu viele Pfunde auf die Waage brachte, das war offensichtlich. Den mächtigen Bauch konnte selbst der gut geschnittene Anzug nicht kaschieren.

Wolkow beendete mit ein paar leisen Anweisungen ein Telefonat und reichte dann seiner Begleiterin, die auf der linken Seite neben ihm ging, das Handy. Die vergewisserte sich, dass der Anruf beendet war, und steckte das Smartphone dann wortlos in ihre Handtasche.

Wolkow war kein Mann, der ein Handy mit sich herumtrug, dafür hatte er immer jemanden in seiner Nähe. Meistens war es die Frau neben ihm, Irina Tandler.

Irina Tandler hatte wie Wolkow deutsche Vorfahren, nur dass ihre Großmutter noch in Ostpreußen groß geworden war. Irina war Mitte dreißig, hatte eine kurze, kinderlose Ehe mit einem Armeeoffizier hinter sich und arbeitete jetzt seit acht

Jahren für Alexej Wolkow. Sie war Mädchen für alles. Offiziell die Chefin seines Büros, inoffiziell auch PR-Beraterin, Personalchefin und Ratgeberin in Modefragen. Niemand in Wolkows Team wusste etwas von der Affäre. Einer Affäre, die beide nicht zufriedengestellt hatte, also waren sie wieder zu dem alten Angestellten-Chef-Verhältnis zurückgekehrt. Wobei es immer noch eine intime Vertrautheit in den Momenten gab, in denen sie alleine waren. Eine Vertrautheit, die beide genossen.

Irina Tandler achtete im Gegensatz zu ihrem Chef auf ihre Figur, sie beschäftigte sogar einen sündhaft teuren Privattrainer. Ihr buntes Sommerkleid unter dem hellen Kurzmantel passte so gar nicht zu den schwarzen Anzügen der Leibwächter. Als hätte sich ein Schmetterling zwischen drei Briketts verirrt.

Tandler trug Sneakers zum Kleid, sie hasste es, wenn Schuhe sie daran hinderten, schnell und lange zu gehen. Mit einer Kopfbewegung schüttelte sie ihre langen, glatten Haare zur Seite, bevor sie ihre große Sonnenbrille absetzte und sich umsah.

»Alexej, warte bitte kurz, ich schaue nach, wo diese Presseleute bleiben.«

»Sie werden schon kommen, Irina.« Wolkow hatte eine angenehm tiefe Stimme, die in den meisten Fällen sanft und beruhigend klang.

»Und trotzdem gehört es sich nicht, dich warten zu lassen. Sie zollen dir keinen Respekt.«

In Irina Tandlers Stimme schwang immer etwas Harsches, Tadelndes mit.

»Irina, niemand hat es hier nötig, mir Respekt zu zollen. Wir haben hier geschlafen, wir können gleich noch frühstücken, sie werden schon kommen«, erwiderte Wolkow leise. Sie unterhielten sich auf Deutsch, einer Sprache, die Wolkow mühsam erlernt hatte, die Irina dagegen seit ihrer Kindheit sprach. Sie redeten in Gegenwart der Leibwächter oft Deutsch miteinander, so konnten sie sicher sein, dass das Gesagte nicht weitergegeben wurde.

»Dimitri, ich will, dass ihr hier wartet.« Irina Tandler hatte wieder ins Russische gewechselt und schaute den Leibwächter an Alexejs Seite auffordernd an.

Es kam selten vor, dass sie eine Anweisung zweimal aussprechen musste. Dimitri nickte.

Bevor Irina Tandler aber zum Empfang gehen konnte, standen eine Frau und zwei Männer gleichzeitig von einer der Sitzgruppen auf. Dimitris Hand zuckte zur Innenseite des offenen Jacketts.

»Es ist gut, Dimitri, ich denke, das werden die Presseleute sein«, brummte Wolkow, um Sekunden später eine Mischung aus einem Seufzen und einem leisen Pfiff auszustoßen. Die Frau, die da auf ihn zukam, hätte als Model arbeiten können, und sie besaß ein atemberaubendes Lächeln. Sie erinnerte Wolkow an eine Schauspielerin, er kam nur nicht auf den Namen.

»Alexej, das ist eine Reporterin, vergiss nicht, dass sie darüber schreibt, was sie erlebt«, zischte Irina, die die Veränderung in Wolkows Miene durchaus registriert hatte.

»Irina, entspanne dich bitte. Wir sind hier zu Gast und nicht im Wahlkampf.« Mit dieser halblauten Bemerkung setzte Wolkow ein strahlendes Lächeln auf.

»Männer! Sobald sie Brüste sehen, schaltet sich der Verstand ab«, murmelte Irina, aber so leise, dass keiner sie verstehen konnte.

***

Als Susanne, dicht gefolgt von ihren beiden Kollegen, auf Wolkow zuging, fielen ihr zwei Dinge gleichzeitig auf: Wolkow zog sie mit Blicken geradezu aus, während die Frau an seiner Seite ein Gesicht machte, als hätte jemand auf ihren Hund getreten.

Na, das kann ja lustig werden, dachte Susanne. Laut sagte sie den Satz, den sie mühsam auswendig gelernt hatte und der in ihren Ohren so ähnlich klang wie: »Dobro pozhalovat'v Germaniyu.«

Campingplatz Pönterbach

Leider machte mein innerer Wecker keinen Unterschied zwischen einem normalen Wochentag und einem Sonntag.

Nur dass ich an diesem Tag mit einem Pochen in der Stirnhöhle erwachte. Pochen samt pelziger Zunge. Na toll.

Susanne fiel mir wieder ein, unser Streit am Telefon. Ich schaute aus dem Fenster ins Pöntertal, in der trügerischen Hoffnung, dass die Aussicht auf die Wiesen und die knorrigen Bäume meine Kopfschmerzen besänftigen würde.

Ich war so ein Idiot.

Ein Idiot, weil ich doch hätte wissen müssen, wie ernst Susanne ihre Arbeit nahm.

Ein Idiot, weil ich die Wirkung von Whisky auf Bier bei mir kannte und wider besseres Wissen Selbstmitleid und Wut heruntergespült hatte.

Wie zu erwarten, war die heilende Wirkung ausgeblieben.

Im Gegenteil, der Kater war die Quittung. Wie hatte mein Ausbilder immer gesagt: Wer saufen kann, kann auch Liegestütze. Ich wälzte mich aus dem Bett, stellte mich unter die kalte Dusche und begann danach mit den Übungen.

Ehrlich, ich kann nicht sagen, dass ich mich anschließend besser fühlte, aber ich hatte immerhin meinen inneren Schweinehund besiegt. Wenn es nach dem gegangen wäre, läge ich jetzt noch im Bett.

Frühstücken würde ich später oben bei Helga. Die Aussicht auf ihre Frühstückstafel reizte mich gar nicht, aber es war ja nicht Helgas Schuld, dass jemand in meiner Stirnhöhle Achterbahn fuhr. Also begnügte ich mich fürs Erste mit einem Milchkaffee, einem Glas Wasser und einer Kopfschmerztablette.

Über mir hörte ich Schritte. Helga war also auch schon auf den Beinen. Da konnte ich genauso gut zu ihr hinaufgehen und mein Geschenk überreichen.

»Ich hätte nicht gedacht, dass es diese Bücher noch gibt. Und dann auch noch in einer einheitlichen Ausgabe. Ich danke dir.« Helga drückte mir einen Kuss auf die Wange. Es war tatsächlich nicht einfach gewesen, die alten Ausgaben der zehn Kriminalromane des schwedischen Autorenpaares Maj Sjöwall und Per Wahlöö in einer Sammelbox zu beschaffen, aber ich hatte ja genug Zeit gehabt, im Internet zu stöbern. Ich wusste, dass Helga für die beiden schwärmte, aber immer nur einzelne Bücher von einer Freundin ausgeliehen hatte. Jetzt konnte sie Kommissar Becks Fälle in einem Rutsch lesen, was, wie ich erfahren hatte, durchaus sinnvoll war, denn die Spannung stieg von Buch zu Buch. Ich zog ein kleines Päckchen aus der Hosentasche.

»Vielleicht gefällt dir das ja genauso gut.«

Helga lächelte glücklich. »Noch ein Geschenk? Du bist ja verrückt.«

»Nein, nur dein einziger Neffe, der froh ist, dass er so eine tolle Tante hat.«

»Wage es nicht, mich Tante zu nennen, sonst zeig ich dir, wozu eine Frau in meinem Alter noch fähig ist.«

Wozu eine Frau in Helgas Alter fähig war, sah ich an dem riesigen Frühstücksbüfett. Da wechselten sich verschiedene Torten und Kuchen mit Käseplatten, Aufschnitt, Brotsorten, Desserts und zwei verschiedenen Quiches ab.

»Sag mal, Helga, erwartest du zum Frühstück zwei Reisebusse?«

»Unfug, Junge, aber ich weiß doch nicht, wer heute alles zum Gratulieren vorbeikommt. Ich habe allen, die gefragt haben, gesagt, sie sind herzlich willkommen.«

Helga hatte das kleine Päckchen geöffnet und holte jetzt die Kette mit dem Silberanhänger heraus, den ich vor ein paar Wochen in Koblenz entdeckt hatte.

Für einen Augenblick wurde ihr Blick ganz feucht, zumindest bildete ich mir das ein. Dann drückte sie mir einen zweiten Kuss auf die Wange und sagte: »So, und jetzt müssen wir sehen, dass wir fertig werden.«

Fertig? Was konnte denn jetzt noch kommen?

»Soll ich noch irgendwas holen?«

»Natürlich, du kannst Kaffeelöffel hinlegen. Ich muss schnell in der Küche nach den Blätterteigtaschen sehen, die müssten jetzt auch gleich fertig sein. An so einem Tag …«

»… weiß man nie, wer vorbeikommen wird«, ergänzte ich ihren Satz. Und wieder fiel mir Susanne ein.

Ich kenne wenige Menschen, die so aufmerksam sind wie Helga. Obwohl sie doch mit ihren Gedanken bestimmt ganz woanders war, bemerkte sie, wie ich das Gesicht verzog. Helga blieb auf dem Weg zur Küche stehen und seufzte einmal.

»Sie hat es dir gesagt, nicht wahr? Ich bin auch gar nicht böse – Himmel, es ist schließlich nur ein einfacher Geburtstag.«

»Sie hat mich angerufen, gestern Nacht. Wir brauchten nicht einmal zwei Minuten, um uns zu streiten.«

»Aber danach habt ihr euch doch sicher wieder vertragen, oder etwa nicht?«

»Nein, wir wurden von einem Funkloch unterbrochen. Ich habe danach nur noch ihre Mailbox erreicht, und sie hat nicht mehr versucht, mich anzurufen.«

Schon während ich das sagte, fiel mir auf, wie bitter und endgültig das alles klang. Helga kam zurück zu mir, nahm mich wortlos in den Arm und drückte mich an sich.

»Niemand hat je gesagt, dass Liebe einfach ist. Es kommt der Tag, da wird sie nicht mehr von der ersten Leidenschaft, sondern von gegenseitigem Respekt und Rücksichtnahme getragen. Gib Susanne etwas Zeit, und dann …«

»Was dann?«

»Dann gibst du zu, dass du ein Idiot bist.«

Helga ließ mich los und ging ohne ein weiteres Wort zurück zu ihren Blätterteigtaschen. Zum ersten Mal an diesem Morgen musste ich grinsen.

Ich grinste auch noch, als ich den Wagen auf dem Hof hörte. Sonntags, kurz vor halb neun, um die Zeit kamen selten schon neue Gäste an.

»Helga, ich schau mal gerade, wer da gekommen ist. Wahrscheinlich Kalle oder Steffen«, rief ich in die Küche.

»Ist gut, bring sie gleich rauf, damit wir frühstücken können.«

Auf dem Hof stand ein kleiner weißer Peugeot mit französischem Kennzeichen. Ganz sicher nicht Kalle oder Steffen. Ich wollte gerade anfangen, mich zu wundern, als die Fahrertür aufflog, eine Frau ausstieg, die letzten Meter fast lief und sich mir dann an die Brust warf.

»Oh, Paul, wie schön, dich zu sehen. Bonjour, mein Lieber. Na, ist das eine Überraschung?«

Aber hallo, das konnte man wohl sagen. Während mein Körper schon im Modus »Umarmung erwidern« war, begann ich, wenn auch mit einer gewissen Zeitverzögerung, zu begreifen, wen ich da drückte.

Die Haarfarbe war nicht mehr blond, sondern braun, die Hornbrille war verschwunden, aber die Stimme und der Rest stimmten noch mit dem überein, was mein Kopf aus der Erinnerungskiste kramte.

»Sophie? Was in aller Welt machst du morgens um halb neun hier im Pöntertal?«

Ich hatte Sophie Claude bei einem Auslandseinsatz kennengelernt. Damals diente sie noch in der französischen Armee. Später wechselte sie zu Interpol, und sie war es auch gewesen, die mir im Frühjahr bei meinen Ermittlungen im Zusammenhang mit Roger Winkler weitergeholfen hatte. Sophie war eine kluge Frau. Eine hartnäckige Ermittlerin und ein wahres Energiebündel. Musste sie als Frau wohl auch sein, um sich in der Armee oder bei Interpol durchzusetzen.

Ich musterte sie, groß verändert hatte sie sich seit unserer letzten Begegnung tatsächlich nicht. Um die ein Meter sechzig klein, fast knabenhaft schlank, ein schmales Gesicht mit großen braunen Augen. Und abgesehen von der Farbe erkannte ich auch den Kurzhaarschnitt wieder. Plötzlich war ich also wieder in der »Fabelhaften Welt der Amélie«, denn Sophie sah noch immer aus wie die Schauspielerin Audrey Tautou aus ebenjenem Film. Und lächelte mindestens ebenso breit mit ihrem ausgesprochen sinnlichen Mund.

»Du trägst keine Brille mehr.« Sicher nicht der intelligenteste Satz auf der Liste der mustergültigen Begrüßungssätze, aber immerhin das, was mir gerade durch den Kopf schoss.

Ohne Brille wirkten ihre Augen fast noch größer.

»Kontaktlinsen, mein Lieber. Ich hasse es, wenn ich all die modischen Sonnenbrillen nicht tragen kann, nur weil ich kurzsichtig wie ein Maulwurf bin. Aber ist das alles, was dir zur Begrüßung einer alten Freundin einfällt? Schäm dich!«

Ich musste lachen und nahm sie noch einmal kurz in den Arm.

»Sophie, ich weiß ja nicht, warum du hier bist, aber ich freue mich, dich zu sehen. Ich hatte schon ein ganz schlechtes Gewissen, weil ich doch immer versprochen habe, dich in Frankreich zu besuchen. Und dann hast du mir vor ein paar Monaten mit Bator wirklich weitergeholfen. Es wäre also an mir, mich zu revanchieren.«

»Ach, Unfug, Paul. Du warst derjenige, der lange im Krankenhaus lag, und ich hätte dich besuchen sollen. Also sind wir quitt. Ist das übrigens eine neue Prothese? Ich dachte immer, du würdest nur mit einem Haken herumlaufen.«

Sophie kicherte, dann wurde sie wieder ernst. »Sag mal, störe ich? Ich bin sehr früh in Wiesbaden losgefahren. Hier ist es so ruhig, dass man glauben könnte, die ganze Welt würde noch schlafen.«

Sie schaute sich um und seufzte dann zufrieden. »Was für ein schöner Ort zum Leben, und diese Stille. In Lyon ist an einem Sonntag um diese Zeit schon die halbe Stadt auf den Beinen. Himmel, ich rede und rede.«

»Ist schon gut, Sophie. Du bist sehr willkommen«, sagte ich.

»Das ist lieb von dir, Paul. Dann habe ich nur noch einen Wunsch: Kaffee und eine Kleinigkeit zu essen. In meinem Hotel in Wiesbaden wird sonntags erst ab acht Uhr das Frühstücksbüfett eröffnet. Ich komme um vor Hunger.«

»Da hast du Glück. Helga feiert heute ihren Geburtstag, sie kann es gar nicht abwarten, dass sich die ersten Gäste auf ihre Brunchtafel stürzen.«

»Mon dieu, deine Tante hat Geburtstag? Das habe ich nicht gewusst, ich komme ungelegen.«

»Quatsch, Sophie, Helga wird sich freuen. Ich hab ihr auch

schon viel von dir erzählt. Komm, lass uns zu ihr gehen, sie will sicher wissen, wer gekommen ist.«

»Warte einen kleinen Moment.«

Sophie lief zurück zu ihrem Wagen und holte vom Rücksitz einen Blumenstrauß. »Hätte ich das mit dem Geburtstag gewusst, hätte ich noch ein richtiges Geschenk besorgt.«

Ich war sicher, dass Helga das nicht störte. Während ich Sophie zu Helgas Wohnung hinaufführte, schaltete mein Kopf von überraschter Begrüßung auf Nachdenken um. Es gab nur eine Institution in Wiesbaden, die für eine Interpol-Mitarbeiterin interessant war: das Bundeskriminalamt. Was die Frage aufwarf, welchen wirklichen Grund Sophies Überraschungsbesuch an diesem frühen Sonntagmorgen hatte.

Hilton International, Flughafen Frankfurt a. M.

»Sie sprechen Russisch? Was für eine Überraschung«, sagte Alexej Wolkow und drückte Susanne die Hand. Für Susannes Geschmack hielt der Russe ihre Hand eindeutig zu lang fest. Ein Umstand, der bei Wolkows Begleitung für ärgerliches Stirnrunzeln sorgte.

Die Frau ist eifersüchtig, dachte Susanne. Da sie nun aber noch gar nichts getan hatte, außer Wolkow zu begrüßen, konnte das nur bedeuten, dass die Frau an Wolkows Seite den Russen genau kannte.

Susanne lachte. »Ich muss Sie enttäuschen. ›Herzlich willkommen in Deutschland‹ ist leider der einzige russische Satz, den ich kenne. Ich habe ihn vor zwei Tagen von einem Kollegen gelernt, der viele Jahre in Moskau als Korrespondent gearbeitet hat. Aber Sie sprechen ja ausgezeichnet Deutsch, Herr Wolkow.«

»Alexej. Alle guten Freunde nennen mich Alexej.« Er strahlte sie auf eine Weise an, dass ihr innerer Bodyguard sofort die Schultern durchdrückte. »Und ich darf doch sicher Susanne zu Ihnen sagen, nicht wahr?«

Seine Stimme verursachte ihr eine Gänsehaut. Sanft, aber bestimmt entzog sie dem Russen ihre Hand. Der besann sich offenbar wieder auf seine Rolle und deutete auf die Frau an seiner Seite.

»Susanne, darf ich vorstellen: Irina Tandler, meine engste Mitarbeiterin. Sie wird Ihnen und Ihren Kollegen in den kommenden Tagen für alle Fragen zur Verfügung stehen.«

Zwar reichte die Frau ihr zur Begrüßung die Hand, doch das Lächeln war nur Fassade.

»Wollen Sie uns nicht auch Ihre Kollegen vorstellen, Frau Winkler?«, fragte Irina Tandler.

Für einen Moment brachte diese Frage Susanne aus dem Konzept, schließlich kannte sie ihre beiden Kollegen erst seit einer guten Viertelstunde. Genug Zeit, um zu erkennen, dass beide über jahrelange Erfahrung verfügten und nicht erst seit gestern in ihrem jeweiligen Ressort arbeiteten.

»Äh, ja, natürlich.« Susanne wusste nicht genau, womit sie beginnen sollte, erleichtert registrierte sie deshalb, dass die beiden jetzt selbst die Initiative ergriffen.

»Aber dafür brauchen wir doch unsere charmante Kollegin nicht, Frau Tandler«, sagte einer der beiden. Hageres Gesicht, Vollbart, Nickelbrille, Tweedjackett mit Lederflecken an den Ärmeln – Susanne hätte diesen Mann eher im Feuilleton angesiedelt, ganz sicher nicht in der Wirtschaftsredaktion.

»Olaf Herschel, stellvertretender Redaktionsleiter Wirtschaft der Süddeutschen Zeitung. Ich freue mich, Sie kennenzulernen.« Herschel deutete bei Irina Tandler einen Handkuss an, was bei ihr zumindest kurzfristig für eine Entspannung der Gesichtszüge sorgte. Der zweite Kollege, der mit Susanne und Herschel in der Lobby gewartet hatte, war ein ganz anderer Typ. Rote Designerjeans, schwarze Lederjacke, darunter ein offenes Hemd, das für Susannes Geschmack eindeutig zu viel sonnengebräunte Brust zeigte. Die langen Haare trug dieser Kollege mit viel Gel nach hinten gekämmt.

»Wagenbach, Tom Wagenbach. ZDF Mainz. Wie mein Kollege Herschel schon sagte, wir freuen uns alle, Sie hier zu treffen.«

»Das geht uns genauso. Nicht wahr, Irina?« Alexej Wolkow schüttelte die Hände der beiden Redakteure, wenn auch bei Weitem nicht mit der gleichen Begeisterung, mit der er Susanne begrüßt hatte.

»Nun, meine Herren, und natürlich die überaus reizende Dame nicht zu vergessen«, Wolkow zwinkerte Susanne zu, »ich bin froh, dass Sie so rechtzeitig erschienen sind. Wie Sie wissen, ist mein Aufenthalt hier in Ihrem Land ein reiner Privatbesuch. Dennoch werden meine Landsleute wie meine politischen Gegner alles, was in den nächsten Tagen hier passiert, sehr genau beobachten. Wir werden genug Zeit haben, um miteinander ins Gespräch zu kommen, aber ich würde es schätzen, wenn wir dabei die aktuelle Politik in meinem Land ausklammern könnten.«

Susanne sah aus den Augenwinkeln, dass die drei Leibwächter sich in einem perfekten Dreieck um die Gruppe positioniert hatten, die Lobby in jeder Richtung im Blick. Eine Wagenburg aus Fleisch und Blut für ihren Boss.

Wolkows Ankündigung überraschte Susanne wenig, sie hatte schon damit gerechnet, dass der Russe sein Verhalten nicht radikal ändern würde, nur weil er im Ausland war. Er hatte sich in den letzten Monaten zurückgehalten, warum sollte er es jetzt nicht auch tun? Olaf Herschel von der Süddeutschen wirkte allerdings enttäuscht, stellte sie fest. Wahrscheinlich hatte ihr Kollege vorgehabt, Wirtschafts- und Politikthemen mit Wolkow zu debattieren. Von Tom Wagenbach wusste Susanne aus dem kurzen Gespräch in der Lobby, dass er nicht festgelegt war, in welche Richtung seine Berichterstattung gehen sollte. Etwas Buntes wie »Milliardär sucht familiäre Wurzeln« war Wagenbach genauso recht wie Basismaterial, um im Vorfeld der Wahl ein Porträt von Alexej Wolkow zeichnen zu können.

»Dann sind wir uns also einig«, sagte Wolkow zufrieden. »Und nun zu dem weiteren Ablauf. Für meine Mitarbeiter und mich wurde ein kleiner Bus organisiert, Sie alle sind sicher selbst mobil – oder möchte jemand von Ihnen bei uns mitfahren?«

Susanne und Olaf Herschel schüttelten beinahe gleichzeitig den Kopf.

»Ich habe noch einen Kameramann und einen Tonassistenten dabei, beide erwarten mich in einer halben Stunde hier vor dem Hotel. Sie müssen uns also lediglich sagen, wo wir uns als Nächstes treffen werden, Herr Wolkow«, erklärte Tom Wagenbach.

Wolkow wandte sich an seine Begleiterin. »Irina, sei so gut und händige unseren Gästen den vorläufigen Zeitplan aus.«

Irina Tandler holte wortlos aus den Tiefen ihrer Handtasche ein paar zusammengeheftete Kopien und verteilte sie.

»Wie Sie lesen werden, treffen wir uns heute zu einem Abendessen in Gerolstein. Da Herr Wagenbach ja noch auf sein Team warten muss, schlage ich vor, dass wir dorthin individuell anreisen und dann vor Ort im Hotel wieder zusammenkommen. In den nächsten Tagen können wir dann gerne gemeinsam fahren.«

Wolkow schien wirklich alles minutiös geplant zu haben, wie Susanne mit einem kurzen Blick auf ihre Zettel feststellte. Tom Wagenbach und Olaf Herschel nickten zustimmend. Auch Herschel hatte sich wieder im Griff, wahrscheinlich rechnete er sich aus, dass während mehrerer gemeinsamer Tage durchaus ein Gespräch über Wirtschaftsthemen mit dem Russen möglich sein würde. Und ein Gespräch über die russische Wirtschaft, ohne die Politik anzusprechen, war kaum denkbar.

Susanne wollte ihren beiden Kollegen schon folgen, als Alexej Wolkow sie am Arm zurückhielt. »Susanne, auf ein Wort. Ich würde mich freuen, wenn wir Gelegenheit finden würden, uns intensiv auszutauschen. Der SPIEGEL ist ein Magazin, das ich sehr schätze.«

Susanne lächelte Wolkow höflich an. »Genau dafür sind doch die nächsten Tage geplant, nicht wahr?«

Wolkow stutzte für einen Moment, dann grinste er breit und nickte zustimmend. Als Susanne zum Parkhaus zurückging, erschauderte sie bei dem Gedanken, was der gut genährte Russe wirklich mit »intensivem Austausch« gemeint haben könnte.

Ohne Zweifel etwas, was Irina Tandler von Herzen missbilligen würde.

Campingplatz Pönterbach

Sophie und Helga verstanden sich auf Anhieb. Ich kannte nur wenige Menschen, die so herzlich und offen wie meine Tante waren. Aber Sophies Art machte es einem auch leicht, sie zu mögen. Als die ersten Freundinnen zum Gratulieren kamen und die freiwillige Feuerwehr sich zu einem Geburtstagsständchen unten auf dem Hof formierte, packte Sophie kurzerhand mit an und begann Sektgläser zu füllen und Bier auszuschenken.

Wie gesagt, Sophie war ein Energiebündel, und nur mit Mühe konnte ich sie davon überzeugen, dass sie nicht neue Gläser spülen musste – wir hatten schließlich eine Spülmaschine – und dass wirklich genug zu essen für alle da war. Ich erwischte Sophie und Helga dabei, wie sie gemeinsam über eine neue Füllung für eine weitere Ladung Blätterteigtaschen diskutierten. Kurz: Es war, als würden sich Sophie und Helga schon seit Jahren kennen.

Diese Vertrautheit zwischen den beiden Frauen gefiel mir zwar, sie sorgte aber gleichzeitig dafür, dass ich keine Zeit fand, mit Sophie unter vier Augen zu sprechen. Ich schaute auf die Uhr: gleich Mittag.

»Siebenundfünfzig Jahre Glück und froh, Helga, mach nur weiter so. Die Spatzen pfeifen's von den Ästen, uns Helga zählt ja zu den Besten.« Geburtstagsansprachen in Reimform.

Zeit, um mal draußen frische Luft zu schnappen. Ich setzte mich auf die Bank unten vor dem Laden, hier war das schallende Gelächter nur noch halb so laut. Ich lehnte den Kopf zurück und genoss mit geschlossenen Augen die Sonne, die mir ins Gesicht schien. Jemand setzte sich zu mir.

»Ich glaube nicht, dass ich dem BKA wirklich helfen kann«,

sagte ich mit weiterhin geschlossenen Augen. Neben mir kicherte Sophie.

»Du bist unmöglich, Paul, weißt du das eigentlich? Meinst du nicht, dass du deine Mitmenschen mit dieser Nummer verunsicherst?«

Ich öffnete die Augen einen Spaltbreit und blinzelte gegen die Sonne zu Sophie hinüber.

»Noch lieber würde ich glauben, dass eine alte Freundin von mir an einem Sonntag frühmorgens losgefahren ist, um mich mit einem Besuch zu überraschen. Aber ich werde den Verdacht nicht los, dass sie zwei Fliegen mit einer Klappe schlagen wollte. Ich meine, seien wir doch einmal ehrlich, Sophie, wie oft warst du in den letzten Jahren beim Bundeskriminalamt persönlich und bist dafür mit deinem Privatwagen von Lyon nach Deutschland gefahren? Jede Wette, dass du bislang nach Frankfurt geflogen bist und allenfalls einen Leihwagen genommen hast. Soll ich mal raten? Das Hotel in Wiesbaden gibt es gar nicht, du bist die Nacht durchgefahren und direkt hierhergekommen.«

Sophie war still geworden. Sie schaute mich ernst an. Plötzlich saß nicht mehr eine alte Freundin neben mir in der Sonne, sondern eine französische Polizeibeamtin, die jetzt bei Interpol arbeitete.

»Du hast nur zum Teil recht, Paul. Ja, ich muss zum BKA, und ich bin tatsächlich die Nacht durchgefahren, aber nicht, weil ich keinen Flug mehr bekommen konnte, sondern weil ich es für eine günstige Gelegenheit hielt, hier bei dir vorbeizuschauen. Ich wollte, wie sagt man, das Nützliche mit dem Angenehmen verbinden.«

»Darfst du verraten, worum es geht?«

Sophie vertraute mir offenbar, denn sie antwortete, ohne zu zögern.

»Martin Kossek alias Pierre Martinique alias Martin Fellow – das sind nur drei Namen, die uns bekannt sind. Der Mann hat wahrscheinlich noch ein halbes Dutzend mehr. Ansonsten wissen wir erschreckend wenig. Er spricht mehrere Sprachen fließend. Gerüchte besagen, dass er von der CIA ausgebildet worden ist, bei anderen Geschichten sind die Briten und der israelische Mossad mit im Boot. Fakt ist, dass sich Kossek, um mal bei diesem Namen zu bleiben, vor acht Jahren selbstständig gemacht hat.«

»Und seitdem arbeitet er gegen seine früheren Brötchengeber?«

»Oh nein, es ist noch viel komplizierter. Kossek ist einer der besten Auftragsmörder Europas, und ich befürchte, dass ihn die eine oder andere staatliche Stelle auch schon einmal engagiert hat. Er arbeitet für den, der am meisten zahlt. Wäre er ein einfacher Terrorist, wäre vieles leichter. Aber Kossek hat Verbindungen, alte Seilschaften, Gefallen, die er einfordern kann. Natürlich hat er in den letzten Jahren nicht nur die Bösen eliminiert. Das Attentat auf den Präsidenten einer französischen Biotechnologiefirma vor zwei Jahren geht zum Beispiel auf sein Konto. Das Opfer hinterließ eine Frau und drei Kinder. Die Firma mit zweihundertfünfzig Mitarbeitern ging innerhalb weniger Monate den Bach runter, ein amerikanischer Konkurrent schluckte die Reste. Seitdem bin ich an Kossek dran.«

»Und warum soll dir ausgerechnet das BKA helfen können?«, fragte ich, auch wenn ich die Antwort schon ahnte.

»Ich glaube, dass Martin Kossek letzten Mittwoch in Paris am Flughafen Charles de Gaulle in eine Lufthansa-Maschine gestiegen ist, um nach Frankfurt zu fliegen. Gestern früh habe ich Fotos der Überwachungskameras in Paris mit den Fotos aus Frankfurt verglichen. Kossek ist in Deutschland. Also bin ich ins Auto gestiegen und losgefahren.«

Sophie wischte sich mit der Hand über das Gesicht, und das Bild der ewig strahlenden, energiegeladenen Sophie bekam Risse, denn sie sah mit einem Mal sehr, sehr müde aus.

Natürlich musste sie müde sein. Erst die Nachtfahrt, ich schätzte die Strecke nach Lyon auf gut siebenhundert Kilometer, und anschließend die Feier hier bei uns. Sophie hatte in den letzten Stunden bei Helga nicht gerade die Füße hochgelegt.

»Du solltest ein wenig schlafen. Helga hat oben ein großes Gästezimmer.«

»Ich weiß, sie hat es mir schon gezeigt. Ja, vielleicht ist es wirklich das Beste, wenn ich mich erst einmal ausruhe.«

Sophie stand auf und holte aus ihrem Auto eine kleine Reisetasche. Auf dem Weg nach oben blieb sie kurz bei mir stehen. »Mein Teamleiter weiß nicht, dass ich in Deutschland bin, das werde ich ihm morgen erklären müssen. Auch deshalb bin ich mit dem Auto gefahren.« Sophie zögerte kurz. »Deshalb, und weil ich dich sehen wollte.«

»Sophie, ich …«

Sophie sah meine Verlegenheit und kicherte.

»Oh, Paul, du bist süß. Nein, ich wollte dich sehen, weil ich dich bitten wollte, dir diese Unterlagen anzuschauen. Du warst der beste Ermittler, mit dem ich je zusammengearbeitet habe, möglicherweise hast du ja noch nicht alles verlernt.«

Sie zog einen großen braunen A4-Umschlag aus der Tasche und reichte ihn mir mit einem Augenzwinkern.

Zwei Minuten später saß ich allein auf der Bank und drehte unschlüssig den großen Umschlag in den Händen. Was für eine Woche! Mit der Ruhe hier auf dem Campingplatz war's wohl endgültig vorbei. Erst der brutale Mord an Roberts und jetzt eine französische Ex-Kollegin, die sich von mir Unterstützung bei der Fahndung nach einem europaweit gesuchten Profikiller erhoffte. In Berlin, London oder Paris, ach was, in irgendeiner der großen Metropolen gehörte das alles möglicherweise zum Tagesgeschäft, aber das hier war das Pöntertal. Da war schon ein verstauchter Knöchel auf dem Traumpfad-Wanderweg das Höchstmaß an Dramatik. Wie zur Bestätigung flogen zwei Fasane auf, deren Rufe über das ganze Tal hinweg zu hören waren.

Aus Helgas geöffneten Fenstern drang Lachen, Gläser klirrten, jemand stimmte ein Trinklied an. Ich würde mich drinnen aufs Bett setzen und den Inhalt von Sophies Umschlag studieren. Vielleicht konnte ich ihr wirklich helfen, auch wenn mir ihre Welt voller international gesuchter Verbrecher in diesem Moment unendlich weit entfernt und fremd erschien.

In einem Büro

»Wie weit sind Sie?«

»Wollen Sie jetzt Druck machen? Oder wie muss ich diese Frage verstehen?«

»Wir zahlen Ihnen seit Jahren stattliche Summen, da haben wir auch ein Anrecht darauf, zu erfahren, wie weit Sie gekommen sind. Oder möchten Sie, dass wir die Zusammenarbeit mit Ihnen beenden?«

»Schon gut, schon gut. Ich bin es nur nicht gewohnt, dass man mir die Pistole auf die Brust setzt …«

»Daran sollten Sie sich besser gewöhnen.«

»Ist angekommen, okay? Hier läuft alles bestens. Ihre Hinweise waren Gold wert. Stellen Sie sich vor, in den Unterlagen von Roberts hat sich eine handschriftliche Notiz gefunden. Da stand wortwörtlich: ›Paul David! Polizei informieren!‹ Gut, der Zettel ist schon ein paar Monate alt, aber das weiß ja kein Schwein. Die Handschrift wurde offiziell bestätigt. Roberts hatte Angst vor David. Das ist meine Auslegung für den Haftrichter, und der hat mitgezogen. Ich erwarte den offiziellen Haftbefehl in Kürze. In spätestens drei Stunden wird Paul David in Handschellen von der Bildfläche verschwinden.«

»Sie wollen David verhaften?«

»Überrascht Sie das? Sie haben mir den Auftrag gegeben, ihn zu beschäftigen. Genau das tue ich jetzt. Glauben Sie mir: Die Untersuchungshaft und unsere Verhöre werden ihn genug beschäftigen.«

»Also gut, warum nicht. Halten Sie mich auf dem Laufenden. David muss für zweiundsiebzig Stunden von der Bildfläche verschwinden. Ende der Woche können Sie sich dann mit Ihrem Anteil eine kleine Insel kaufen.«

»Zweiundsiebzig Stunden? Das Projekt läuft diesmal schneller als üblich. Und was genau … ich meine, schließlich sollte ich wissen …«

»Der Rest geht Sie nichts an. Tun Sie einfach das, wofür wir Sie bezahlen. Haben wir uns da verstanden?«

»Natürlich, aber ich …«

Der Auftraggeber hatte aufgelegt, bevor Tobias Röschel ihm versichern konnte, dass er nicht vorhatte, irgendwem irgendetwas zu verraten. Seit gut fünf Jahren profitierte er von dieser überaus lukrativen zusätzlichen Einnahmequelle. Die sollte noch eine Weile weitersprudeln.

Erst einmal würde er sich jetzt um Davids Verhaftung kümmern. So viel war er seinen Auftraggebern schuldig.

***

Paul David in Handschellen. Ein wunderbares Bild.

Ein Spielzug, der so nicht eingeplant gewesen war, der aber ganz ausgezeichnet passte. Ja, tatsächlich entwickelte sich alles noch viel besser, als er sich das hätte wünschen können.

Gut, er hatte die Schläger angeheuert, aber da war nur ein Anruf nötig. Sollten die ruhig früher losziehen, möglicherweise war Röschel nicht erfolgreich. Besser, man hatte zwei Eisen im Feuer.

Überhaupt, Röschel … Der wusste zu viel, und er fing an, Fragen zu stellen. Lästige Fragen. Röschel war nützlich gewesen, aber es wurde Zeit, ihn loszuwerden.

Erst die Schläger, dann die Verhaftung. Einen Spielzug nach dem anderen. Dass Paul David mit im Spiel war, sorgte für ein befriedigendes Gefühl von Genugtuung. Rache ist ein Gericht, das man kalt essen sollte. Genau das hatte er vor.

Campingplatz Pönterbach

Ein Geräusch ließ mich hochschrecken. Ich war tatsächlich auf dem Bett eingenickt. Ein Blick auf den Wecker bestätigte, dass ich mindestens zwanzig Minuten geschlafen hatte. Um mich herum lagen die Aktennotizen und Dossiers aus Sophies Umschlag.

Was war das für ein Rauschen? Das klang wie meine Dusche.

Nur mit Boxershorts bekleidet ging ich ins Wohnzimmer. Ganz eindeutig, da duschte jemand. Ich klopfte an die Badezimmertür.

»Oh pardon, Paul, ich bin es. Oben war zu viel Trubel, und ich wollte mich nur kurz frisch machen. Deine Schlafzimmertür war zu, da wollte ich nicht stören«, erklärte Sophie hinter der verschlossenen Badezimmertür.

»Ist schon gut. Möchtest du auch einen Espresso?«

»Du bist ein Schatz, Paul. Am liebsten mit ganz viel Milch. Die letzte Nacht war doch ziemlich anstrengend. So etwas habe ich wirklich in den letzten Jahren nicht oft gemacht, aber ich bin sehr froh, dass ich nicht abgewartet habe. Manchmal muss man einfach etwas tun und auf sein Bauchgefühl hören.«

»Na, auf die Erklärung bin ich jetzt aber gespannt«, hörte ich plötzlich eine Stimme hinter mir. Ich wirbelte herum. Neben der Theke stand Susanne, und sie bedachte mich mit einem Blick, den ich nicht deuten konnte.

»Susanne! Ich denke, du bist irgendwo in der Eifel und begleitest diesen Russen. Das ist ja eine Überraschung«, sagte ich.

»Ja, so kann man das hier wohl auch nennen. Ich dachte, ich komme wenigstens für ein paar Stunden vorbei, weil Wolkow erst heute Abend mit dem Programm loslegt. Aber du hast ja Gesellschaft«, stellte Susanne sarkastisch fest. »Vielleicht solltest du künftig die Haustür deiner Wohnung abschließen, dann ist die Überraschung nicht ganz so groß.«

In meinem Kopf gingen gleich mehrere Alarmglocken los.

»Das ist nicht das, wonach es aussieht«, beteuerte ich. Was für ein bescheuerter Satz, dachte ich im selben Augenblick.

»Ach ja? Du läufst mitten am Tag, während oben Helga ihren Geburtstag feiert, in Unterwäsche herum und plauderst mit einer Frau, die unter der Dusche steht, über eure letzte Nacht.«

»Aber das haben wir doch gar nicht …«

»Paul, du kannst mich betrügen, aber halte mich nicht für dämlich.« Susanne wurde jetzt laut. »›Du bist ein Schatz. Kaffee mit gaaanz viel Milch wäre toll. Die letzte Nacht war ziemlich anstrengend. So etwas habe ich wirklich in den letzten Jahren nicht oft gemacht. Ich bin echt froh, dass ich nicht abgewartet habe. Manchmal muss man einfach auf sein Bauchgefühl hören …‹ Das hat doch die Schlampe da im Badezimmer gesagt – oder etwa nicht?«

»Susanne, hör auf, das ist alles nur ein Missverständnis. Da im Bad ist Sophie. Die Sophie Claude aus Lyon, die ehemalige Kollegin, die jetzt bei Interpol ist. Die Sophie, die uns noch vor ein paar Monaten bei einem Fall unterstützt hat.«

»Natürlich – und wie es der Zufall will, war sie gestern noch nicht da, ist heute früh hier einfach aufgetaucht, um dann gegen Mittag bei dir zu duschen, während du in Unterwäsche vor der Tür herumlungerst.«

»Oben war zu viel Trubel …«

»Paul, das hier ist ein Campingplatz, schon vergessen? Du hast ungefähr ein Dutzend Damenduschen zur Verfügung, verdammt noch mal, und keine davon befindet sich in deiner Wohnung. Aber vielleicht ist das ja der Grund, warum du gestern Streit gesucht hast. Ist das deine Art, Schluss zu machen? Mir ein schlechtes Gewissen einreden, weil ich arbeiten muss, damit du dich durch den Tag bumsen kannst? Pardon, durch die ›anstrengende Nacht‹ und den Tag.«

Ich machte zwei Schritte in Richtung Susanne, wollte sie umarmen und ihr erklären, was für einen bodenlosen Blödsinn sie sich da gerade zusammenreimte. Aber sie hob nur abwehrend die Hand.

»Fass mich bloß nicht an. Nicht jetzt …«

Mir reichte es. Hatte Susanne wirklich so wenig Vertrauen?

»Susanne, Sophie ist heute früh gekommen, sie ist die ganze Nacht durchgefahren. Nur damit das klar ist, sie schläft oben im Gästezimmer. Ich habe dort, in meinem Schlafzimmer, alleine auf dem Bett gelegen. Und – wie du dich vielleicht noch erinnern wirst – ich ziehe immer meine Jeans aus, bevor ich mich ins Bett lege. Können wir jetzt bitte wie zwei vernünftige, erwachsene Menschen miteinander sprechen? Himmel, du hast den Kopf so voller Arbeit, dass du ja nicht mal mehr zwischen Freund und Feind unterscheiden kannst.«

»Ach ja, jetzt ist also meine Arbeit wieder schuld. An dem Punkt waren wir ja gestern Nacht auch schon.«

»Und das aus gutem Grund. Ich verstehe ja, dass dir deine Arbeit wichtig ist, aber du hast schließlich auch noch ein Privatleben, vergiss das nicht.«

»Ich vergesse vor allem nicht, wie es sich anfühlt, nicht zu wissen, ob man am nächsten Ersten auch seine Miete bezahlen kann. War das alles nur geheuchelt, deine Freude darüber, dass ich meine Titelstory habe, dass mich die Redaktionen buchen? Wäre es dir lieber, ich würde hier an deiner Seite Brötchen verkaufen und Reservierungen aufnehmen? Sorry, aber du wusstest, worauf du dich eingelassen hast. Ich bin freie Journalistin, und ich muss die Aufträge annehmen, die man mir anbietet. Aber diese Erfahrung ist dir ja bislang erspart geblieben. Bei dir hat ja immer Vater Staat für einen warmen Geldregen gesorgt.«

»Das ist nicht fair …«

»Nicht fair? Paul, du solltest dich mal reden hören. Da gibt es einiges, was nicht fair ist.«

Susanne kramte einen Haustürschlüssel aus ihrer Tasche und knallte ihn auf die Küchentheke. »Hier, Paul, dein Schlüssel. Ich bin weg, das muss ich mir alles nicht anhören.«

Ich sah die Tränen in Susannes Augen, aber bevor ich überhaupt reagieren konnte, rannte sie hinaus. Ich stürzte hinter ihr her. »Susanne, warte!«, rief ich. Aber Susanne lief einfach weiter, stieg in ihren alten Golf und fuhr mit durchdrehenden Reifen davon.

Ich stand in Boxershorts auf dem Hof und fragte mich, ob ich das wohl gerade alles nur geträumt hatte. Was für ein mieser Alptraum!

»Paul? Was machst du da, Junge?« Helga schaute von oben aus einem Fenster. »Weißt du, dass du nur eine Unterhose anhast?«

Ich ersparte mir jeden Kommentar und ging leise fluchend zurück ins Haus.

Unterwegs nach Gerolstein

Susanne raste die Straße entlang. Verdammt, was war nur in Paul gefahren? Sie hatte ihn und Helga überraschen wollen, aber so hatte sie sich ihren Überraschungsbesuch nicht vorgestellt. Was bildete sich der Kerl überhaupt ein?

Es war doch nicht ihr Wunsch gewesen, die nächsten Tage in Wolkows Windschatten durch die Vulkaneifel zu ziehen.

Aber das hatte sie Paul ja auch schon gestern Abend erklärt: Hier ging es um ihre Arbeit und ihre berufliche Zukunft. Und was tat Paul? Er maulte herum wie ein kleiner Junge, der seinen Lutscher nicht kriegte.

Susanne wischte sich mit einer Hand die Tränen aus den Augen, hämmerte wütend auf das Lenkrad ein. Nein, das brachte nichts. Tief durchatmen und vom Gas gehen, ermahnte sie sich. Sie konnte es sich nicht leisten, jetzt von der Polizei geblitzt zu werden.

Das Handy auf dem Beifahrersitz gab gleich vier schnelle Plings von sich – offenbar hatte sie wieder ein Funknetz. Fünf verpasste Anrufe: Dreimal war es Paul, zweimal Helga.

Dass Helga sie anrief, machte Susanne stutzig. Sie kannte Helga gut genug, um zu wissen, dass sie ganz sicher auf ihrer Seite sein würde, wenn Paul Mist baute. Und sich darüber zu beschweren, dass sie ihren Job so gut machte, dass man sich mit heiklen Aufträgen an sie wandte, war Mist bauen.

Als Paul das vierte Mal anrief, drückte Susanne den Anruf weg. Sie wollte jetzt nicht mit ihm sprechen. Sie würde nach Gerolstein fahren und sich mit Wolkow treffen. Helga würde sie anrufen, sobald sie genügend Zeit und Ruhe fand.

Campingplatz Pönterbach

»Junge, du bist ein Idiot!«

Helga schaute mich vorwurfsvoll an. »Wie konnte es nur so

weit kommen? Und warum hast du sie nicht einfach aufgehalten?«

»Was hätte ich denn tun sollen, Helga?«, verteidigte ich mich. »Sie wollte ja nicht zuhören. Sollte ich mich vielleicht in Unterhosen vor ihr Auto werfen?«

»Das wäre eine Möglichkeit gewesen.« Auf der Küchenbank saß Kalle, der kurz nach Susannes Abfahrt eingetroffen war.

»Sehr witzig, Kalle. Und bevor dir, Helga, noch mehr Vorschläge einfallen: Susanne will im Moment nichts von uns wissen. Ich habe jetzt schon viermal angerufen, du hast es zweimal versucht – sie nimmt die Anrufe nicht an oder drückt sie weg. Deutlicher geht's ja wohl nicht.«

Helga nickte seufzend, zumindest in diesem Punkt musste sie mir recht geben.

»Also, für mich klingt das wie aus einem klassischen Hollywoodfilm. Hätte nicht gedacht, dass das auch im wirklichen Leben passiert.«

»Toll, Kalle, die Beziehung zu der Frau, die ich liebe, kracht mit Anlauf gegen die Wand, und du freust dich über den Unterhaltungswert«, beschwerte ich mich.

»He, ganz ruhig, Paul. Ich bin sicher, das mit Susanne wird sich wieder einrenken.«

Genau das wollte ich auch gerne glauben. Dass sich das einfach wieder einrenkte. Was mir Sorgen bereitete, war der Punkt, der uns überhaupt erst in diese Situation gebracht hatte. Ich in Andernach, Susanne in Frankfurt. Ich der Campingplatzbesitzer, Susanne die Erfolgsjournalistin. Wie zum Teufel sollte das zusammenpassen?

Aber das wollte ich ganz sicher nicht in Helgas Küche mit Kalle diskutieren. Stattdessen fragte ich: »Gibt es irgendetwas Neues? Du wolltest doch heute früh noch einmal deinen Freund in Koblenz anrufen.«

Kalle winkte resigniert ab. »Eine Sackgasse nach der anderen. In der Soko herrscht Ratlosigkeit, und stimmungsmäßig ist da ganz dicke Luft. Auf der einen Seite drehen die Kollegen wirklich jeden Stein um, auf der anderen Seite residiert Pascha Röschel. Der führt sich auf, als würde ihm das Präsidium gehören, diesen Dennis Calwheim hat er sich offenbar zu seinem persönlichen Kofferträger und Prügelknaben ausersehen. Röschel zieht da wohl eine Show ab, als hätte er den Täter schon im Sack, da ist was im Busch. Was mich stutzig macht, ist, dass Calwheim mir nicht mehr an den Fersen klebt. Allerdings hat mir unser Chef auch ziemlich deutlich zu verstehen gegeben, dass ich mich raushalten soll. Beobachten sie dich denn noch?«

»Nee, Calwheim hat auch hier seinen Posten geräumt. Ich denke, Röschel zieht gegenüber der Presse eine riesige Luftnummer ab. Macht einen auf dicke Hose.«

Kalle nahm sich ein belegtes Brötchen und biss herzhaft hinein. »Genau das glaube ich auch.« Er kaute genüsslich. »Mhmm, lecker. Bei Roberts wird der auch nicht weiterkommen. Es gibt keine versteckten Konten oder Hinweise auf Unregelmäßigkeiten. Alles grundsolide, für das Haus läuft noch ein Kredit, aber der dient eher der Steuerersparnis. Unser Anwalt war beliebt, hatte keine Feinde, selbst seine politischen Kontrahenten mochten ihn. Er engagierte sich ehrenamtlich, hatte keine Leichen im Keller. Du hast ja schon die Mandanten gecheckt, das Einzige, was da wirklich heraussticht, waren die Windkraft-Jungs. Vorher, nachher, alles solide Klienten, keine Ausreißer. Roberts war weder beim Bund noch beim Zivildienst gewesen, er hatte sich beim Roten Kreuz verpflichtet. Auch da – nur Lobeshymnen und niedergeschlagene Bekannte, die seinen Tod nicht fassen können. Hab ich was vergessen?, Kalle überlegte kurz und, wo er schon mal Pause machte, angelte sich gleich noch ein Brötchen von der Servierplatte. »Ach ja, Stichwort Frauen. Er war mit Claudi seit ein paar Jahren zusammen. Ganz offen, keine heimliche Affäre, die beiden wollten sogar heiraten. Also, für die Kollegen in Koblenz ist das der ideale Kandidat für die nächste Seligsprechung.«

Ich ließ mir Kalles Ausführungen durch den Kopf gehen. Roberts hatte also eine blütenweiße Weste gehabt und war das Unschuldslamm in Person gewesen – trotzdem hatte ihm ein Mörder aufgelauert und den Kopf weggeblasen.

»Ich kann nur hoffen, dass Steffen tatsächlich was Hilfreiches ausgegraben hat«, sagte ich und stellte mich darauf ein, den Rest des Tages zwischen Proseccoflaschen, »Happy Birthday«-Rufen und Schnittchen zu versauern. Ein gewaltiger Irrtum!

Draußen begann es zu dämmern, als die letzten Geburtstagsgäste die Feier verließen.

Sophie kam mit einem Tablett leerer Gläser aus dem Wohnzimmer. »Mon dieu, ein Haus voller Gratulanten und Freundinnen. Und du dachtest heute früh wirklich, dass nur ein paar Gäste vorbeischauen würden, Helga?«

»Ich hatte natürlich gehofft, dass es mehr als nur ein paar werden würden«, gab Helga zu und nippte an ihrem Weißwein. Helga zeigte mit dem Finger auf das Tablett mit den Gläsern. »Stell sie einfach da vorne ab, Sophie. Wenn die Spülmaschine fertig ist, werde ich die nächste Ladung einräumen. Du hast so viel geholfen, du brauchst mal eine Pause.«

»Das hab ich doch gern gemacht.«

Helga stellte entschlossen das Glas auf den Tisch, stand auf und band sich eine Küchenschürze um.

»Und nun raus mit euch. Mit dem Rest hier komme ich schon allein klar. Sophie war die ganze Nacht unterwegs und hat dann hier mit angepackt, sie hat ja noch gar nichts von der Gegend gesehen. Paul, zeig ihr doch den Platz und das Pöntertal.«

»Ja, Paul, jetzt aber flott«, witzelte Kalle.

»Das gilt auch für dich, Karl-Günther«, sagte Helga mit gespielter Strenge.

»Hoppla, wenn mein Taufname fällt, wird es ernst für Mama Seelbachs Jüngsten.«

Kalle stand auf, legte freundschaftlich seinen Arm um Sophies Schultern und sagte: »Also, Sophie, jetzt wird der gute Kalle dir die Schönheiten des Pöntertals zeigen, und Paul darf uns begleiten, wenn er brav ist.«

Sophie lachte, Kalle und ich grinsten wie Schuljungen, und für einen kurzen Moment vergaß ich Auftragskiller, Tote ohne Kopf und eine wütende Freundin.

Unsere gute Laune hielt genau eine Viertelstunde an. So lange brauchten Kalle und ich für einen Rundgang über den Campingplatz. Wir waren gerade so schön beim Plaudern, als der Ärger begann.

»Dein Onkel hatte wirklich ein Händchen für die Landschaftsgestaltung«, lobte Sophie, »die wunderschönen Bäume, Sträucher und diese Felsen, da hat doch jeder einzelne Gast das Gefühl, ganz allein auf dem Platz zu sein. Und dann dieser Blick in das Tal. Ich kann verstehen, dass man hier gerne Urlaub macht. In Frankreich haben wir viele Campingplätze, die einfach von ein paar Hecken durchzogen sind, überhaupt kein Vergleich mit dem, was dein Onkel hier geschaffen hat. Ihr müsst doch völlig ausgebucht sein.«

Ich lachte. »Für meinen Geschmack könnten es schon ein paar Gäste mehr sein. Aber wir haben eben kein Schwimmbad, keine Kinderbetreuung, keine Animation. Bei uns hörst du abends mal einen Uhu oder ein paar Schafe blöken, aber keinen Karaoke-Wettbewerb. Du kannst entspannen, aber du wirst nicht von Helga oder mir bespaßt.«

Wir gingen zu dritt den lang gezogenen Weg zurück zum Haupthaus. Kalle neben mir raunte plötzlich: »Ich will ja nicht unken, aber die Typen da vorne sehen nicht aus, als wollten sie Karaoke singen.«

Ein dunkelblauer VW-Transporter stand vor der Rezeption. Vier Männer waren ausgestiegen, der Fahrer blieb im Wagen. Im Licht der Außenlampen war deutlich zu erkennen, dass die Typen keine Gratulanten und ganz sicher auch keine neuen Campingplatzgäste waren. Es sei denn, die Herren in Bomberjacken, Jeans und Springerstiefeln hatten ihr Hauszelt im Kofferraum. Gewettet hätte ich darauf nicht.

»Kennst du die Männer, Paul?«, fragte Sophie.

»Nein, nie gesehen.«

Kalle schaute mich fragend an. »Dein Platz, Paul, deine Entscheidung. Wir können einfach noch eine Runde weiter spazieren und sie ignorieren.«

»Wer weiß, ob sie dann nicht aus Langeweile bei Helga

vorbeischauen«, erwiderte ich. »Ich denke, wir sollten mal kurz Hallo sagen.«

»Alles andere hätte mich auch gewundert«, sagte Kalle. »Sophie, vielleicht bleibst du kurz hier, während Paul und ich zu den Herren rüberschlendern.«

»Oh, den Spaß möchte ich nicht verpassen.«

Ich hätte es ja kaum für möglich gehalten, aber Kalles Lächeln wurde noch breiter. Er bot Sophie seinen rechten Arm an, damit sie sich bei ihm einhaken konnte, und sagte: »Dann darf ich bitten, gnädige Frau.«

Sophie lachte leise und ging auf Kalles Spiel ein. Sie hakte sich bei ihm unter, und wir schlenderten auf die Männergruppe zu. Zwei der Bomberjacken hatten glatt rasierte Schädel und lange Schnurrbärte. Ein dritter hatte seine blonden Haare raspelkurz geschnitten, und der vierte Mann im Bunde trug einen dichten Vollbart. Der Bart verdeckte aber nur unzureichend eine Narbe, die sich vom linken Augenlid hinunter zum Kinn zog. Alle vier wirkten kräftig und durchtrainiert – Berufsschläger.

»Von den vier schrägen Vögeln habe ich sicher Fotos im Büro«, murmelte Kalle. Weiter kam er nicht.

»Sie sind Paul David.« Narbengesicht war offenbar der Wortführer der vier. Klang mehr nach einer Feststellung als nach einer Frage. Interessant, er sprach meinen Namen Deutsch aus, wo immer er ihn herhatte, gehört hatte er ihn jedenfalls nicht. Offenbar kannte er aber ein Foto von mir.

»Was kann ich für Sie tun? Möchten Sie mit Ihren Freunden auf unserem Platz übernachten?«

Hämisches Lachen bei den Glatzköpfen. Narbengesicht schnippte mit den Fingern. Im selben Moment zog Blondie eine Pistole aus dem Hosenbund. Die Pistole war eine versilberte Makarov, Kaliber neun Millimeter, ein Modell aus bulgarischer oder russischer Fertigung. Blondie hielt die Pistole mit verdrehter Hand waagerecht. US-Gangsta-Style. Sollte cool wirken, er hatte eindeutig zu viele Tarantino-Filme gesehen. Fakt blieb, dass Blondie, mit dem Finger am Abzug, Kalle und Sophie direkt im Visier hatte.

»Den beiden wird nichts passieren, wenn Sie vernünftig bleiben, David. Das hier ist nichts Persönliches, ich habe nur eine Nachricht zu überbringen.«

»Eine Nachricht? Sie sehen gar nicht so aus, als würden Sie zu der Truppe ›singendes Glückwunschtelegramm‹ gehören. Oder haben die jetzt auch eine Abteilung für Gangsta-Rap?«

Narbengesicht ersparte sich eine Antwort, stattdessen schnippte er wieder mit den Fingern. War offenbar eine blöde Angewohnheit von ihm, um zu zeigen, dass er das Sagen hatte.

Glatze Nummer eins trat hinter mich, riss meine Arme nach hinten und hielt mich fest. Glatze Nummer zwei, kaugummikauend und dümmlich grinsend, baute sich vor mir auf und schlug mir die Faust in den Bauch. Der Schlag kam nicht unerwartet, ich spannte die Muskeln an. Es gab mal eine Trainingsphase, da machten wir das gegenseitig zum Aufwärmen. War aber schon eine Zeit her, angenehm war der Schlag nicht, Kaugummi hatte Routine. Ich tat ihnen den Gefallen und stöhnte laut auf, krümmte mich wie unter Schmerzen.

Mein neuer Freund mit dem Kaugummi überlegte gerade, ob er noch eine Zugabe spendieren sollte, als Narbengesicht wieder mit den Fingern schnippte. Daraufhin zog Kaugummi seine Makarov unter der Jacke hervor, machte Narbengesicht Platz und richtete die Waffe auf mich. Der Faustschlag war also nur das Horsd'œuvre für das gewesen, was jetzt noch kommen sollte.

»Wie ich schon sagte, David, es ist nichts Persönliches. Die Botschaft lautet: Vergessen Sie Roberts. Meine Auftraggeber wollen den Rest der Summe. Roberts hat nur fünfzigtausend Mäuse überwiesen, das konnten wir nicht dulden. Sie wissen, was mit ihm passiert ist. Also zahlen Sie besser innerhalb der nächsten zwei Tage. Wir meinen das ernst, deshalb habe ich den hier mitgebracht. Es tut mir leid für Ihr Knie – aber was sein muss, muss sein.«

Erst jetzt fiel mir auf, was Narbengesicht im Schatten seines rechten Beins die ganze Zeit festgehalten hatte: einen Baseballschläger.

Narbengesicht sagte auf Russisch etwas zu dem Kerl hinter

mir, der mich eisern festhielt. Glatze lachte meckernd, ich spürte seinen Atem in meinem Nacken.

Narbengesicht holte aus. Glatze hielt mich fest, was mir nur recht war – selbst schuld. Der Baseballschläger beschrieb einen fast perfekten Bogen. Das Ziel: mein linkes Knie. Alles eine Frage des Timings. Ich ließ mich von Glatze brav stützen, und kurz vor dem Aufschlag zog ich meine beiden Beine hoch bis an die Brust. Wie gesagt, Glatze stand zu dicht hinter mir. Der Schlag zertrümmerte tatsächlich eine Kniescheibe – Glatzes Kniescheibe. Sein Brüllen gellte laut in meinen Ohren. Er ließ mich los. Ich machte einen Schritt vorwärts und brach mit einem Kopfstoß Narbengesicht die Nase. Mit beiden Händen riss ich ihn herum, sodass er vor mir stand, gerade rechtzeitig, denn Kaugummi hatte einen nervösen Finger am Abzug. Der Schuss traf seinen Boss in den Rücken. Ich stieß mein Schutzschild weg, drehte mich auf dem Fußballen einmal um mich selbst, holte so Schwung und donnerte Kaugummi den Fuß an den Kopf. Der Tritt renkte ihm den Kiefer aus, merken würde er das erst später. Vorerst war für ihn das Spiel vorbei. Kaugummi kippte um wie ein gefällter Baum. Sein Freund mit dem zertrümmerten Knie versuchte anscheinend, die Schmerzen mit beiden Händen am Bein in Schach zu halten. Ich beendete das Gebrüll, in dem ich ihm den Ellenbogen an einen Punkt hinterm Ohr rammte und so für eine schmerzfreie Ohnmacht sorgte.

Die Schmerzensschreie und mein Angriff hatten Blondie, der Kalle in Schach halten sollte, abgelenkt. Für Kalle war das eine Steilvorlage: Er sprang vor, schlug die Pistole zur Seite und rammte sein Knie in den Schritt des Gegners. Während der zusammensackte, griff sich Kalle mit beiden Händen die Waffenhand, verdrehte den Arm nach hinten und nahm Blondie die Pistole ab.

»Hier, Sophie!« Kalle warf Sophie die Pistole zu, die sie geschickt auffing. Mit wenigen Schritten war sie beim VW-Transporter, riss die Autotür auf und drückte dem erschrockenen Fahrer den Lauf ins Ohr.

»Raus, aber sofort!«

Kalle hatte seinen Gegner unter Kontrolle. »Mach eine falsche Bewegung, und ich breche dir dein Handgelenk.« Blondie sah nicht so aus, als würde er sich bewegen wollen, ihn beschäftigten vor allen Dingen seine gequetschten Hoden.

Ich trat zu Narbengesicht. Die Kugel hatte ihn in der Schulter erwischt. Zusammen mit der zertrümmerten Nase ergab das eine ordentliche Menge Blut. Aber er war ein harter Kerl und tatsächlich noch bei Bewusstsein.

»Kalle, ich glaube, jetzt ist es Zeit für den offiziellen Teil«, sagte ich.

»Herzlich gern. Meine Herren, ich bin Polizeioberkommissar Seelbach, und ich verhaftete Sie wegen Nötigung und versuchter schwerer Körperverletzung. Meine charmante Kollegin, die Sie gerade mit der Pistole in Schach hält, ist Interpol-Beamtin. Sollten Sie also das Bedürfnis haben, über kriminelle Aktivitäten sprechen zu wollen, die über unsere Landesgrenzen hinausgehen, hat sie sicher ein offenes Ohr für Sie.« Kalle gab Blondie einen Stoß. In gebückter Haltung und mit beiden Händen im Schritt stolperte der zu seinen Kumpanen.

»Ich lasse Sie jetzt kurz in der Obhut der Dame und verständige meine Kollegen, die heute Dienst haben. Hast du dir den offiziellen Teil in etwa so vorgestellt, Paul?«

»Wunderbar, Kalle. Ganz wunderbar. Ach, und lass dir mit dem Anruf doch bitte Zeit, ich habe noch ein paar Fragen an die Herren.«

Ich hob den Baseballschläger auf, den Narbengesicht fallen gelassen hatte. Die verwundeten Schläger und der Fahrer beobachteten das mit Panik im Blick.

»Sophie, kippe bitte aus der Gießkanne da drüben unserem Freund hier mal Wasser ins Gesicht. Wäre doch schön, wenn er bei meiner kleinen Fragestunde dabei ist.« Ich wandte mich den Männern zu. »Ich werde euch ein paar Fragen stellen und hätte gerne Antworten.« Das Holz sauste durch die Luft. »Sollten mir eure Antworten nicht gefallen, denkt bitte daran: Es ist nichts Persönliches, was sein muss, muss sein.«

Der Baseballschläger verlieh meinen Fragen in ihren Augen offenbar eine ganz neue Dimension von Dringlichkeit.

Vor allem der unverletzte Fahrer hatte sich zum Ziel gesetzt, auch weiterhin unverletzt zu bleiben. Er redete wie ein Wasserfall. Narbengesicht beteiligte sich immerhin mit ein paar Informationen, unterbrochen von schmerzvollem Stöhnen. Blondie interessierte sich leider nur für seine malträtierten Kronjuwelen, Glatze wimmerte wegen des Knies, und Kaugummi konnte nicht richtig sprechen – ich hatte es ja befürchtet, der Kiefer war ein Fall für den Arzt.

Nachdem klar war, dass wir nichts Neues mehr zu hören bekommen würden, versorgte Sophie Narbengesichts Wunde.

Zehn Minuten später kamen Kalles Kollegen mit zwei Streifenwagen und sammelten die Reste ein, die von der einst stolzen Schlägertruppe übrig geblieben waren. Sophies und Kalles geballte Polizeigewalt sorgte dafür, dass nur wenige Fragen zum Sachverhalt gestellt wurden.

Dann war der Spuk vorbei.

Leider brachten uns die Antworten der letzten Minuten keinen Schritt weiter.

Mal eine Nacht drüber schlafen – das war immer einer der Ratschläge meiner Mutter gewesen. Ich hatte drüber geschlafen, aber es hatte nichts geholfen. Ich kam einfach nicht weiter.

Beim gemeinsamen Frühstück oben in Helgas Wohnzimmer hatten Sophie und ich abwechselnd Helga noch einmal das Zusammentreffen mit den Schlägertypen beschreiben müssen. Ein paar Einzelheiten behielt ich allerdings für mich.

»Das muss man sich einmal vorstellen, ich stehe hier oben in der Küche und spüle Platten ab, und keine zehn Meter weiter werdet ihr von irgendwelchen Gangstern mit Waffen bedroht«, ereiferte sich Helga.

»Das werden sie sicher so schnell nicht wieder tun können«, beruhigte Sophie meine Tante.

»Das will ich aber auch hoffen. Aber sag mal, Sophie, wann willst du nach Wiesbaden fahren? Wirst du noch zum Mittagessen bleiben?«

Sophie lachte. »Nach diesem phantastischen Frühstück? Ich glaube, ich werde erst heute Abend wieder etwas essen können. Ich bin um zwölf Uhr mit einem Kollegen im Bundeskriminalamt verabredet. Ich denke, ich werde gleich meine Tasche packen und losfahren.«

Während Sophie oben packte, saß ich mit einem Becher Kaffee auf der Bank und überlegte die nächsten Schritte. Für den Schlägertrupp gab es einen Auftraggeber, den die Kerle aber nie persönlich getroffen hatten. Alle Anweisungen erfolgten telefonisch und verschlüsselt per Internet. Aus dem Internet hatten sie auch die entsprechenden Informationen, was sie zu sagen hatten, und ein Bild von mir. Das »Rundum-sorglos-Paket« für den erfolgreichen Schläger.

»Also läuft doch alles darauf hinaus, dass sich Volker Roberts den Unmut dieses Windkraftfonds zugezogen hat, von dem du mir gestern Abend noch erzählt hattest.« Sophie war mit ihrer Tasche heruntergekommen, um abzufahren.

Ich schaute zu ihr hoch. »Die Staatsanwaltschaft ermittelt zwar gegen die Betreiber des Fonds, aber ich kann mir nicht vorstellen, dass diese Wirtschaftskriminellen einen Mord begehen und einen freiberuflichen Schlägertrupp beschäftigen.«

»Aber du hast doch selber gehört, was die Männer alles erzählt haben.«

»Ja, und ich habe auch gehört, was für ein grauenvolles Russisch der Anführer sprach.«

»Du sprichst Russisch, Paul?«

Ich grinste Sophie an. »Mit irgendetwas musste ich mir ja die Langeweile vertreiben – ich meine, während des Studiums.«

Sophie schüttelte verwundert den Kopf. »Und ich dachte, ich würde dich kennen. Was diesen illegalen Fonds betrifft, Russen hin oder her, in den letzten Jahren sind weit unlogischere Taten von kriminellen Vereinigungen auf meinem Schreibtisch gelandet.«

»Ja, wahrscheinlich hast du recht«, räumte ich ein. »Übrigens: Wirst du von Wiesbaden noch einmal hier vorbeikommen, Sophie?«

»Genau das hat Helga auch schon gefragt. Ja, spätestens am Wochenende werde ich wieder bei euch vorbeischauen – versprochen.«

»Paul! He, Paul!«

Neben der Zufahrt Richtung Straße gab es einen schmalen Fußweg ins Pöntertal, und über diesen Weg spurtete Kalle jetzt auf uns zu. Kalle war in Zivil, ich hatte eigentlich gedacht, er hätte jetzt Dienst. Er kam schlitternd zum Stehen und rang nach Luft.

»Scheiße, Mann, ich muss wirklich mehr trainieren.«

»Dafür rennst du doch aber nicht quer durchs Pöntertal.«

»Quatsch, natürlich nicht. Los, du musst sofort verschwinden.«

Ich verstand überhaupt nicht, wovon Kalle redete.

»Paul, wir … müssen … weg. Pronto«, sagte Kalle, immer noch heftig atmend. »Heute früh hat mein Chef angerufen. Ich soll mich mal erholen. Warum macht der das? Mir fiel nur ein Grund ein: Er will mich aus der Schusslinie bringen, also habe ich meinen Kumpel in Koblenz angerufen.«

»Kalle, du machst es aber wirklich spannend. Erst rennst du querfeldein, und dann kommst du nicht zum Punkt.«

»Schon gut, schon gut. Hör auf zu meckern. Also die Kurzfassung: In spätestens fünfzehn Minuten wird die Polizei anrücken, um dich, Paul, zu verhaften.«

»Röschel?«

»Genau, und mein Kumpel sagt, dass Röschel und ein ganzer Trupp von Beamten schon unterwegs sind.«

»Paul, was willst du jetzt tun?« Sophie hatte natürlich alles mit angehört.

»Ganz sicher werde ich mich nicht von Röschel verhaften lassen. Erst die Schläger, dann Röschel, darauf kann ich verzichten.«

Ich schaute mich um. Was ich jetzt brauchte, war ein gutes Versteck, ein wirklich gutes Versteck. Mein Blick fiel auf Koslowskis riesiges Wohnmobil – groß genug war es ja. In mir keimte eine Idee auf.

Röschel

Tobias Röschel kochte vor Wut. Diese Koblenzer Bürokratenärsche! Fast einen Tag hatte er auf den Haftbefehl warten müssen, ungeduldig, weil er endlich, endlich Paul David die Handschellen anlegen wollte. Aber nein, es gab Bedenken, Zweifel an den Haftgründen und Vorbehalte gegenüber den vorgelegten Beweisen. Am Ende hatte er sich sehr weit aus dem Fenster lehnen müssen und auf seinen Status gepocht. Wenn das hier schiefging und man in Wiesbaden davon Wind bekam, war er geliefert. Andererseits: Wenn das hier alles klappte, konnte ihm das BKA Ende der Woche den Buckel runterrutschen, dann hatte er genug Geld zusammen.

Aus dem Mannschaftswagen, der hinter ihm auf dem Hof bremste, sprangen sechs Männer. Sturmhauben verdeckten die Gesichter. Die Männer waren schwarz gekleidet, trugen Titanhelme und Schutzwesten und hatten Maschinenpistolen in den Händen. Mitglieder eines Spezialeinsatzkommandos. Die Fotos der kopflosen Leiche und die Informationen zu Davids militärischer Ausbildung hatten schließlich auch den Einsatzleiter überzeugt, dass man bei diesem Verdächtigen besser auf Nummer sicher ging. Röschel hatte noch von Gefährdungspotenzial schwadroniert, auf mögliche Campinggäste als Geiseln hingewiesen, das reichte schließlich, um diesen Großeinsatz zu starten.

Röschel schaute sich um. Der Pick-up stand neben dem Haus, David war also hier. Von einer Streife hatte er schon auf der Fahrt die Meldung erhalten, dass Seelbachs Auto in Kell vor dessen Haus stand. Gut so, um Seelbach würde er sich später noch kümmern.

Diese Scheißstille hier konnte einem auf die Nerven gehen, aber damit war es jetzt gleich vorbei. Die Männer waren einsatzbereit. Röschel wies auf die Tür des Ladens. Calwheim lief in gebückter Haltung zur Tür, drückte, zog – abgeschlossen.

Egal, dachte Röschel, dann eben auf die harte Tour. Er winkte ungeduldig mit der Hand.

»Los, vorrücken!«

Der Teamleiter nickte, verständigte sich kurz mit seinen Männern. Voller Genugtuung sah Röschel, wie die sich neben der Ladentür aufbauten. Zwei Männer trugen einen stählernen Rammbock. Ein leises Kommando, die Männer schwangen den Rammbock, und dann hallte lautes Splittern durchs Tal, die Tür flog fast aus ihren Angeln, krachte gegen die Innenwand. Die Beamten stürmten ins Haus. Röschel musste nicht lange warten.

»Gesichert! Hinterer Raum gesichert!« Die Rufe aus dem Haus bewiesen Röschel nur das, was er schon erwartet hatte. Paul David einfach im Bett zu überraschen, wäre auch wirklich nur der halbe Spaß gewesen.

»Was fällt Ihnen ein? Sind Sie wahnsinnig?«

Auf der Außentreppe stand eine grauhaarige Frau und sah sehr, sehr wütend aus. Tobias Röschel drehte sich zu ihr um.

»Ihr Name?«

»Helga Berend, ich bin die Besitzerin dieses Campingplatzes.«

»Ah, die Tante des Gesuchten. Mein Name ist Tobias Röschel, Bundeskriminalamt, ich gehöre zur Soko Boston der Koblenzer Kriminalpolizei. Wir suchen Ihren Neffen, Paul David, gegen ihn liegt ein Haftbefehl vor.«

»Das gibt Ihnen noch lange kein Recht, in mein Haus zu stürmen, als gälte es, ein Terroristennest auszuheben. Für diesen Schaden werden Sie bezahlen, Sie … Sie Rabauke.«

»Noch ein Wort, und ich lasse Sie wegen des Verdachts auf Beihilfe zum Mord verhaften.« Röschel hatte nicht vor, sich beschimpfen zu lassen. Er freute sich, als er sah, wie sie erschrocken die Hand vor den Mund schlug.

»Mord? Sie glauben doch nicht allen Ernstes, dass Paul einen Menschen getötet haben könnte? Das ist doch absurd!«

»Der Haftrichter sieht das leider anders. Und jetzt hätte ich gerne von Ihnen gewusst, wo ihr Neffe ist.«

»Paul? Also, hier ist er nicht.«

Röschel bemerkte sehr wohl den kurzen Seitenblick, den die Alte in Richtung Campingplatz warf. Na klar, David hatte möglicherweise ihre Ankunft bemerkt, aber ihm war nicht viel

Zeit geblieben. Mit dem Wagen war er nicht weggefahren, er konnte sich natürlich im Wald verstecken – oder David hatte sich etwas ganz Schlaues ausgedacht. Ein gutes, wirklich gutes Versteck. Röschel winkte Dennis Calwheim zu sich.

»Mein Gott, Calwheim, stehen Sie doch nicht so blöde in der Gegend herum. Na los, machen Sie sich nützlich. Sie haben doch bei unserem letzten Besuch Davids Handy verwanzt.«

Calwheims zögerliches Nicken brachte Röschel schon wieder auf hundertachtzig. »Himmelarsch, ich habe Sie etwas gefragt: Können Sie mit Ihrem Laptop Davids Handy orten oder nicht?«

»Ja, natürlich, ich habe hier nur kein Funknetz«, Calwheim schaute auf sein Smartphone, »aber es gibt ein ausgezeichnetes WLAN-Netz auf dem Platz.«

Tobias Röschel zeigte mit dem Zeigefinger auf Helga Berend. »Sie werden jetzt meinem jungen Kollegen hier auf der Stelle die Zugangsdaten zu Ihrem WLAN-Netz zur Verfügung stellen.«

»Ich werde jetzt auf der Stelle mit meinem Rechtsanwalt telefonieren, das ist Polizeiwillkür.«

Röschel hatte genug, er war nicht hergekommen, um sich mit einer Frau zu streiten.

»Calwheim, sorgen Sie dafür, dass Sie in den nächsten zwei Minuten ins Netz kommen, verdammt noch mal. Und Sie, Sie können Ihren Anwalt so lange anrufen, wie Sie wollen, Ihren Neffen, den Mörder, fassen wir trotzdem.«

Tatsächlich verschwand Davids Tante im oberen Stockwerk des Hauses, und Dennis Calwheim folgte ihr. Die Männer des Spezialeinsatzkommandos kamen unverrichteter Dinge wieder aus dem Laden.

»David hat sich hier irgendwo versteckt, ich spüre das«, sagte Röschel zum Teamleiter. »Ihre Männer sollen sich bereithalten, gleich wissen wir mehr.«

Tobias Röschel stieg die Treppe hinauf, blieb auf der Stufe stehen, auf der eben noch Helga Berend gestanden hatte, und blickte sich um. Von hier aus sah er ein großes, sehr großes Wohnmobil. Genau dorthin hatte Helga Berend eben noch geschaut. Dennis Calwheim kam die Treppe heruntergestürzt. »Ich hab ihn!«

»Und? Wo ist er?«

Dennis Calwheim zeigte mit dem Finger in die Richtung, die ihm sein Suchprogramm vorgab. Da, wo er hinzeigte, stand das große Wohnmobil.

Die Mitglieder des Spezialeinsatzkommandos rückten vor. Dennis Calwheim hatte über seinen Laptop das Kennzeichen des Wohnmobils überprüft – der Eigentümer hieß Klaus Koslowski. Für Röschel ein klarer Fall: Entweder hatte David Koslowski bequatscht und war bei ihnen untergeschlüpft, oder – und das war die Version, die er dem Teamleiter erzählt hatte – David verschanzte sich in dem Wohnmobil, bereit, Koslowski und seine Gattin als Geiseln zu nehmen. Bei dem Wort Geiselnahme hatten die Augen des Teamleiters einen harten Glanz bekommen. Verbrecher, die Unschuldige in Gefahr brachten, waren für ihn Abschaum. Die Anweisungen waren kurz und präzise gewesen. Die Männer waren auf das Schlimmste vorbereitet: eine bewaffnete Auseinandersetzung mit einem Profi auf engstem Raum und in Gegenwart von Zivilisten.

Ein Problem waren die beschränkten Zugriffsmöglichkeiten bei einem Wohnmobil. Die Fenster bestanden aus schlagfestem Kunststoff, da war ein schnelles gewaltsames Eindringen schwer möglich. Was blieb, waren die Haupttür an der Seite und die Fahrer- beziehungsweise Beifahrertür vorne. Das Wohnmobil besaß hinten noch eine große Klappe für eine sogenannte Heckgarage, aber der Teamleiter war sich nicht sicher, ob dieser Stauraum einen Zugang zur Wohnkabine ermöglichte. Trotzdem waren zwei seiner Männer dabei, das vergleichsweise simple Schloss zu knacken, um auch diese Möglichkeit zu nutzen. Der ganze Zugriff war eine heikle Sache. Von den Schusswaffen wollte man nur im Notfall Gebrauch machen. Trotz der Größe des Wohnmobils war der Platz im Fahrzeug letztlich überschaubar. Die Gefährdung Unschuldiger nicht ausgeschlossen.

Röschel freute sich auf das, was jetzt kam. Ein Zugriff

wie aus dem Lehrbuch und er im Zentrum der Action. Er hatte darauf bestanden, zunächst an der Haupttür zu klopfen, sozusagen als Ablenkung. David hatte sich in dem Wagen verschanzt, der öffnete sicher nicht brav die Tür. Deshalb waren die Männer des Einsatzkommandos vorbereitet. Sie würden Fahrer- und Beifahrertür aufreißen oder zur Not die Fensterscheiben aus Glas einschlagen, Blendgranaten hineinwerfen, den Wagen stürmen. David wird sein blaues Wunder erleben, dachte Röschel.

»Calwheim, wie sieht das Signal aus?«

»Unverändert. Ganz eindeutig, David ist in dem Wohnmobil.«

Röschel trat vor die Haupttür. Rechts und links von ihr kauerten zwei Polizisten, die übrigen hatten sich rund um das Fahrzeug verteilt.

»Achtung, Zugriff auf mein Kommando«, hörte Röschel den geflüsterten Befehl.

Er klopfte an die Tür.

Die flog im selben Moment auf, nach außen, wie jede Caravan- und Wohnmobiltür. Nur hatte Tobias Röschel darüber noch nie nachgedacht, er stand viel zu dicht am Wagen. Die Tür knallte ihm ins Gesicht.

»Ja, wat is denn dat? Sach mal, Kerlchen, hasse se noch alle? Wat stehst du denn direkt vor unsre Tür? Dat tut mir jetzt aber echt leid. Wa' ja keine Absicht …«

»Zugriff! Zugriff!«

Röschel, vom Schlag der Tür in sein Gesicht noch halb benommen, wurde unsanft zur Seite gestoßen. Die zwei Polizisten warfen sich auf den Mann im Wohnmobil, rissen ihn zu Boden. Einer blieb neben ihm hocken, der andere schlich geduckt und mit gezogener Waffe in den hinteren Teil des Wohnmobils. Die unverschlossene Fahrer- und die Beifahrertür wurden aufgerissen, auch über diese Zugänge drangen Polizisten ein.

»Polizei! Hände hoch, auf den Boden!«

Der Befehl war laut und unmissverständlich.

»Sach ma, gehdet noch? Wat soll dat? Ich liech doch

schon auffer Nase«, beschwerte sich der dickleibige Mann in Jogginganzug und Badeschlappen lautstark vom Boden aus. Aus dem hinteren Teil des Wohnmobils drang ein schriller Schrei.

»Wat fällt denn Ihnen ein? Sie gehen jetzt sofort aus meinem Schlafzimmer! Und dann mit den Schuhen hier drin, sagense mal, ich glaub, et hackt.«

»Rosa! Allet klar bei dir, Schatz?«

»Klausi, Klausi? Lassen Sie mich durch, Sie Rüpel, und ziehense endlich die Schuhe aus, Sie machen hier ja alles dreckich. Oder wischen Sie dat hier durch?« Rosalinde Koslowskis Walküren-Figur füllte beinah den kompletten Durchgang des Wohnmobils.

»Hier hinten ist keiner«, rief der Polizist laut.

»Ja, wer soll denn auch da sein aussa mir? Mensch, wat denkense denn, wer hier noch drin is? Dat is 'nen Wohnmobil, nich 'nen Konzertsaal vonne Fischer-Chöre.«

»Ruhe, verdammt noch mal!«, schrie Röschel, der sich immer noch die geprellte Nase rieb. Zum Glück war nichts gebrochen.

Dieser mustergültige Zugriff verwandelte sich mehr und mehr in ein Desaster.

»Paul David? Ist er hier drin?«

»Wer?«

»Rosa, der nette Mann vorne außem Laden«, erklärte Klaus Koslowski vom Boden aus seiner Gattin, bevor er zu dem auf ihm kauernden Polizisten sagte: »So, und jetzt gehnse mal gefälligst runter von mir, junger Mann. Ihr Knie is schließlich auch nicht gerade 'ne Wolke. Wat soll der Besitzer von dem Platz hier denn bei uns?«

Der Polizist erhob sich zögernd und war sichtlich erleichtert, dass von draußen der Teamleiter »Rückzug« rief.

Röschel schaute sich um. Spitzendeckchen, Keramikwichtel, Tiffany-Lampe auf einem Sideboard. Jede Mengen Heftromane und Frauenzeitschriften auf dem Tisch.

»Sind Sie der Chef von diesa Flitzkacke? Ich verlange eine Erklärung für dat alles hier. So springt man nich mit Klaus

Koslowski um. Koslowski is Ihnen sicher 'nen Begriff. Fliesen-Koslowski, sechsmal im Ruhrgebiet, dreimal in Herne. Und unsere Enkelin, die tut dahinten schlafen. Dat Kleine fürchtet sich wahrscheinlich grad zu Tode. Rosa, schau doch ma nach der Kleinen.«

Röschel holte tief Luft und zählte im Stillen bis fünf, um nicht vor Wut loszuschreien.

»Calwheim, Sie Vollidiot. ›Ganz eindeutig, David ist in dem Wohnmobil.‹ Sie und Ihr Scheiß-Laptop.«

Dennis Calwheim starrte von der offenen Tür abwechselnd auf den Monitor seines Laptops und in den Wohnraum, dann klappte er den Rechner entschlossen zu, ging zum Tisch und schob ein paar Zeitschriften zur Seite. Darunter lag ein Smartphone.

»Ja, wat is denn dat? Ach, dat is dat Handy von dem jungen Mann, dat der uns mit den Zeitschriften gebracht hat. Soll ich gleich bei seina Tante abgeben, is ja 'ne Nette«, verkündete Rosalinde Koslowski.

Dennis Calwheim nahm das Smartphone vom Tisch und aktivierte das Display. Nach einem kurzen Blick hielt er es Röschel hin. »Ist wohl für Sie.«

Tobias Röschel nahm das Handy und las. »Verdammt. Der Scheißkerl. Ich krieg ihn, und wenn es das Letzte ist, was ich auf dieser Welt tun werde.«

Klaus Koslowski, der neben Röschel stand, warf einen Blick auf die Textnachricht. »Na, da hat Sie aber einer nich lieb.«

In Großbuchstaben standen dort fünf Wörter: »Du kannst mich mal, Röschel!«

Unterwegs nach Koblenz

»Ich mach mir Sorgen um die Koslowskis. Röschel ist unberechenbar, der bringt es fertig und stürmt das Wohnmobil«, sagte ich.

»Mach dir lieber Sorgen um uns«, tönte Kalle von der Sitzbank. »Wenn ich diese Fahrt überlebe, mach ich drei Kreuze.«

»Hör auf zu jammern. Ich müsste längst auf dem Weg nach Wiesbaden sein«, verkündete Sophie am Steuer, überholte mitten in der Kurve einen Bimslaster, trat aufs Gas und scherte wieder ein. Nur die Vollbremsung eines entgegenkommenden Autos verhinderte einen Frontalzusammenstoß.

»Heiliger Jesus, wo hast du denn den Führerschein gewonnen?«, beschwerte sich Kalle.

»Hab ich in der Armee gemacht und dann mit Fahrsicherheitsübungen verbessert«, erklärte Sophie ungerührt und mit einem Lächeln in den Mundwinkeln.

»Nur dass dieser französische Schuhkarton kein Panzer ist.« Kalles Stimme klang reichlich genervt.

»Peugeot 208 GTI, zweihundertdreißig km/h Spitze, von null auf hundert in knapp sechs Komma fünf Sekunden.« Sophie gab Gas. Ich wurde in den Sportsitz gepresst und widerstand dem Wunsch, mich irgendwo festzuklammern. Ich hätte geschworen, dass Sophie die hundert auch in unter sechs Sekunden schaffte. Zehn Minuten später rasten wir über die B 9. Sophie lenkte den Wagen gelassen mit einer Hand, als würde sie im Schritttempo durch eine Wohnstraße zockeln.

»Was meinst du, wie viel Zeit bleibt uns?« Sophie schaute zu mir herüber.

»Tu mir den Gefallen und achte auf die Straße«, bat ich, »oder noch besser: Geh runter vom Gas, das Letzte, was wir jetzt gebrauchen können, ist eine Polizeistreife am Hals. Mein Pick-up steht auf dem Campingplatz, Kalles Auto parkt in Kell. Niemand weiß, dass du hier bist. Helga wird es ganz sicher nicht verraten, also bist du unser Trumpf im Spiel. Wir verstecken uns bei Steffen, du kannst nach Wiesbaden weiterfahren, und wir planen in Ruhe die nächsten Schritte.«

Sophie war tatsächlich meine Trumpfkarte. Das Handy würde ich vermissen, aber ich hoffte, dass uns meine List ein wenig Zeit verschaffte. Ich war nicht sicher, aber Calwheim hatte sich für meinen Geschmack bei der Hausdurchsuchung zu lange mit meinem Telefon beschäftigt. Wenn ich mich täuschte, dann war da immer noch Helga, die mit mehr oder weniger subtilen Hinweisen die Spur zu Koslowskis Wohnmobil legen konnte.

Ich hatte Klaus Koslowski nicht mal groß überreden müssen. Die Jahreskarte für unseren Campingplatz hatte er ohne zu zögern angenommen. Wie gesagt, ich hoffte inständig, dass bei der ganzen Nummer niemand zu Schaden kam.

»Pass auf, da vorne ist ein Blitzer«, warnte Kalle vom Rücksitz aus. »Fahr dahinter ab und dann am Moselufer entlang. Wir parken am besten im Parkhaus am Görresplatz. Das ist schneller, als in der Altstadt einen Parkplatz zu suchen.«

Sophie nickte und folgte den Hinweisschildern zum Parkhaus.

Steffen

Ich war noch nie bei Steffen zu Hause gewesen, Kalle aber hatte ihn in den letzten Jahren ab und zu besucht. Er führte uns zu einem Altbau in der Nähe vom Jesuitenplatz. Auf einem Klingelschild stand lediglich »MegaApp«.

Das große Haus sah ziemlich runtergekommen aus, abgeplatzter Putz, Graffiti, das Fenster in der Haustür hatte einen Sprung. Dieser Teil der Straße war wohl bei der allgemeinen Altstadtsanierung vergessen worden. Im Hausflur wurde es nicht besser. Die Briefkästen an der Wand waren verbeult, mit Aufklebern bepflastert, bei manchen fehlte sogar die Tür. In der Luft lag der muffige Geruch von angebranntem Essen und Frittenfett mit der Kopfnote Katzenpisse.

»Das ist ja der reine Luxus hier«, sagte ich und bemühte mich, flach zu atmen. »Was zum Teufel hat Steffen denn hierhin verschlagen?«

»Warte nur ab, bis du oben bist«, sagte Kalle.

Ich schaute Sophie an, die zog nur vielsagend eine Augenbraue hoch.

Wir stiegen knarrende, rissige Holzstufen hoch. Vor Jahrzehnten waren die Stufen mal dunkelrot gestrichen worden, mittlerweile schwankte der Farbton zwischen abgewetzt und schlammbraun.

Vier Etagen später standen wir vor einer großen Holztür, die anstelle von Glas nur noch Sperrholzbretter im Lichtausschnitt besaß. Der einzige Hinweis, dass es sich hier nicht um den Abstellraum der Luxusimmobilien handelte, war ein Klingelknopf aus gebürstetem Edelstahl. Eine Klingel und eine Hightech-Optik, die unauffällig in eine der Sperrholzplatten eingelassen war, wie ich jetzt erkannte. Das sah schon mehr nach Steffen aus.

Kalle hatte auf der Fahrt mit Steffen telefoniert und uns angekündigt. Bevor er jetzt ein zweites Mal klingeln konnte, öffnete Steffen die Tür.

»Das seid ihr ja schon. Mensch, das ging aber schnell«, begrüßte uns Steffen.

»Verdanken wir Madame Bleifuß«, antwortete Kalle düster. Er war immer noch ein bisschen käsig um die Nase.

»Immer herein mit euch.« Steffen trat zur Seite und deutete vor Sophie eine Verbeugung an. »Der Besuch einer hübschen Frau ist mir jederzeit willkommen.«

»Boah, Steffen, hör auf, Süßholz zu raspeln«, maulte Kalle. »Sophie, das ist Steffen, Jugendfreund, Computerfreak, Hacker, und um den Schein zu wahren, hat er auch noch mehrere sauerfolgreiche Softwarefirmen. Steffen, das ist Sophie. Interpol, französische Militärpolizei, Kamikaze-Pilotin am Steuer.«

»Du hast vergessen: gut aussehend, intelligent und die Rettung deines süßen Hinterns, lieber Kalle«, säuselte Sophie und gab Kalle einen Klaps mit der flachen Hand auf den Po.

Steffen grinste mich an. »Wie hast du die Fahrt mit den beiden Turteltauben ertragen, Paul?«

»Ging noch so gerade, wir waren ja auch wirklich flott in Koblenz«, erwiderte ich und grinste zurück.

Steffens Wohnung war viel größer, als ich erwartet hatte. Vom Flur aus kamen wir in einen großen, luftig hellen Raum, der bestimmt vier Meter hoch war. Solche Räume kannte ich bisher nur aus diversen Architektur-Zeitschriften. Ein Teil der Dachfläche war durch große Fensterflächen ersetzt worden, es gab mehrere Ebenen, alte gebürstete Eichenbalken und eine große, indirekt beleuchtete Theke aus Glas und Edelstahl. Die hintere Wand bestand aus einem einzigen, bestimmt zwölf Quadratmeter großen Monitor. Steffens privates Public Viewing oder ein monströser Arbeitsplatz.

»Wow, Steffen, was für ein toller Raum«, schwärmte Sophie.

»Schön, dass es dir gefällt. Ich habe die Dachböden von zwei Häusern aufgekauft und umbauen lassen, das Haus drüben hatte nämlich auch noch eine große Außenterrasse. Ist im Sommer nett. So, aber ihr seid ja nicht hier, um meinen Designgeschmack zu loben. Ich hab es ja schon am Telefon gesagt, das Ganze war doch komplizierter, als ich gedacht hatte. Aber es hat sich gelohnt. Schade übrigens, dass ich Susanne verpasst habe. Sie war doch da – oder?«

»Oh ja, Susanne war da«, erwiderte ich und verzog dabei das Gesicht.

»Hoppla, Liebeskummer?«

Ich deutete eine vage Handbewegung an. Steffen blies die Wangen auf. »Geschenkt. Ist sicher eine längere Story, musst du mir später noch erzählen, Alter. Ich denke, das, was ich für euch habe, ist erst mal wichtiger. Kommt mal mit nach hinten.«

Steffen führte uns zu dem großen Monitor, vor dem mehrere Ledersessel standen, die wie halbe riesige Eier geformt waren.

»Hast du das Raumschiff Orion geplündert?«, fragte Kalle.

»Setz dich, Kalle, und halt die Klappe«, erwiderte Steffen und sah dabei ganz zappelig aus. Ich war jetzt wirklich neugierig.

Steffen stellte sich neben den Monitor. »Uschi! Monitor aktivieren.«

Kalle und ich prusteten los.

»Uschi?«, fragten wir.

»Na ja, Siri war schon vergeben. Ich finde, das macht so eine Sprachsteuerung persönlicher«, sagte Steffen.

»Uschi, Tatortbilder anzeigen.«

»Soll ich alle Fotos anzeigen, oder möchtest du ein bestimmtes Foto sehen, Steffen?« Die körperlose Stimme, die aus versteckten Boxen kam, klang rauchig und sexy.

»Uschi, zeig mir die drei Fotos, die wir gestern bearbeitet haben.«

»Liebend gern, Steffen.«

Auf der riesigen Monitorwand erschienen nebeneinander drei Fotos. Zum Glück nicht die mit den blutigen Details.

»Also, das hier sind die Tatortfotos vom Laacher See«, erklärte Steffen und schaute dabei zu Sophie, die das Ganze ja noch nicht kannte.

»Bei der Durchsicht der Fotos ist mir dann eine Kleinigkeit aufgefallen. Uschi, zeig mal die Vergrößerung.«

Auf dem Monitor sah man jetzt einen einzelnen Arm, Roberts' Arm.

»Seht ihr die Laufuhr? Das ist ein ganz neues Modell. Die Firma heißt My Move, die Uhr speichert deine Aktivitäten, holt sich die Positionsdaten über GPS-Satelliten und wertet dein Fitnesslevel aus.«

»Machen das nicht viele Sportuhren?«, fragte Sophie.

Steffen nickte. »Klar, aber My Move ist präziser und sendet die Daten direkt über dein angeschlossenes Handy an einen Cloud-Speicher. Du kannst einen Vertrag mit einem Coach abschließen, der dir als Personal Trainer hilft. Und das Beste: My Move hat eine jämmerliche Firewall.«

Ein leises Stöhnen kam aus Kalles Sessel. »Lass mich raten, du hast sie natürlich gehackt.«

Steffen klatschte begeistert in die Hände. »Bingo, Kalle. Gehackt, die Daten kopiert, und vor allem habe ich eines unserer Simulationsprogramme umgeschrieben, sodass wir uns die Daten auch ansehen können.«

»Du kannst uns Volker Roberts' Trainingslauf zeigen?«, fragte ich.

Steffen strahlte über das ganze Gesicht. »Uschi, Simulation eins bitte.«

»Liebend gern, Steffen.«

Auf dem Monitor erschien ein Waldweg, im Hintergrund

schimmerte eine Wasserfläche. Kein Realbild, aber sofort als der Waldweg am Laacher See zu erkennen.

»Die Umgebung ist nicht so ausgefeilt, ich hatte wenig Zeit.«

»Heilige Scheiße, das sieht so echt aus«, entfuhr es Kalle.

»Na, dann hab ich es ja gut genug gemacht. – Uschi, jetzt den Läufer bitte. – Ich habe die Positionsdaten auf eine Figur übertragen«, erklärte Steffen.

Auf dem Waldweg trabte eine gesichtslose Gestalt in Laufsachen entlang. Wir starrten gebannt auf den Monitor. Plötzlich blieb die Figur abrupt stehen, dann rannte sie los, jetzt viel schneller als vorher.

Sie spurtete über den Weg und begann, im Zickzack zu rennen. Dann tauchten plötzlich Felsen auf. Große schwarzgraue Basaltfelsen. Die Figur warf sich zwischen zwei Felsen, rutschte auf dem Rücken liegend tiefer zwischen die Blöcke.

»Uschi, halt bitte mal die Simulation an.«

»Gern, Steffen.«

»Also, Leute, mein Problem sieht so aus: Ich habe die Daten, ich kenne mittlerweile den Ablauf, aber ich kann mir keinen Reim darauf machen. Erst mal das, was ich weiß: Roberts trabt über den Waldweg, sein Herzschlag voll im Rahmen, der Mann ist durchtrainiert und fit. Dann bleibt er mitten im Lauf stehen – warum? Ist sein Schuh aufgegangen, hat ihn was erschreckt? Ich tippe auf erschreckt, denn im selben Moment schnellt sein Herzschlag nach oben. Und dann spurtet unser Freund los, und wie er spurtet. Der Puls rast, das ist keine kurze Spurteinlage, der ist am Limit. Und niemand, der eine harte Laufeinheit absolviert, würde dabei auch noch zickzack rennen. Wenn ihr mich fragt, ist er auf der Flucht. Roberts läuft um sein Leben. Jetzt stoppt er wieder, die Laufgeschwindigkeit sinkt, der Puls rast trotzdem. Ich würde sagen, er torkelt erschöpft weiter. Die Felsen kannte ich ja schon von den Tatortfotos. Der Puls ist immer noch hoch, er kriecht zwischen die Steine. Der Puls sinkt merklich – auch ein Zeichen für seine Fitness. Aber dann, ohne dass er sich bewegt, geht der Puls wieder hoch und ab durch die Decke.«

»Während er bewegungslos zwischen den Steinen liegt?«, fragte Kalle.

»Yep. Ich würde sagen, irgendwer oder irgendwas erschreckt ihn zu Tode.«

»Wir wissen, dass ihm der Mörder aufgelauert hat«, sagte ich, »Roberts war kein Zufallsopfer. Und nach deiner Simulation war Roberts – bis auf den kurzen Moment – die ganze Zeit in Bewegung. Das heißt, es gab kein persönliches Treffen mit dem Mörder, er wurde aus der Entfernung erschossen. Vielleicht gab es zunächst einen Fehlschuss, danach flüchtet Roberts.«

»Du meinst den kurzen Zwischenstopp, wo der Puls hochgeht«, sagte Steffen.

»Genau. Roberts läuft, alles ist im Rahmen, dann knallt ein Schuss, Roberts erschrickt und flüchtet.«

»Der Schuss müsste von hinten gekommen sein«, überlegte Kalle, »jeder würde ja von der Gefahr weglaufen und nicht auf sie zu.«

»Wenn er überhaupt wusste, wo der Schütze stand«, gab ich zu bedenken.

»Aber wie passen die Felsen da rein?«, fragte Steffen. »Wenn der Mörder hinter seinem Opfer Position bezogen hatte, wäre Roberts zwischen den Felsen in Sicherheit gewesen. War er aber nicht. Hätte der Mörder sich vor Roberts aufgebaut, wäre der Puls nicht runtergegangen. Seht ihr, was ich meine? Die Daten passen nicht zum Ablauf.«

»Wenn die Position des Mörders hinter Roberts lag, hätte der Mörder praktisch um die Ecke schießen müssen. Ein Geschoss, das über die Felsen fliegt und dann wieder im Bogen zu seinem Ziel zurückkehrt. Gott sei Dank ist so was noch nicht erfunden, da würde man sich in Deckung werfen und trotzdem getroffen – der reine Horror«, sagte Kalle.

»Mon dieu, Kalle, das ist es!« Sophie sprang aufgeregt aus ihrem Sessel. »Steffen, kann deine Uschi ins Internet?«

»Essen Affen Bananen? Uschi – Browser öffnen.«

»Darf ich? Oder hört der Computer nur auf deine Stimme?«, fragte Sophie.

»Nein, Uschi ist ziemlich sprecherunabhängig. Versuch's einfach.«

Sophie dachte kurz nach, dann sagte sie laut: »Uschi – such mir die Daten der Darpa heraus. Such das Stichwort ›lenkbare Gewehrmunition‹.«

»Sehr gerne, lieber Gast von Steffen.«

Augenblicke später füllten Suchmaschineneinträge den Monitor.

»Da ist es.« Sophie zeigte auf den zweiten Eintrag. »Uschi, öffne den zweiten Treffer.«

Ich überflog die Infos.

»Gütiger Himmel«, stöhnte ich. Es war genau, wie Kalle gesagt hatte. »Eine lenkbare Gewehrmunition. Das Ziel kann Haken schlagen, weglaufen, in Deckung gehen und hat trotzdem keine Chance. Das ist unglaublich.«

»Nö, eigentlich ist das bereits ein alter Hut. Die Defence Advanced Research Projetcts Agency, sozusagen die wissenschaftliche Abteilung des Pentagons, arbeitet da schon seit Jahren dran«, erläuterte Sophie. »Auch Heckler & Koch hat schon ein Modell für lenkbare Granatenmunition, aber das neue Programm Exacto ist eine ganz andere Liga. Exacto steht übrigens für Extreme Accuracy Tasked Ordnance, ich hatte mal was darüber auf dem Schreibtisch.«

»Nach den Infos da wurde ein Prototyp von der U.S. Army bereits im Frühjahr getestet.« Kalle zeigte mit dem Finger auf eine Stelle. »Da, seht ihr? Da steht etwas von einem Feldversuch.«

Ich schwieg. Als Kalle die U.S. Army erwähnt hatte, begann sich in mir ein Gedanke zu formen. Innerhalb weniger Tage hatte ich mehrmals Nachrichten über die U.S. Army gehört. Der tote Soldat, der am Frankfurter Flughafen gefunden worden war, der Überfall auf den Sicherheitstransport, die Militärkonferenz auf dem Petersberg.

»Steffen, kann ich mal kurz telefonieren?«

»Klar, ist es privat?«

Ich schüttelte den Kopf.

»Na dann. Uschi – eine Telefonverbindung.«

»Sobald Uschi Pizza backen kann, will ich sie auch«, flüsterte

Kalle Sophie zu. Die verdrehte nur die Augen und gab ihm einen spielerischen Klaps.

Steffen deutete auf mich. »Hast du die Nummer? Oder soll Uschi was aus dem Internet suchen?«

»Uschi, bitte rufe das EuroBOST-Büro in Bonn an.«

»Sehr gerne, Gast von Steffen, ich recherchiere nur gerade die Telefonnummer.«

»Was ist EuroBOST, Paul?«, erkundigte sich Sophie.

»BOST steht für ›bewaffneter Objektschutz und Sicherheits-Transporte‹. Das ist die Firma, in der Jan Ollerhoven jetzt aktiv ist«, erklärte ich ihr. »Du erinnerst dich doch an Jan. Der Kollege, mit dem wir in Paris zusammengearbeitet haben.«

»Der große Blonde? Natürlich erinnere ich mich. Er hatte doch …«

»Ich habe jetzt die Nummer, lieber Gast von Steffen, soll ich sie auch anwählen?«, unterbrach die sexy Computerstimme Sophies Erinnerungen an Jan.

»Ja, bitte, Uschi.«

Ein Rufton kam aus den Lautsprechern. Dann eine freundliche Frauenstimme. »EuroBOST in Bonn, Sie sprechen mit Daniela Franke. Wie kann ich Ihnen helfen?«

»David, Paul David, ich würde gern mit Herrn Ollerhoven sprechen.«

»Einen Augenblick, ich will sehen, ob er frei ist.«

Leiser Jazz erfüllte Steffens Raum. Das war schon eine andere Hausnummer als das Nachtmusik-Gedudel in unserer Telefonanlage. Der Jazz-Genuss war nur von kurzer Dauer.

»Hallo, Paul, schön, dass du anrufst. Na, hast du es dir überlegt? Natürlich hast du – komm, sag schon, wann willst du bei uns anfangen?«

Jans begeisterte Frage war mir ein bisschen peinlich, schließlich hörten die anderen mit, und mit keinem hatte ich bislang über das EuroBOST-Beraterangebot gesprochen.

»Ich denke noch darüber nach, Jan. Ich muss schließlich noch etliches mit meiner Tante absprechen.«

»Verstehe ich doch, Paul. Keine Sorge, ich habe mich hier für dich starkgemacht. EuroBOST braucht Männer wie dich –

das wissen auch die anderen in der Geschäftsleitung, und dass ich mich darüber freuen würde, wenn wir wieder zusammen an einem Strang ziehen, muss ich ja wohl nicht extra betonen.«

»Ja, das würde mir auch gefallen, Jan. Wie gesagt, ich melde mich spätestens innerhalb der nächsten zehn Tage, dann habe ich alles geregelt.«

»Das klingt gut, Paul, wirklich.«

»Jan, ich hätte noch eine Frage.«

»Sicher, was denn? Geht es um die Höhe des Honorars? Keine Sorge, da hab ich Lambert im Griff.«

»Nein, mir ist der Überfall auf den Sicherheitstransport nicht mehr aus dem Kopf gegangen, über den wir gesprochen haben.« Jetzt würde es heikel, ich wollte Jan eigentlich nicht die komplette Geschichte der letzten Tage erklären. »Erinnerst du dich an Sophie Claude?«

»Die süße kleine Französin? Ein scharfes Ding.«

Einen Seitenblick zu Sophie. Sie nahm es sportlich, schließlich hatte sie jahrelang in der Armee gedient, da hatte sie sicher noch andere Sprüche zu hören bekommen.

»Ja, genau die. Sie hat mich angerufen und mir von ihrer Arbeit erzählt. Die Amerikaner sind immer noch reichlich nervös wegen des Diebstahls. Ich habe da für mich eins und eins zusammengezählt. Dieses Gewehr mit der lenkbaren Munition war ein Prototyp und sollte auf dem Petersberg bei der Militärkonferenz den Verbündeten präsentiert werden. Und der tote Soldat am Frankfurter Flughafen war derjenige, der euren Sicherheitsoffizier im Laderaum überwältigt hat, richtig?«

Aus den Boxen hörte man Jan leise lachen. »Mensch, Paul, ich hab ja gewusst, dass du der Richtige für diesen Job hier bist. Respekt, Alter. Beschäftigen dich noch mehr Fragen? Ansonsten möchte ich, dass deine nächste Frage lautet: ›Wo muss ich unterschreiben, lieber Jan?‹ Befehl verstanden?«

»Klar und deutlich, Herr Major. Ich ruf dich an. Mach's gut, Jan.«

»Du auch, Paul.«

»Die Telefonverbindung wurde getrennt«, erklärte sexy Uschi. Als ob wir das nicht selbst gemerkt hätten.

»Wow, Paul. Du willst als Berater bei denen anfangen?«, sagte Kalle.

»Jan hat mir in der letzten Woche das Angebot gemacht, aber ich konnte in den letzten Tagen nicht mal ansatzweise darüber nachdenken«, erklärte ich wahrheitsgemäß. Ehrlich gesagt gab es jetzt auch Wichtigeres.

Ich schaute meine Freunde an. »Die Amerikaner wollen mit ihrem neuen Prototyp angeben und schaffen ihn mit einem gesicherten Transport auf den Petersberg. Zur Sicherheit fährt ein US-Soldat im verschlossenen Laderaum mit. Doch der Transporter gerät in eine Falle. Und der Soldat hat sich kaufen lassen. Er erschießt den Mitarbeiter der Sicherheitsfirma und hilft so dabei, den Prototypen zu stehlen. Wahrscheinlich hat er sich für eine ordentliche Summe kaufen lassen. Er wird aber nicht bezahlt, sondern ermordet. Seine Leiche landet im Kofferraum eines Wagens, der am Frankfurter Flughafen abgestellt wird.«

»Himmel, das passt alles zusammen. Auf jeden Fall wissen wir jetzt, womit Volker Roberts getötet wurde. Fragt sich nur noch, warum.« Kalle rieb sich nachdenklich die Nase.

»Steffen, kannst du uns mehr Infos über diese Waffe beschaffen?«, bat ich.

»Na klar, sollte nicht allzu schwer sein.«

»Okay, wir haben jetzt das Opfer und die Waffe, wir brauchen ein Motiv, dann finden wir auch den Täter. Ich denke, wir kommen voran.« Ich war ganz zuversichtlich, endlich kam Bewegung in die Sache.

»Ich muss nach Wiesbaden. Aber ich melde mich bei euch«, sagte Sophie mit Bedauern in der Stimme.

»Hier, ich schicke dir meine Kontaktdaten.« Kalle zückte sein Handy. »Paul ist ja vorerst offline. Und Sophie, versprich mir, ein wenig vorsichtiger zu fahren.«

Als Antwort zwinkerte sie ihm zu.

In einem Büro

»Er ist uns entkommen. David hat uns ausgetrickst.« Tobias Röschel hatte seinen sonst arroganten, überheblichen Tonfall eingebüßt. Er klang jetzt aufrichtig zerknirscht.

»Sie wollen damit sagen, dass Sie nicht einmal einen einzelnen Mann fangen können?«, ätzte die Stimme durch den Telefonhörer.

Röschel war trotz des Fehlschlags nicht bereit, sich herunterputzen zu lassen.

»Was glauben Sie, was hier los ist? Der Teamleiter des Spezialeinsatzkommandos hat Beschwerde eingereicht. Ich hatte alle Hände voll zu tun, um hier wieder Ruhe reinzukriegen. Jetzt läuft die Fahndung. Wir werden David erwischen und diesen Seelbach gleich mit. Letzten Endes war es gut, dass die beiden abgehauen sind. Das hat hier in der Soko die Zweifler zum Schweigen gebracht. Schließlich haben Unschuldige keinen Grund zu flüchten.«

»Uns ist egal, wie Sie es anstellen, aber David muss aus dem Verkehr gezogen werden.«

»Lassen Sie mich nur machen. Es hilft übrigens nichts, wenn Sie mir dazwischenfunken. Diese Schläger waren doch bestimmt auch Ihre Idee.«

»Das geht Sie einen feuchten Dreck an.«

»Na ja, vielleicht interessiert es Sie ja: Ihre Schläger haben versagt. Das, was von denen übrig geblieben ist, wurde gestern Abend verhaftet und ins Krankenhaus eingeliefert.« Röschel machte sich nicht einmal die Mühe, seine Befriedigung darüber zu verbergen.

»Das ist bedauerlich, aber es zeigt nur, wie gefährlich David ist. Außerdem waren die Männer entbehrlich, sie wussten, dass ein Zusammenstoß mit David kein Kindergeburtstag wird. Daran sollten Sie denken. Enttäuschen Sie uns kein zweites Mal, Röschel. Sonst werden Sie feststellen, dass auch Sie entbehrlich sind. Wir werden keinen zweiten Fehlschlag dulden.«

Es war nicht die offene Drohung, die Röschel schlucken

ließ, es war der Tonfall. Als er auflegte, sah Röschel, dass seine Hand zitterte. Er pokerte verdammt hoch. Wenn er nicht aufpasste, verlor er alles, was er sich in den letzten Jahren aufgebaut hatte. Er wischte sich den Schweiß von der Stirn, dann verließ er das kleine Büro und ging auf die Suche nach Calwheim. Er brauchte jetzt jemanden, den er anschreien konnte.

Ein Hotel in Gerolstein

»Was steht denn heute noch auf dem Programm? Das nächste Heimatmuseum, noch ein Empfang bei irgendeinem aufgeregten Bürgermeister, oder werden wir zur Abwechslung mal ein stinklangweiliges Kirchenarchiv besuchen?« Tom Wagenbach war sichtlich unzufrieden, und daraus machte er auch keinen Hehl.

»He, Sie, bringen Sie mir noch ein Pils, ja?« Er deutete mit dem Finger auf sein fast leeres Bierglas. Olaf Herschel und Susanne warfen sich vielsagende Blicke zu.

»Mensch, Tom, was hast du erwartet? Menschenmassen, die mit Fähnchen an der Straße stehen? Mütter, die ihre Babys weiterreichen, damit Wolkow sie segnet?«, fragte Herschel.

»Alexej macht doch genau das, was er angekündigt hatte, er besucht die einzelnen Dörfer, um seine familiären Wurzeln aufzuspüren.«

»Ja, schon gut, Olaf. Dir reicht es ja auch, wenn du am Ende dein Interview und ein paar Zitate vom großen Meister persönlich hast, aber ich muss Bilder abliefern. Film hat andere Ansprüche. Was soll ich denn der Redaktion zeigen? Kleinbus fährt vor, Tandler, die Zicke, steigt aus, Wolkow wälzt sich aus dem Bus, die drei Fleischberge mit den Sonnenbrillen rennen ins Bild, Wolkow verschwindet in irgendeinem Fachwerkhaus. Und cut! Zwei Stunden später geht's weiter. Bisherige Aufreger: Die Tandler bricht sich einen Absatz ab, und einer der

Fleischberge vergisst, seine Sonnenbrille aufzusetzen. Hui, das trägt einen Filmbeitrag, sag ich euch.«

»Es wird auch nicht besser, wenn du dich schon am Nachmittag mit Bier volllaufen lässt«, warf Susanne ein.

»Nein, Süße, es wird nicht besser, aber es wird leichter, diesen Scheiß hier zu ertragen.«

»Wir haben erst einen Abend und den Vormittag mit Wolkow verbracht, die Woche liegt doch noch vor uns.« Susanne hatte eigentlich gar keine Lust, einen frustrierten Kollegen aufzubauen, der lieber sein Selbstmitleid mit Pils begoss. Aber auf der anderen Seite musste sie Tom Wagenbach auch noch ein paar Tage aushalten.

»Olaf, wann ist die Feier? Du weißt schon, die Verleihung der Ehrenbürgerschaft.«

»Morgen in Manderscheid.«

»Hörst du, Tom, morgen kriegst du alles, was dein Filmerherz begehrt: Menschenmassen, zwei alte Burgruinen als Kulisse, Ansprachen, Blaskapelle.«

»Ja, ja, schon gut, Süße. Ist lieb von dir, aber ich warte mit dem Jubeln lieber, bis ich die Bilder im Kasten habe.«

Susanne rutschte vom Hocker der Hotelbar und legte fünf Euro neben ihre Kaffeetasse. Sie hatte genug von diesem Jammerlappen.

»Ich mach noch einen kurzen Spaziergang, bevor der Rest des Programms beginnt. Du kannst hier gern weiter in dein Bier heulen. Ach ja – und hör auf, mich ›Süße‹ zu nennen, das darf nur einer, und der ist größer und stärker als du.«

Susanne verließ ohne weiteren Gruß die Bar. Im Sonnenschein draußen vor dem Hotel fühlte sie sich leicht und frei. Sie holte ihr Handy heraus und wählte Pauls Nummer.

»Die von Ihnen gewählte Nummer ist vorübergehend nicht erreichbar.«

Susanne seufzte. Na, dann eben nicht.

»Ah, eine schöne Frau alleine in der Nachmittagssonne. Hätten Sie Lust auf einen kleinen Spaziergang?«

Susanne hatte gar nicht bemerkt, dass Alexej Wolkow hinter ihr auf einer Bank in der Sonne saß.

»Allein in der Sonne? Wo sind Dimitri und seine Freunde, Alexej? Und erlaubt Irina Tandler, dass Sie ohne sie unterwegs sind?«

Wolkow lachte ein tiefes, brummendes, zufriedenes Lachen. »Wir sind hier in der Vulkaneifel. Ich glaube kaum, dass mir Gefahr droht. Und Irina soll sich nicht so anstellen. Sie ist tüchtig, ich könnte sie nicht entbehren, aber sie ist nicht meine Amme.«

»Dann lassen Sie uns ein paar Schritte gehen, Alexej«, schlug Susanne vor. Das wäre jetzt ihre Chance, Wolkow besser kennenzulernen, aber sie wollte nicht an Arbeit denken.

Die beiden gingen zunächst schweigend nebeneinanderher, beide in Gedanken versunken.

»So schweigsam, Susanne? Eine so schöne Frau und so nachdenklich.«

»Sie sind ja auch nicht gerade eine Plaudertasche, Alexej.«

Erneutes Lachen.

»Morgen werden Sie Ehrenbürger eines Eifelorts, es gab mehrere Familien mit dem Namen Wolf. Damit haben Sie doch schon Ihr Ziel erreicht.«

»Ich nehme diese Ehre gerne an, aber ich möchte es genau wissen. Deshalb wird meine Suche auch weitergehen, verstehen Sie das?«

»Ja, das kann ich gut verstehen. Für Hartnäckigkeit bei einer Recherche müssen Sie sich gegenüber einer Journalistin nicht entschuldigen.«

»Ich entschuldige mich überhaupt nur selten«, sagte Wolkow schmunzelnd, »obwohl ich mir das in Ihrer Gegenwart durchaus angewöhnen könnte. Ich habe vor meiner Reise Erkundigungen eingezogen. Sie sind eine bemerkenswerte Journalistin, zielstrebig und dabei fair. Ich weiß, in Ihren Ohren muss das jetzt – wie sagt man auf Deutsch? – albern klingen, aber haben Sie schon einmal darüber nachgedacht, in einem anderen Land zu leben?«

»Holla, Alexej, Sie gehen aber ran. Meinen Sie mit ›einem anderen Land‹ womöglich Russland? Wir kennen uns doch noch nicht einmal zwei Tage.«

»Ich habe gesehen, wie Sie im Hilton auf mich zugekommen sind und lächelten – mehr muss ich nicht sehen. Und ja, ich meine Russland.«

»Nun, zu einem Leben in Russland habe ich keine Meinung, darüber müsste ich lange, sehr lange nachdenken, und ich müsste einen wirklich guten Grund haben.«

Das Gespräch nahm einen Verlauf, der Susanne auf der einen Seite amüsierte und auf der anderen Seite beunruhigte. Alexej Wolkow hatte Charme, er war selbstbewusst und von dem, was er sagte, überzeugt.

Sie wechselte rasch das Thema.

»Morgen haben Ihre Leibwächter alle Hände voll zu tun. Da können sie zeigen, was sie draufhaben.«

Wolkow winkte ab.

»Wie ich schon sagte, ich glaube kaum, dass mir hier in der Eifel Gefahr droht. Aber ich habe gelernt, vorsichtig zu sein. Wir haben schon vor Wochen Vorkehrungen getroffen. Es gibt nur geladene Gäste, einen Sicherheitsgürtel um das gesamte Gebiet, Einlasskontrollen für den inneren Bereich und mehrere Wachmannschaften.«

»Aber das Ganze findet doch auf einer Festwiese unterhalb der Burgen in Manderscheid statt.« Auch Susanne hatte sich über den Festakt informiert.

»Es ist alles nur eine Frage des Preises, meine Liebe. Die Ruinen wurden zum Beispiel mit einem Zaun gesperrt und abgesichert. Nein, glauben Sie mir, morgen werden meine Leibwächter nur Show sein, die eigentliche Security läuft unsichtbar im Hintergrund ab. Nicht einmal eine Maus wird da hineinkommen, wenn wir es nicht wollen.«

Wolkow blieb stehen. Ohne dass Susanne es bemerkt hatte, waren sie wieder vor dem Hotel angekommen.

»Ich werde noch ein paar Telefonate führen, bevor wir losfahren. Danke, dass ich Sie begleiten durfte.« Alexej Wolkow deutete eine Verbeugung an und hauchte Susanne einen Kuss auf die Wange. »Und denken Sie bitte über meinen Vorschlag nach. Nur dass Sie es wissen, Susanne: Sie sind die erste Frau, die ich so etwas gefragt habe.«

Als Wolkow ins Hotel gegangen war, spürte Susanne ihr Gesicht vor Verlegenheit glühen.

Claudi

Kalle und ich saßen an Steffens Edelbar und tranken den zigsten höllisch guten Espresso an diesem Tag, vermutlich, weil dieser Kaffee das einzig Positive der letzten Stunden war.

Die erste Euphorie, endlich einen Schritt weitergekommen zu sein, weil wir die Tatwaffe kannten, war verpufft. Steffen hatte sich zu seinen Computern zurückgezogen, redete leise mit Uschi und war ansonsten nicht ansprechbar.

Kalle hatte herumtelefoniert, aber Tanja leider nicht erreichen können, also hatte er es in Koblenz versucht. Die Kollegen dort waren, sagen wir mal so, zurückhaltend gewesen. Immerhin, so viel hatte Kalle erfahren, hinter den verschlossenen Türen der Soko Boston hatte es einen Riesenkrach gegeben. Röschels Aktion auf dem Campingplatz war bei den Vorgesetzten nicht unbemerkt geblieben. Das war allerdings kein Grund zum Feiern.

»Lass uns noch mal logisch drangehen, Kalle«, schlug ich vor.

»Bitte geh du logisch dran, ich hab das Gefühl, ich bekomme einen Knoten im Hirn.«

»Dann hör einfach zu und verbessere mich, wenn ich was vergesse.«

Kalle nickte stumm.

»Der Insider in der U.S. Army, der den Waffendiebstahl ermöglicht hat, wird ermordet und am Frankfurter Flughafen in einem Kofferraum versteckt. Warum gerade in Frankfurt und nicht in einem Wald bei Königswinter?«

»Keine Ahnung, vielleicht lag Frankfurt am Weg«, überlegte Kalle.

»Na ja, nicht wirklich, denn die Waffe wird ja wenige Tage

später bei uns am Laacher See eingesetzt. Volker Roberts wird damit erschossen. Der Mörder hat Roberts ganz bewusst ausgewählt, er hat seine Tat geplant, alles vorbereitet und sogar noch die Zeit gefunden, eine falsche Spur zu legen, um den Verdacht auf mich zu lenken. Jemand, der von meinem Deal mit Roberts wusste.«

»Also die russischen Hintermänner im Windkraftfonds.«

»Da habe ich meine Zweifel. Ich meine, warum haben die nicht schon im Frühjahr zugeschlagen? Und glaubst du, dass diejenigen, die Investoren über den Tisch ziehen, indem sie die angelegten Gelder veruntreuen, auch einen Sicherheitstransport überfallen würden? Das ist ja doch eine andere Liga.«

Kalle zuckte unschlüssig mit den Achseln.

»Okay, nächstes Argument: Warum klauen die ein Gewehr für lenkbare Munition, um Roberts zu töten? Um Roberts einzuschüchtern, hätten sie ihm den Finger brechen können. Ach was, die Androhung eines gebrochenen Fingers hätte sicher genügt. Aber nein, die engagieren einen professionellen Scharfschützen, um dem Anwalt den Kopf wegzublasen. Warum?«

»Warum? Warum? Siehst du, das meine ich mit Knoten im Hirn. Wie kommst du denn jetzt auf einen Profi?«

»Weil Otto Normalmörder mit so einer Hightech-Waffe überfordert wäre.«

»Okay, zugegeben. Also ein Scharfschütze am Laacher See. Was fällt dir dazu ein, Paul? Du hast doch auch eine Scharfschützenausbildung, denk nach. Du wärst der Scharfschütze mit einer neuen, geilen Waffe in der Hand …«

»Ich hätte keine neue Waffe. Das Erste, was man lernt, ist, dass man seine Waffe kennen muss, schließlich ist jedes Gewehr anders. Du hast so viele Parameter wie Temperatur und Wind, da musst du wissen, wie deine Waffe reagiert … Ach du Scheiße!«

»Was?«

»Wie wär's mit folgender Theorie: Roberts wurde zwar bewusst ausgewählt, aber der Anschlag auf ihn war ein Test. Der Schütze hat das Gewehr ausprobiert. Erinnerst du dich an die Simulation? Roberts ist mitten im Lauf stehen geblieben. Wir haben da auf einen Fehlschuss getippt. Das war auch ein Fehlschuss, weil der Killer die Waffe noch nie benutzt hatte. Er musste die Waffe und ihre Eigenarten kennenlernen.«

»Na, dafür hätte er doch auch auf einen Baum schießen können.«

»Nein, hätte er nicht, weil ein Baum nicht wegrennt. Der Schütze brauchte ein Ziel, das sich unkontrolliert bewegt, um die Lenkung der Geschosse und ihre Zielgenauigkeit zu testen.«

»Dreck und Verdammnis, ein solcher ›Test‹, wie du das nennst, würde ja nur aus einem Grund Sinn machen.«

»Genau, wenn der Killer mit der Waffe noch einmal zuschlagen will.«

Kalle sprang von seinem Hocker.

»Ein verdammter Test am lebenden Objekt, und gleichzeitig war Roberts kein Zufallsopfer. Steffen, hast du auch ein normales Telefon?«

»Klar, ein schnurloses, da drüben auf dem Tisch«, tönte es von hinten.

Kalle wählte, horchte kurz und fluchte dann. »Claudis Handy ist ausgeschaltet. Paul, du hast sie doch zu einer Freundin gefahren?«

»Ja, in einem Neubaugebiet in Daun.«

»Wir müssen mit Claudi sprechen, es gibt einen Grund, warum Roberts das Opfer war. Und mein Bauchgefühl sagt mir, dass das nichts mit seiner Arbeit oder seinen Klienten zu tun hat.«

»Steffen, wir brauchen deinen Wagen«, rief ich.

Das kurze Zögern war mit Händen greifbar, dann ein lautes Seufzen. »Die Schlüssel liegen in der Schüssel an der Garderobe. Der Schlitten steht in der mittleren Garage unten im Hof. Bitte seid vorsichtig.«

»Warum sollen wir vorsichtig sein? Seit wann stellt sich Steffen denn so pingelig an?«, fragte Kalle, als wir vor der Garage standen.

Ich drückte auf einen Sender am Schlüsselbund, und das Garagentor fuhr automatisch nach oben.

»Weil er ein neues Auto hat, an dem er sehr hängt.«

»Allmächtiger, kneif mich, Paul. Sag, dass das nicht wahr ist.«

»Hör auf zu sabbern und setz dich ans Steuer.« Ich warf Kalle den Autoschlüssel für den Aston Martin zu.

Als wir im Auto saßen, strich Kalle geradezu ehrfürchtig über das Lenkrad und schaute sich mit leuchtenden Augen um. »Ein Aston Martin DB5 und ich am Steuer. Tod, wo ist dein Stachel?«

Ich grinste Kalle an und sagte in meiner besten britischen Akzentimitation: »Nullnullsieben, versuchen Sie doch bitte, den Wagen diesmal in einem Stück zurückzubringen.«

Während der Fahrt nach Daun stieß Kalle immer wieder zufriedene Seufzer der Verzückung aus, rechnete laut vor, wie lange er wohl sparen musste, um sich selbst so einen Wagen kaufen zu können, und malte sich aus, was seine Kollegen im Allgemeinen und Tanja im Besonderen zu einem Aston sagen würden.

Tanja schien öfter in seinen Überlegungen aufzutauchen, als er wahrhaben wollte. Ich hielt die Klappe und gönnte ihm den Spaß.

Es war später Nachmittag, als ich Kalle durch das Wohngebiet dirigierte.

»Da vorne, das Einfamilienhaus mit der blauen Bank neben der Tür«, sagte ich.

Kalle parkte, und wir gingen zum Haus. Hoffentlich war Claudi noch bei ihrer Freundin.

Kalle schellte. Auf einem getöpferten Schild stand: »Hier wohnen Doro, Hannes und Dino«.

Drinnen fing ein Hund an zu bellen, Dino hatte uns offenbar gehört. Ein Mann öffnete die Haustür. Latzhose, kariertes Arbeitshemd über dem Bauch. Er wischte sich die Hände an einem Lappen ab. Wir hatten den Hausherrn offenbar bei der Arbeit gestört.

»Ja, bitte?«

»Karl-Günther Seelbach, ich bin Claudis Ex-Mann und Polizeioberkommissar, wir müssen kurz mit Claudi sprechen. Ist sie noch bei Ihnen?«

»Können Sie sich ausweisen? Wir hatten schon drei ziemlich aufdringliche Reporter an der Haustür.«

Kalle fischte seine Brieftasche aus der Jacke und zeigte seinen Polizeiausweis.

»Na, dann kommen Sie mal herein. Ich bin übrigens der Hannes. Hab gar nicht gewusst, dass Claudi mal mit einem Polizisten verheiratet war.«

»Ist auch schon eine kleine Ewigkeit her«, erklärte Kalle.

Zu unserem Glück wollte der Hausherr nicht auch noch meinen Ausweis sehen. Ein kleiner Pudel hechelte sich durch den Flur, schnupperte an unseren Hosenbeinen und verlor das Interesse. Hannes klopfte mit der flachen Hand gegen sein Bein. »Bei Fuß, Dino, na, komm schon, Kleiner. So ist brav. Claudi sitzt hinten im Garten. Ich versuche gerade, den Drecks-Rasenmäher in Gang zu kriegen. Doro, meine Frau, ist einkaufen. Wollen Sie was trinken?«

»Nein, herzlichen Dank, wir müssen wirklich nur kurz mit Claudi sprechen.«

Claudi sah, na ja, nicht gerade wie das blühende Leben, aber doch zumindest deutlich erholter aus. Offenbar tat ihr der Aufenthalt bei Doro, Hannes und Dino gut.

Kalle räusperte sich. »Hi, Claudi.«

Claudi sah von einer Zeitschrift auf, in der sie gelesen hatte. »Kalle? Was machst du denn hier?«, fragte sie erstaunt. Mir dagegen schenkte sie ein Sekundenlächeln. »Paul, hast du was vergessen?«

Kalle war das Zusammentreffen mit seiner Ex offenbar auf die Stimme geschlagen, also übernahm ich das Reden.

»Vergessen habe ich nichts, aber wir brauchen deine Hilfe. Wir wissen jetzt, dass Volkers Tod kein Zufall war.«

»Ihr kennt seinen Mörder?«

»Nein, Claudi, noch nicht, aber wir befürchten, dass Volkers Mörder noch einmal zuschlagen wird, und das muss mit deinem Freund zusammenhängen. Denk bitte mal nach, gab es einen wichtigen Termin in den nächsten Wochen?«

Claudi überlegte kurz, dann schüttelte sie den Kopf. »Nein, Paul, außerdem hast du doch alle Termine in der Kanzlei gesehen.«

»Stimmt, aber nur die geschäftlichen. Hattet ihr irgendwelche privaten Pläne?«

Erneutes Kopfschütteln.

»Claudi, sieh mal, wenn es kein privater Termin war«, Kalle hatte seine Sprache wiedergefunden, »womöglich war da eine Veranstaltung, eine Einladung, an die du jetzt nicht denkst. Volker Roberts war doch im Stadtrat gewesen, hat sich ehrenamtlich engagiert – etwas in der Art.«

Claudi überlegte. »Solche Einladungen hat Volker regelmäßig erhalten, man schätzte ihn, er hat ja auch wirklich viel nebenbei …«

»Der Russe!«

Hannes hatte unser Gespräch verfolgt und schaute jetzt von den Einzelteilen hoch, die mal ein Rasenmähermotor gewesen waren.

»Der Russe, dieser Wolkow, der hier durch die Eifel tingelt. Du hast doch Doro erzählt, dass Volker sich darüber aufgeregt hat, dass man in Manderscheid diesem Milliardär mit einem Festakt den Bauch pinselt. Volker war empört, weil er die Zuständigen in Verdacht hatte, dass sie von ihrem neuen Ehrenbürger die eine oder andere Geldspritze erwarten dürfen.«

»Ja, richtig. Volker hat auch eine Einladung bekommen. Die halbe Eifel wurde eingeladen und natürlich die Vorstände der verschiedenen Vereine, die Lokalpolitiker und so.«

»Alexej Wolkow, der russische Oligarch, erhält in Manderscheid die Ehrenbürgerschaft?« Plötzlich hatte ich einen ganz trockenen Mund.

»Genau«, bestätigte Hannes, »und zwar morgen Vormittag. Wird ein Riesending. Open Air, auf der Festwiese unterhalb der Burgen, da, wo sonst das Mittelalterfest stattfindet.«

Kalle sah mich besorgt an. »Du meinst, Wolkow ist das Ziel, Paul?«

»Ja, genau!«

Wolkow war das Ziel. Das Ziel für eine Waffe, die einem Opfer den Kopf von den Schultern sprengen konnte. Und Susanne würde bei diesem Festakt ganz in der Nähe dieses Ziels sein.

Agenturmeldung

Koblenz. In den Fall des Toten am Laacher See, Volker Roberts, einem Rechtsanwalt aus Daun, ist Bewegung gekommen. Wie die zuständigen Beamten der Sonderkommission mitteilten, gibt es inzwischen erste Fahndungserfolge. Die Koblenzer Kriminalpolizei hatte in den frühen Morgenstunden in der Nähe des Laacher Sees einen Großeinsatz, dabei kamen auch Beamte eines Spezialeinsatzkommandos zum Zuge. »Der Einsatz verlief planmäßig, allerdings blieb der Erfolg aus«, so ein Sprecher der Sonderkommission. Offensichtlich sei der Verdächtige gewarnt worden.

Die Kriminalpolizei hat weitere Details veröffentlicht. Gesucht wird Paul D., ein ehemaliger Militärangehöriger, der über umfangreiche Waffenkenntnisse verfügen soll. »Der Verdächtige stand in direktem Kontakt zu seinem Mordopfer. Er ist gewaltbreit, bewaffnet und gefährlich«, erklärte ein Polizeisprecher.

Die Bevölkerung wird gewarnt, Anhalter im Kreis Mayen-Koblenz mitzunehmen. Sachdienliche Hinweise nimmt die Kriminalpolizei in Koblenz und jede Polizeidienststelle entgegen.

Steffen

»Da seid ihr ja endlich. Mann, ich hab mir schon Sorgen gemacht«, begrüßte uns unser Hacker-Freund, als er die Tür öffnete.

»Sorgen um uns oder um deinen Traumwagen?«, fragte Kalle grinsend.

»Natürlich um mein Auto, wo ich doch weiß, wer da am Steuer sitzt.«

»Du bist echt noch nicht mit Sophie unterwegs gewesen. Sei dankbar, dass dein alter Kumpel Kalle gefahren ist.« Kalle drückte Steffen die Autoschlüssel in die Hand. »Abgesehen davon: Dieses Auto ist der Hammer, selbst die acht Kilometer Stau auf der A 48 hatten großen Unterhaltungswert. Mir haben Frauen zugewinkt, und mindestens die Hälfte aller Fahrer neben uns im Stau hatte Sabberanfälle.«

»Kenn ich«, sagte Steffen lächelnd, dann wurde er wieder ernst. »Ich habe zwei gute Nachrichten und eine schlechte.«

»Fang mit den guten Nachrichten an«, bat ich, »die können wir gebrauchen.«

»Dein Wunsch ist mir Befehl, Paul. Erste gute Nachricht: Ich hab die Details zu der Waffe. Wenn die mal in Serie gehen sollte, dann gute Nacht.«

»Heb dir die Details für später auf, mach erst mal weiter.«

»Zweite gute Nachricht: Sophie hat sich noch mal gemeldet. Sie hat in Wiesbaden an den richtigen Stellen ihren Unmut über Röschel geäußert. Der hat da wohl auch nur wenige Fans, jedenfalls wird der mehr als nur Ärger kriegen, und zwar schon in Kürze. Sophies Chef in Lyon ist auch nicht sauer, dafür hat sie zu viele Infos über diesen Killer, der sich unter anderem Kossek nennt, zusammengetragen. Im Gegenteil, er hat ausdrücklich ihre Eigeninitiative gelobt. Und jetzt kommt es. Sophie hat beim BKA neue Fotos ergattert …«

»Martin Kossek ist unser Killer«, unterbrach ich ihn.

»Mensch, Paul, jetzt hast du mir die Pointe versaut«, maulte Steffen.

»Sorry, aber ich hatte im Stau genug Zeit zum Nachdenken«, erklärte ich. »Ein Profikiller, der mit einer Hightech-Waffe umgehen kann, landet in Frankfurt. Und einer der Beteiligten am Überfall auf den Sicherheitstransporter wird ermordet und in einem Parkhaus am selben Flughafen entsorgt. Das kann doch kein Zufall sein.«

»Ja, das hat Sophie auch gesagt. Sie hat auch ein ziemlich gutes Foto von Kossek geschickt.« Steffen führte uns zurück zu seinem Riesenmonitor.

»Uschi, das Foto, bitte.«

»Liebend gern, Steffen.«

Jemand hatte die Aufnahme einer Überwachungskamera bearbeitet. Zwar standen noch Datum und Uhrzeit unten im Foto, aber im Gegensatz zu den Aufnahmen, die ich von solchen Kameras kannte, war das hier gestochen scharf.

Steffen zeigte auf einen grauhaarigen Mann. »Darf ich vorstellen: Martin Kossek.«

»Den hab ich schon mal gesehen«, sagte ich überrascht.

»Wie jetzt?«, fragte Kalle. »Auf einem Foto von Sophie?«

»Nein, in Daun. Ich bin ihm bei meinem Besuch in der Kanzlei draußen auf der Straße begegnet.«

»Dann ist Kossek also wirklich in der Gegend«, stellte Kalle fest. »Wird ihm nur nichts nutzen. Während der Fahrt kam im Radio eine lange Reportage über den Festakt. Der ist besser gesichert als Fort Knox.«

»Ich habe, nachdem ihr mich angerufen habt, noch weitergearbeitet.« Steffen sah nicht glücklich aus, jetzt kam sicher die schlechte Nachricht. »Dr. Volker Roberts stand nicht nur auf der Gästeliste, er hat sich auch online angemeldet und akkreditiert. Ich habe die Datenbank geprüft, seine Anmeldung erfolgte einen Tag nach seiner Ermordung.«

Kalle ließ sich in einen Sessel fallen. »Kossek hat Roberts wirklich getötet …«

»Um die Waffe zu testen und um sich mit Roberts' Identität den Zugang zum Festakt zu verschaffen, genau, Kalle«, bestätigte Steffen.

»War das schon die schlechte Nachricht?«, fragte ich. »Dann sollten wir dringend die Polizei informieren.«

»Nein, die schlechte Nachricht kommt noch: Das mit der Polizei kannst du vergessen. Ich habe die Nachrichtenagenturen verfolgt: Nach dir wird landesweit gefahndet, und Kalle haben sie wegen Beihilfe zur Flucht auch schon im Visier. Sorry, Leute, ihr seid jetzt amtlich gesuchte Verbrecher.«

Kalle stieß einen lästerlichen Fluch aus.

»Wir müssen selber nach Manderscheid.«

Kalle und Steffen schauten mich entgeistert an, als hätte ich vorgeschlagen, heute Nacht zum Mond zu fliegen.

»Wie stellst du dir das vor, Paul?«, schimpfte Kalle. »Jeder Polizist vor Ort hat dein Foto. Und dann die ganze Security. Warum, glaubst du wohl, hat dieser Kossek Roberts gekillt? Er brauchte dessen Daten, um durch die Kontrollen zu kommen.«

»Weiß ich alles, aber Susanne ist als Begleitung bei dem Russen.«

»Verdammt, das hatte ich vergessen«, gab Kalle zu.

»Wenn ich auch mal was sagen darf«, meldete sich Steffen zu Wort.

Kalle und ich nickten stumm und sahen ihn an.

»Wir sollten früh los, aber vorher wenigstens etwas schlafen. Wenn wir jetzt losfahren, verbringen wir die Nacht irgendwo im Freien, und das ist wenig lustig. Außerdem brauch ich noch drei, vier Stunden. Ich habe da so eine Idee, vielleicht klappt es ja. In der Zwischenzeit könnt ihr Pizza bestellen und überlegen, woher wir ein größeres Fahrzeug kriegen, mein Wagen hat ja nur zwei Sitze, und eure stehen noch in Andernach.«

Kalle und ich grinsten uns an. »Denkst du auch, was ich denke?«, fragte Kalle.

»Yep. Wir sollten Bonzo anrufen.«

Manderscheid

Der Mann, der den deutschen Behörden unter dem Namen Martin Kossek bekannt war, streckte das rechte Bein aus und entspannte sich. Mit der Hand schob er seine Glock 17 zur Seite, die er für alle Fälle griffbereit neben sich liegen hatte. Er war in Position, hoch über dem eigentlichen Ziel, das nicht mal in direkter Schusslinie lag. Aber dafür hatte er ja diese

Traumwaffe, sie war überhaupt der Grund, warum er diesen Auftrag angenommen hatte.

Mit diesem Gewehr und seiner Munition würde er die Nummer eins werden. Ja, es gab in seinem Metier Konkurrenz, doch die konnte künftig einpacken. Gegen die neue Waffentechnik waren die üblichen Scharfschützengewehre bessere Steinschleudern.

Mit dem VIP-Pass war es ein Kinderspiel gewesen, durch die Kontrollen zu kommen.

Kossek schaute auf die Uhr. Lange sollte es nicht mehr dauern. Unten probte die Blaskapelle. Er hätte jeden, der einen falschen Ton spielte, abknallen können, was natürlich Verschwendung von wertvoller Munition gewesen wäre. Aber verdient hätten sie es.

Heute Abend würde er bereits bei seinem Lieblingsinder in London sitzen. Kossek leckte sich über die Lippen.

Von der Straße drang Motorenlärm zu ihm hoch. Drei große Limousinen mit getönten Scheiben fuhren vor – seine Zielperson war angekommen. Na, das läuft ja wie geschmiert, dachte Kossek.

Es konnte losgehen.

Susanne

Susanne lehnte sich zurück und versuchte sich zu entspannen, was ihr aber nicht gelang. Beim Frühstück hatte sie Irina Tandlers Blicke wie Nadelstiche gespürt. Glaubte Alexej wirklich, dass er etwas mit einer anderen Frau beginnen konnte, und das mit dem Segen seiner Bürochefin? Im Leben nicht.

Tandler oder eine andere Frau – so einfach war das, dachte Susanne. Was sie bei diesem Gedanken vor allem beunruhigte, war, dass sie überhaupt über Alexej Wolkow als Mann nachdachte und in ihm nicht einfach nur einen Interviewpartner sah.

Ja, seine Aufmerksamkeit schmeichelte ihr, es gab sicher Hunderte Frauen, die sich diesem Milliardär ohne zu zögern an den Hals geworfen hätten.

Aber ich bin eben zum Glück anders, sagte sich Susanne, und deswegen werde ich die nächsten Tage auch professionelle Distanz wahren.

Sie schaute aus dem Autofenster. Ein leiser, unverständlicher Funkspruch quäkte aus dem Ohrhörer des Leibwächters, der ihr gegenübersaß. Sie waren am Ziel. Es konnte losgehen.

Unterwegs

»Yeah, Männer, wir werden diesem Kerl in den Arsch treten und dein Sweetheart retten, Paul.«

Bonzos Begeisterung darüber, dass er mit von der Partei sein durfte, kannte keine Grenzen. Uns war natürlich klar gewesen, welchen Preis wir für den Transport nach Manderscheid zu zahlen hatten. Dazu gehörte leider auch Bonzos umfangreiche Countrysammlung.

»Ohne die richtige Musik im Ohr kann ich nicht fahren«, hatte er verkündet.

»Dann lass mich mal ans Steuer«, hatte Kalle trocken vorgeschlagen, aber Bonzo hatte das als Scherz verstanden, Kalle dröhnend lachend auf die Schulter geklopft und sich auf den Fahrersitz manövriert. Solange er in der Nähe war, würde er keinem Greenhorn seinen Sterlingsilber-Schaltknüppel anvertrauen.

Ich war ja schon ein Frühaufsteher, aber Bonzo schlug mich um Längen. Der war nicht nur wach, der war Partystimmung auf zwei Beinen.

Ich versuchte, Bonzo auszublenden, und konzentrierte mich auf Steffen, der vorne neben Bonzo saß.

»Also, jetzt die Details zu der Waffe und zu dem, was ich mir überlegt habe«, sagte Steffen und aktivierte sein Tablet. »War gar nicht leicht, an die Daten zu kommen. Das Pentagon ist ziemlich gesichert, hätte mich mehr Zeit gekostet.«

»Ziemlich gesichert, pah. Ich hoffe, bei der NSA klingeln gerade ein paar Ohren«, raunte Kalle mir zu. Steffen schien das nicht gehört zu haben, jedenfalls setzte er ungerührt seine Ausführungen fort.

»Aber es ist wie so oft bei Großprojekten, da sind Unterfirmen im Spiel. Und die nehmen es mit den Firewalls nicht ganz so ernst.« Steffen drehte sich zu uns nach hinten um und hielt uns sein Tablet hin. Das Display zeigte eine schematische Darstellung von einem Mix aus Granatenwerfer und Maschinengewehr. Die Waffe hätte gut in jeden Science-Fiction-Film gepasst.

»Sieht aus wie die neue Knarre des Terminators«, kommentierte Kalle.

»Und sie ist mindestens so fies«, erwiderte Steffen. »Das Gewehr verschießt, wie ihr wisst, lenkbare Munition, und zwar mit dem Kaliber null Komma fünf null, die Geschosse haben also einen Durchmesser von zwölf Komma sieben Millimetern, was doppelt so dick ist wie die Munition des G36-Sturmgewehrs. Verständlich, weil ja auch die Steuerelektronik untergebracht werden muss. Der Schütze markiert das Ziel mit einem Laser, ganz ähnlich wie bei anderen Lenkwaffen, nur eben extrem miniaturisiert. Wie wir wissen, kann das Ziel aber im Zickzack wegrennen und hat trotzdem keine Chance. Der Schütze kann die Leuchtspurmunition optisch verfolgen und über ein Steuerpad lenken. Doch zusätzlich verfügen die Geschosse über einen Wärmesuchkopf. Die Jungens der Darpa haben echt aus dem Vollen geschöpft. Der Schütze kann das Geschoss per Knopfdruck explodieren lassen, das ist wahrscheinlich der Grund, warum in dem begrenzten Raum zwischen den Felsen Roberts der Kopf abgerissen wurde. Und zu guter Letzt: Ist das Gewehr einmal ausgerichtet, kann man auch mittels Fernbedienung feuern. Im Grunde läuft es darauf hinaus, dass jeder nur mäßig begabte Schütze auf große Entfernungen sein Ziel trifft. Effektiv und absolut tödlich.«

»Das wird also heute doch kein entspanntes Barbecue, Männer?«, kommentierte Bonzo Steffens Vortrag. »Wäre ja auch scheißlangweilig.«

»Bonzo, das ist nicht dein Kampf, du fährst uns nur dorthin, du musst da nicht mitmachen«, sagte ich.

»Und auf den ganzen Spaß verzichten? Vergiss es, Paul. Sagt mir einfach, was ich tun soll, und ich bin dabei.«

»Ja, da spricht Bonzo einen wichtigen Punkt an. Wie wollen wir überhaupt vorgehen?«, fragte Kalle.

»Nachdem ich die Details der Waffen zusammenhatte, habe ich darüber auch nachgedacht«, antwortete Steffen. »Idealerweise kommt der Killer erst gar nicht dazu, abzudrücken. Paul, du solltest versuchen, den Kerl aufzuspüren. Schau mal, das sind Fotos vom Festplatz.«

Ich betrachtete die Fotos. »Die Ruine wäre ein gutes Versteck, aber die Bühne ist genau darunter, wahrscheinlich, damit die Fotografen und Kameraleute ein tolles Motiv im Hintergrund haben.«

»Mit der Waffe kannst du um die Ecke schießen, alles kein Problem«, sagte Kalle.

»Stimmt«, gab ich zu, »also die Ruine.«

»Dann werde ich unten auf dem Festplatz bleiben. Ich habe uns in die Datenbank eingetragen, aber bis zum inneren Ring werden wir damit nicht durchkommen. Uns bleiben nur die billigen Stehplätze. Ich hoffe, es gelingt mir, das Lasersignal zu stören. Aber das werde ich erst wissen, wenn ich es empfange.«

Steffen deutete auf einen schweren Alukoffer zu seinen Füßen. »Deshalb gibt es einen Plan B. Vom letzten Höhlentauchen habe ich noch Magnesiumfackeln, die werden nicht über eine Reißleine, sondern per Knopfdruck gezündet. Kalle und Bonzo beziehen Stellung rechts und links von der Festwiese. Im schlimmsten Fall zündet ihr und schaut, dass ihr wegkommt. Die Fackeln brennen mit dreitausend Grad Celsius, seid also bloß vorsichtig. Ein Wärmesuchkopf wählt bestimmt die heißeste Quelle, und die wärt ihr dann.«

»Und wie erfahren wir, ob wir die Fackeln zünden sollen?«, erkundigte sich Bonzo so gelassen, als ginge es darum, zu klären, wer das nächste kalte Bier besorgt.

Steffen öffnete den Alukoffer. »Hier habe ich von unserer Messeabteilung Funkgeräte. Sprachgesteuert, Gruppenkanal, den Stecker ins Ohr, das Mikro ans Hemd. So können wir in Kontakt bleiben.«

Ich hörte interessiert zu. Und befürchtete, dass in Kontakt zu bleiben noch unser kleinstes Problem sein würde.

Paul

Die ersten Straßensperren passierten wir dank Steffens Hacker-Künsten, dann kam der innere Ring. Bonzo parkte den Wagen auf einer Wiese, die als provisorischer Parkplatz eingerichtet worden war. Steffen verteilte an uns Magnesiumfackeln und Funkgeräte.

Vor uns lag die Festwiese. Ich schaute zur Ruine hinauf. Die anderen nickten mir zu. Keiner von uns hatte noch Lust auf große Diskussionen. Was gesagt werden musste, war gesagt worden. Im Stillen hoffte ich, dass wir uns irrten, Alexej Wolkow ohne Zwischenfall seine Ehrenbürgerschaft erhielt und Susanne weiter in Sicherheit war. Aber alles sprach dagegen.

Ich lief einen schmalen Trampelpfad entlang. Keine hundert Meter weiter stand ein großer Bauzaun, der den Zugang zur eigentlichen Ruine absperrte.

»He, Sie, stehen bleiben. Hier geht's nicht weiter.«

Vor mir baute sich ein Mann in schwarzen Cargohosen, T-Shirt und Windjacke auf. Der weiße Schriftzug »Security« auf der Jacke ließ keine Zweifel daran, dass er nicht zum Entspannen hier am Waldrand herumlungerte.

Ich lächelte ihn an. »Interessenverband Vulkaneifel. Ich kontrolliere nur die Absperrungen. Schön, dass Sie dabei sind. Würden Sie mir bitte den Schlüssel für das Vorhängeschloss am Zaun da drüben geben?«

Leider war mein Gegenüber nicht so dumm, wie ich gehofft hatte.

»Netter Versuch«, gab er zurück, »so, und jetzt Abmarsch zurück zur Festwiese.«

Ziemlich tüchtig. Er leistete sich nur zwei Fehler. Beim Wort Schlüssel griff er unwillkürlich zur Jackentasche, und er ließ mich zu dicht an sich heran. Gerne machte ich das nicht, aber mir blieb keine Wahl.

»Ach, Mist«, sagte ich laut und klopfte meine Tasche ab, während ich gleichzeitig suchend nach unten auf den Waldboden schaute. Mr. Security tat das, was man als braver, hilfsbereiter Mitbürger automatisch tut, er schaute für einen Augenblick ebenfalls nach unten. So kam mein angewinkelter Ellenbogen für ihn wie aus dem Nichts angesaust.

Ich traf den richtigen Punkt knapp über seinem Ohr und knockte ihn für die nächsten Minuten aus. Dann griff ich in die besagte Tasche.

»Paul? Kannst du mich hören?«

»Klar und deutlich, Steffen.«

»Kalle und Bonzo sind jetzt in Position. Wie sieht es bei dir aus?«

Ich fand den Schlüssel, lief weiter zum Zaun, öffnete das Schloss und schlüpfte zwischen zwei Elementen hindurch.

»Ich bin an der Ruine«, meldete ich.

»Gut, wurde auch Zeit.«

Von hier oben konnte ich einen Teil der Festwiese sehen. Gerade fuhren drei Limousinen mit dunkel getönten Scheiben vor. Ich umrundete ein paar Mauerreste. Vor mir führte eine ausgetretene Steintreppe auf den Rest des früheren Bergfrieds. Leise stieg ich die Stufen hinauf. Es konnte losgehen.

Kossek

Vor mir lag eine gepflasterte Fläche von gut dreißig Quadratmetern. Vielleicht war das ursprünglich ein Raum gewesen, dessen Mauern in den Jahrhunderten abgetragen worden waren, oder das Ganze hatte früher einmal als kleinerer Innenhof gedient. Die Bruchsteinmauern ringsherum waren jetzt jedenfalls nur noch kniehoch. Hoch genug, um einem liegenden Mann als Deckung zu dienen. Niedrig genug, um darüber hinwegzuschießen. Den ausgestreckten Mann in grau gefleckter Tarnkleidung nahm ich erst auf den zweiten Blick wahr. Ihn, das Gewehr und seinen Zeigefinger, der sich am Abzug krümmte.

»Kossek!«, schrie ich.

Der Mann reagierte noch schneller, als ich erwartet hatte. Kein Zusammenzucken, kein Zögern, kein Nachdenken.

Er warf sich herum, hatte plötzlich eine Pistole in der Hand und drückte ab. Dass ich noch halb auf der letzten Stufe stand, rettete mir das Leben. Ich spürte einen Schlag und einen scharfen Schmerz in der rechten Schulter. Ich hechtete nach vorne, rollte mich ab und sprang auf die Beine. Mit drei schnellen Schritten nahm ich Anlauf. Zwei weitere Schüsse bellten auf, eine Kugel durchschlug meine aufgebauschte Jacke, die zweite verfehlte mich knapp, im selben Augenblick sprang ich hoch. Mein Fußtritt traf Kossek gegen die Brust und warf ihn zurück. Er krachte auf den Rücken. Ein weiterer Tritt von mir traf seine Waffenhand. Die Pistole flog in hohem Bogen über die Mauer. Ich atmete durch, spürte den brennenden Schmerz in der Schulter und wurde unaufmerksam. Noch auf dem Boden liegend, trat mir Kossek gegen das Knie. Ich schrie auf, mein Bein knickte ein. Blitzschnell war er wieder auf den Füßen. Sein Swingkick traf meine linke ungeschützte Seite, brach mir fast die Rippen. Ich schnappte noch nach Luft, als er mit zwei Schritten vor mir stand und seine Faust gegen meine blutende Schulter hämmerte. Die Schmerzwelle, die mir jetzt durch den Körper raste, ließ mich Knie und Rippen vergessen. Kosseks nächster Schlag knallte an meine Schläfe, dann trat er mir die Füße weg. Ich fiel nach vorne auf die Knie. Während ich versuchte, die Lichtblitze wegzublinzeln, die vor meinen Augen tanzten, sah ich verschwommen, wie er ein Kästchen aus der Hosentasche zog und zweimal auf einen Knopf drückte.

Ich kam nicht einmal mehr dazu, mein Entsetzen herauszuschreien.

Das Echo der Schüsse brach sich an den Resten der Mauern um mich herum.

Susanne

Susanne stand direkt neben Alexej auf der Bühne, als die ersten Schüsse fielen. Drei helle Schüsse, der Bürgermeister, der eben mit seiner Begrüßung beginnen wollte, schaute sich verwundert um. Zwei kräftige Hände rissen Susanne zurück, fast wäre sie hingefallen. Aus dem Augenwinkel sah sie, dass ein Leibwächter schützend vor Alexej sprang und seine Waffe zog. Nur war da kein Ziel, auf das er hätte anlegen können. Für mehrere Augenblicke war es still, die Unsicherheit war geradezu mit Händen greifbar.

In diesem Moment donnerten die nächsten Schüsse über das Tal. Dröhnend, laut. Zwei Explosionen, die fast wie eine einzige klangen. Susanne schaute hinter sich. Von der Burgruine aus zogen zwei helle Lichtstreifen den Himmel entlang. Im ersten Moment dachte sie an eine Sinnestäuschung, doch dann beschrieben die Lichtstreifen einen weiten Bogen und kamen genau auf sie zu.

Plötzlich brach Panik unter den Zuschauern aus. Was eben noch eine Masse fröhlicher Gesichter gewesen war, verwandelte sich mit einem Schlag in ein schreiendes Heer von Leibern.

Das Letzte, was Susanne spürte, war ein weiterer heftiger Stoß, dann versank alles um sie herum in Finsternis.

Paul

»Steffen, tu was!«

Kalles Schrei schmerzte mir im Ohr.

»Glaubst du, ich dreh Däumchen?«, zischte Steffen. »Ich habe hier zwei Geschosse gleichzeitig in der Luft ... Verdammt, ich kann nur ein Lasersignal stören und ablenken. Bonzo, Kalle, ihr seid dran. Der Wärmesuchkopf der Scheißdinger ... Los, beeilt euch!«

Kossek beugte sich über mich, und vor meinen Augen blitzte es wieder, diesmal aber war es keine Sehstörung. Sonnenlicht brach sich auf dem Würgedraht, den er zwischen den Händen hielt. Ich bekam noch zwei Finger zwischen Draht und meine Kehle. Kossek zog zu. Der Draht schnitt mir in den Hals und das Fleisch der Finger, nahm mir die Luft.

Mit der Prothese versuchte ich verzweifelt, nach irgendetwas zu greifen. Schlug mit der Faust nach hinten aus. Vergeblich.

Dann bekam ich sie zu fassen.

»Bonzo, Kalle – nein!«

Ich weiß nicht mehr, wie laut ich gerufen hatte. Das war auch nicht mehr wichtig, nichts war mehr wichtig. Nur noch das eine. Mit meiner bionischen Hand riss ich die Magnesiumfackel hoch. Ich drückte die Finger zusammen. Die Fackel zündete mit einem Knall. In dem weißen Lichtblitz warfen unsere Körper schwarze Schatten auf die Steine. Mit letzter Kraft hob ich die Fackel hoch. Ich spürte, wie Kossek seinen Griff lockerte, um der Hitze auszuweichen.

Dreitausend Grad Celsius. Für wenige Sekunden der heißeste Punkt im ganzen Umkreis.

Ich sah den hellen Lichtstreifen. Er zog eine Kurve und flog genau auf uns zu.

»Howdy-ho, du Ratte!«

Agenturmeldung

Manderscheid/Eifel. Mit einem Tag Verspätung und in deutlich kleinerem Rahmen als ursprünglich vorgesehen erhielt heute in Manderscheid der russische Wirtschaftsmilliardär Alexej Wolkow die

Ehrenbürgerschaft der Stadt. Wolkow betonte in seiner Dankesrede, wie sehr er sich darüber freue, die Heimat seiner Familie gefunden zu haben.

Planmäßig sollte der Festakt bereits am Dienstag stattfinden, doch Unbekannte hatten – so die Polizei – mit Feuerwerkskörpern die Veranstaltung gestört. Unter den Anwesenden war eine Panik ausgebrochen, mehrere Gäste mussten mit Prellungen ärztlich versorgt werden. Eine Journalistin, die zur Pressedelegation des Russen gehörte, wurde bei dem Tumult zu Boden gerissen und erlitt eine Gehirnerschütterung und einen Knochenbruch.

Die Polizei konnte die Täter noch nicht fassen, geht aber anhand der gefundenen Spuren davon aus, dass es sich offenbar nicht um einen gezielten Anschlag gehandelt hat. Für die Gäste Manderscheids und ihren neuen Ehrenbürger gab es zu keinem Zeitpunkt eine konkrete Bedrohung, so ein Polizeisprecher, trotzdem werde man natürlich alles daransetzen, die Verantwortlichen zur Rechenschaft zu ziehen.

Vier Tage später – St. Nikolaus-Stiftshospital, Andernach

Ich ließ die Zeitung sinken, die mir Kalle mit ins Krankenhaus gebracht hatte.

»Jugendliche und Feuerwerkskörper? Also wird alles vertuscht.«

»Ist die Zeitung von gestern, und du solltest auch nicht alles glauben, was du liest. Hinter den Kulissen laufen die Ermittlungen auf Hochtouren«, erklärte Kalle, der auf dem Besucherstuhl an meinem Krankenhausbett saß. »Sophie ist seit Tagen in Koblenz und bringt dort die Kollegen auf Zack. Glaub mir, die ist weit davon entfernt, irgendetwas zu vertuschen. Aber man war an höherer Stelle der Meinung, dass es ratsam sein könnte, nicht zu erwähnen, dass ein international gesuchter Killer mit einer Hightech-Waffe Jagd auf einen russischen Ehrengast gemacht hat. Und dass zwei Flüchtige, damit meine ich uns zwei Hübschen, das Ganze praktisch im Alleingang verhindert haben und noch einen Mord aufklären konnten, wirft auch kein gutes Licht auf die Soko Boston.«

Ich lehnte mich zurück an mein Kissen. »Das wirft vor allem kein gutes Licht auf Röschel.«

»Ach, der. Der ist seit Dienstag wie vom Erdboden verschluckt. Sophie vermutet, dass er sich längst ins Ausland abgesetzt hat.«

»Ich hatte genug Zeit zum Nachdenken. Eine Erklärung für Röschels Verhalten könnte sein, dass er nicht aus eigenem Antrieb gehandelt hat, sondern einen Auftraggeber hatte.«

»Du meinst Mr. X im Hintergrund, der auch Kossek engagiert hat?«

»Das Wort Auftragsmörder sagt es ja schon. Irgendwer muss den Auftrag erteilt haben, Wolkow umzubringen.«

»Ein russischer Oligarch, der Putin und Co. bei den nächsten Wahlen in die Suppe spucken will?« Kalle seufzte. »Da reicht die Liste der Verdächtigen vor hier bis zu deinem Campingplatz.«

»Hat denn Steffen noch etwas herausgekriegt?«, fragte ich erwartungsvoll.

Kalle nickte. »Auch wenn ich wirklich nicht wissen will …«

»Nörgelst du schon wieder an meinen Methoden herum?«, tönte es von der Zimmertür und unterbrach damit Kalles Erklärung.

Steffen kam in den Raum. »Hi, Paul, du siehst ja schon wieder richtig menschlich aus. Wie geht es dir?«

»Bis auf die pochende Schusswunde, ein paar angeknackste Rippen, die beim Lachen höllisch schmerzen, und eine völlig verschmorte Prothese eigentlich ganz gut.«

»Sei froh, dass nichts explodiert ist. Du hast wahnsinniges Glück gehabt. Vor allem hat es ja die Ratte voll erwischt.«

»Auch wieder wahr. Hoffentlich ist das für Frau Dr. Derntal in Frankfurt Entschuldigung genug. Konntet ihr die Reste der Prothese sicherstellen?«

Kalle und Steffen schauten sich betroffen an. »Das ist nicht dein Ernst?«, fragte Kalle ungläubig.

Ich grinste. »Nein, war nur Spaß, aber ein bisschen graut mir schon vor dem nächsten Termin in Frankfurt.«

»Mann, Paul, musst du uns so erschrecken?« Steffen schüttelte den Kopf. »Dabei bin ich hier an dein Krankenlager geeilt, weil ich doch gute Nachrichten habe.«

»Erzähl!«, forderte ich ihn auf.

»Also, nachdem ich das eine Geschoss ablenken konnte und es in der Luft explodiert ist, sind wir ja hoch zu dir auf die Ruine gerannt. Kossek, oder besser das, was von ihm übrig war, bot wirklich keinen schönen Anblick. Jedenfalls habe ich mir sein Handy geschnappt und den Speicher kopiert. Man weiß ja nie, ob die Polizei so hilfsbereit ist und dir so was noch mal zur Verfügung stellt.«

»Im Ernst, das hast du gemacht? Hab ich gar nicht mitbekommen«, murmelte Kalle.

»Konntest du auch nicht, weil du ja Paul versorgt hast. Auf dem Handy war leider nichts drauf, aber es gab einen einsamen Link auf ein verschlüsseltes Webportal. Hat mich zwei Tage gekostet, um das zu knacken.«

»Nun mach es doch nicht so spannend«, stöhnte Kalle.

»Mensch, bist du ungeduldig. Also, das ist so eine Austauschplattform. Wie eine virtuelle Pinnwand im Darknet, also dem illegalen Bereich unseres Internets. Man kann Nachrichten hinterlassen, Bilder ablegen – sozusagen Aufträge loswerden. Jedenfalls gab es dort Bilder von Wolkow, aber auch von Susanne.«

»Kossek hatte Bilder von Susanne?«, fragte ich ungläubig. »Warum um alles in der Welt?«

»Wahrscheinlich, weil sie mit zur Pressedelegation gehörte«, vermutete Steffen. »Der Knaller kommt aber noch. Fotos von dir, Paul, dem Campingplatz und eine Textdatei mit Infos zu Roberts und deiner Vereinbarung bezüglich des Windkraftfonds waren dort ebenfalls gespeichert. Und rate mal, welcher Benutzer sich diese Datei als Letzter heruntergeladen hat? Ein User mit den Initialen TR.«

»Tobias Röschel.«

»Bingo, Kalle. Das ist zwar nicht gerichtsverwertbar, aber

ich gehe jede Wette ein, dass wir damit die Verbindung haben. Die Hintermänner, die Wolkow an den Kragen wollten, haben auch Röschel von der Leine gelassen. Der war so was von korrupt.«

»So, meine Herren, die Besuchszeit ist zu Ende. Morgen ist auch noch ein Tag. Herr David muss sich ausruhen. Ich darf also bitten.«

Schwester Anne stand mit einem Tablett in der Tür und sah nicht so aus, als ob sie einen Widerspruch dulden würde.

Kalle und Steffen standen auf. »Wir sehen uns morgen«, verabschiedete sich Kalle, »ruf mich an, wenn du weißt, wann ich dich hier abholen kann.«

Als meine beiden Freunde gegangen waren, runzelte Anne missbilligend die Stirn. »Sie wollen wirklich auf eigenen Wunsch entlassen werden, Herr David? Haben Sie sich das auch gut überlegt? Bei Ihren Verletzungen. Vernünftig ist das nicht.«

Nein, vernünftig war das sicher nicht. Aber ich wurde langsam ungeduldig. Ich wusste nicht, was die Polizei tat, aber ich für meinen Teil hatte nicht vor, schon einen Schlussstrich zu ziehen.

»Sie müssen hier unterschrieben, Herr David. Damit bestätigen Sie, dass Sie auf eigenen Wunsch entlassen werden.«

Der junge Assistenzarzt hielt mir ein Formular hin. Mir fiel es schwer, mit der verbundenen Schulter zu unterschreiben, aber hier kam es ja nicht auf Schönschrift an. Der Arzt nahm das Formular und ging.

»Können wir jetzt endlich, oder willst du dich noch von der schnuckeligen Stationsschwester verabschieden?«

Kalle stand schon aufbruchsbereit in der Tür, meine gepackte Reisetasche in der Hand.

»Hör ich da Neid heraus? Wenn du Anne, so heißt die Dame, näher kennenlernen möchtest, empfehle ich dir, dass du dich beim nächsten Mal anschießen lässt. Um Mitleid zu erregen, hilft es auch, wenn man dich halb erwürgt.«

»Lass mal, so dringend bin ich gar nicht auf der Suche nach

weiblicher Bekanntschaft. Ich soll dich übrigens schön von Bonzo grüßen, er hat mich gestern Abend noch angerufen. Wenn du wieder richtig auf den Beinen bist, will er einen halben Ochsen auf den Grill werfen.«

»Geht es ihm gut?«

Kalle lachte. »Bonzo platzt vor Stolz und wird wahrscheinlich demnächst in Kell Vorträge über seine Heldentat halten. Und noch eine gute Nachricht. Ich hab es heute früh offiziell mitgeteilt bekommen: Alle Anschuldigungen gegen uns wurden fallen gelassen.«

»Und Susanne?«

»Liegt bei Helga im Gästezimmer. Sie wurde gestern entlassen. Sie ist ziemlich sauer darüber, dass sie von Wolkows Leibwächter umgerempelt wurde. Die Kopfschmerzen sind weg, sagt sie. Der gebrochene Arm wird wieder zusammenwachsen. Als ich sie gestern bei Helga abgeliefert hatte, war sie schon ganz scharf darauf, mit der SPIEGEL-Redaktion zu telefonieren. Ich musste hinterher jede Menge Dokumente unten im Laden ausdrucken und ihr hochbringen. Helga will davon nichts wissen, aber Susanne brennt darauf, wieder zu arbeiten. Die kann noch schlechter untätig im Bett liegen als du.«

Campingplatz Pönterbach

Susanne schlief, als ich ins Gästezimmer kam.

»War wahrscheinlich doch ein bisschen viel für sie«, erklärte Helga hinter mir. »Sie musste ja auch sofort anfangen zu arbeiten. So was von unvernünftig. Ich hab ihr noch ein paar Bücher geliehen, aber als ich sie zum Essen holen wollte, schlief sie schon.«

»Wenn du nichts dagegen hast, bleib ich noch ein paar Minuten hier bei ihr sitzen.«

Helga umarmte mich behutsam und drückte mir einen Kuss

auf die Wange. »Natürlich, mein Lieber, und dass du mir auch gut auf dich selber aufpasst.«

Auf mich selbst aufzupassen hatte nicht so geklappt. Immerhin hatte ich bei Wolkow und seinen Begleitern, Susanne eingeschlossen, das Schlimmste verhindern können. Auch keine schlechte Bilanz.

Susanne sah wunderschön aus. Wunderschön und verletzlich. Ich saß einfach nur da und schaute sie an. Hatte ich wirklich geglaubt, dass diese Frau auf Dauer an meiner Seite hier in Andernach leben würde?

Ich kam mir vor wie ein Narr.

Vorsichtig nahm ich ihr das Buch aus der schlaffen Hand, in dem sie gelesen hatte. Es war einer der Romane, die ich Helga zum Geburtstag geschenkt hatte. Sjöwall-Wahlöö, »Endstation für neun«.

Dunkel erinnerte ich mich daran, worum es bei dem Krimi ging. Neun Menschen werden in einem Doppeldeckerbus erschossen. Auf den ersten Blick die sinnlose Tat eines Amokläufers.

Ich blätterte die Seiten durch, fand die Stelle, in der Kommissar Beck und seine Kollegen für sich entschieden, dass es kein Amoklauf war, sondern es ein Motiv gab. Und sie schließlich erkannten, dass der Tod von acht Menschen letztlich nur dazu diente, den Mord an ihrem Kollegen zu vertuschen.

So was konnten sich auch nur Krimiautoren einfallen lassen. Ich legte das Buch zur Seite, strich Susanne behutsam über das Haar und schlich mich aus dem Gästezimmer. Ich wollte gerade nach unten in meine Wohnung gehen, als das Telefon klingelte.

»Paul, geh du bitte dran, ich hab die Hände voller Mehl für die Pizza morgen«, rief Helga.

»Campingplatz Pönterbach, mein Name ist Paul David, guten Tag.«

»Ja, hallo, ich heiße Lars Raller, ich bin Mitarbeiter in der SPIEGEL-Redaktion Frankfurt. Frau Winkler hat mir diese

Nummer gegeben, damit ich sie anrufen kann. Könnte ich sie kurz sprechen?«

»Tut mir leid, Herr Raller, sie schläft gerade, und ich würde sie nur ungern wecken wollen. Hätte das auch Zeit bis morgen?«

»Eigentlich war sie es, die Druck gemacht hat. Ich habe noch Unterlagen, die würde ich gern mailen, aber sie wollte vorher angerufen werden, damit sie vom Krankenbett das Ausdrucken organisieren kann.«

»Kein Problem, mailen Sie die Unterlagen doch einfach an meine E-Mail-Adresse, und ich drucke dann alles aus.«

Es entstand eine Pause. Schließlich hörte ich einen Seufzer. »Ja, sicher, ich denke, das geht schon in Ordnung. Sie wollte es ja auch so.« Begeistert klang Raller trotzdem nicht. Sein Zögern war verständlich, schließlich konnte ich ja sonst wer sein und mir gewaltsam Zutritt verschafft haben. Es ging hier ja nicht um ein Kaffeekränzchen, sondern um mehrere Mordanschläge, wenn auch nicht alle erfolgreich gewesen waren.

»Hören Sie, Susanne ist meine Freundin, sie liegt hier bei mir im Haus und erholt sich gerade.« Zu seiner Beruhigung zählte ich noch ein paar Details der Zusammenarbeit mit dem SPIEGEL auf, die sie nur einem Nahestehenden anvertrauen würde, und sagte dann: »Glauben Sie mir, ich werde sorgfältig mit Ihren Dokumenten umgehen.«

»Also gut, an welche Mailadresse soll ich es schicken?«

Als ich unten in meiner Wohnung war, fuhr ich den Laptop hoch, um die Mail aus Frankfurt abzurufen. Kurze Zeit später begann mein Drucker die Seiten auszuspucken. Etliche Seiten, ich musste sogar noch Papier nachlegen.

Ich hatte versprochen, sorgfältig mit den Unterlagen umzugehen. Ich hatte nichts davon gesagt, dass ich sie nicht lesen würde. Nachdem ich die erste Seite überflogen hatte, nahm ich den restlichen Stapel und setzte mich in meinen Sessel. Lars Raller hatte offenbar von Susanne die Anweisung erhalten, die Munitionsdiebstähle bei der Bundeswehr zu prüfen. Susanne vertrat die These, dass die Diebstähle von nur einer Gruppe verübt worden waren, auch der große Diebstahl in Niedersachsen. Ein interessanter Ansatz. Wenn das stimmte, war Susanne einer Riesensache auf der Spur.

Bei der Erwähnung des Niedersachsen-Falles fiel mir etwas ein: Tobias Röschel war beim MAD und beim LKA Niedersachsen gewesen. Hatte das vielleicht etwas zu bedeuten?

Na ja, das war vielleicht doch zu weit hergeholt. Ich schüttelte den Kopf über die Dringlichkeit, mit der ich überall nach Zusammenhängen suchte, und las weiter. Dabei bewunderte ich die Akribie, mit der Lars Raller die Fakten zusammengetragen hatte.

Aber etwas fehlte, überlegte ich. Ich griff zum Telefon.

»Steffen? Hi, Paul hier, du musst mit Uschi für mich mal etwas recherchieren.« Ich erklärte Steffen, was ich wollte, und erntete nur ein amüsiertes Lachen.

Ich nahm mir die letzten Unterlagen aus der SPIEGEL-Redaktion vor und hoffte, dass Steffen etwas finden würde.

Eine Stunde später ertönte ein leises Pling aus meinem Laptop: Steffen hatte eine Mail geschickt.

Es gab eine ganze Seite voller Namen. Einer fiel mir direkt ins Auge, gleich an sechster Stelle. Jetzt bestand nicht mehr der geringste Zweifel: Susanne war wirklich einer Riesensache auf der Spur gewesen.

Plötzlich ergab alles, worüber ich in den letzten Tagen nachgegrübelt hatte, einen Sinn. Heilige Scheiße! Ich musste wieder an den Schwedenkrimi denken. Ich packte alle Unterlagen zusammen und beeilte mich, ans Telefon zu kommen. Was ich vorhatte, war gefährlich, brandgefährlich. Aber das war mir egal. Ich hatte eine Stinkwut im Bauch.

In einem Büro

Er stand am Abgrund.

Ziemlich dicht sogar, aber noch war es nicht zu spät.

Gut, in dieser Runde des großen Spiels war er besiegt worden. Er hatte auf die falschen Spieler vertraut. Jegor und seine unfähigen Schläger, Röschel, den er auch noch entsorgen musste –, aber die größte Enttäuschung war Kossek gewesen. Der hatte es nun wirklich in der Hand gehabt. Kossek hatte ihn um seine Rache gebracht.

Er musste jetzt nach vorne schauen. Niemand konnte ihm etwas nachweisen. Er musste einfach nur die Nerven behalten und die Spielfiguren für die nächste Partie aufbauen. Möglichkeiten gab es genug. Jawohl, er war eine Kämpfernatur. Draußen im Flur hörte er plötzlich Schritte. Da sollte aber niemand sein. Er war ganz allein hier. Die Tür ging auf, und eine hagere Gestalt trat in den Lichtkreis seiner Bürolampe.

»Paul? Was zum Teufel machst du hier?«

***

»Guten Abend, Jan.« Ich musterte den Mann, den ich jahrelang für einen alten Freund gehalten hatte. Seltsam, rein äußerlich war er immer noch der gute alte Jan, nur seine Augen hatten einen kalten, harten Ausdruck angenommen. Die Augen eines Feindes.

Hinter mir betrat ein großer, massiger Mann das Zimmer.

»Ich habe ihn reingelassen, David hatte mich angerufen.« Rolf Bärs tiefer Bass klang so düster, wie ich mich fühlte. Eben so, wie man sich fühlt, wenn man verraten und hintergangen wurde.

Jan lehnte sich zurück und lachte.

»Mein Freund Paul in trauter Eintracht mit Rolf Bär. Na, das ist ja mal ein Anblick. Ich freue mich, Paul, dass du dich mit Rolf vertragen hast. Macht die künftige Zusammenarbeit auch leichter. Aber um mir zu sagen, dass du unser Jobangebot annimmst, hättest du auch tagsüber vorbeikommen können. Da wäre so ein Auftritt nicht nötig gewesen.«

»Warum, Jan? Warum hast du das getan?«

Jan runzelte die Stirn. »Warum ich dir einen Job angeboten habe? Das weißt du doch …«

»Nein, Jan, du weißt, wovon ich spreche.«

»Ich denke, ich werde jetzt mal die Polizei anrufen«, brummte Bär.

Der erste Schuss traf Bär in die Schulter, der zweite irgendwo ins Bein. Mit einem Aufschrei fiel er zu Boden.

Jan richtete seine Pistole auf mich.

»Also wirklich, Paul. Was bist du nur für ein arrogantes Arschloch. Hast du allen Ernstes geglaubt, du könntest einfach so in mein Büro spaziert kommen und ich würde allein bei deinem Anblick das große Zittern kriegen?«

Jan drückte ab.

Die Wucht des Treffers ließ mich herumwirbeln, ich knallte gegen die Wand. Stöhnend schob ich mich an ihr hoch.

Jan baute sich direkt vor mir auf. Die Pistole zielte auf eine Stelle zwischen meinen Augen.

»Und ich dachte noch vor fünf Minuten, dass ich um meine Rache betrogen worden wäre. Manche Wünsche gehen schneller in Erfüllung, als man denkt.«

»Warum, Jan?«, presste ich hervor.

»Paul, wach endlich auf, das hier ist kein billiger Krimi, in dem der Bösewicht am Ende all seine Taten gesteht, das hier ist das richtige Leben.«

Ich atmete tief durch. »Soll ich es dir sagen?«

Jan lachte hämisch. »Du verreckst da unten auf dem Boden, aber bitte, wenn es dir den Abgang erleichtert.«

»Du, Jan, hast in den letzten Jahren die Diebstahlserie bei der Bundeswehr organisiert. Mit dem Geld hast du dir hier die Firma aufgebaut. Eine neue Existenz, aber dann hat Susanne angefangen zu recherchieren. Wenn man weiß, wonach man suchen muss, ist es gar nicht so schwer. Wer hatte an den jeweiligen Standorten Zugriff auf Insiderinformationen? Mein Freund Steffen hat nur eine knappe Stunde gebraucht, um eine Liste der Namen zusammenzustellen. Die Leute vom SPIEGEL und Susanne hätten sicher länger zu tun gehabt, herausgekommen wäre es trotzdem über kurz oder lang. Du hast recherchiert und Röschel, deinem bezahlten Handlanger, Akten zugespielt. Wahrscheinlich arbeitet er schon seit Jahren für dich. Damals war er ja noch beim MAD, später dann beim Landeskriminalamt. Praktisch, wenn man so eine Marionette bei den Ermittlern an der Hand hat. Außerdem wusstest du über die Sache mit mir, Roberts und dem Windkraftfonds Bescheid. Soll ich weiterreden?«

Jans Lächeln hatte sich mittlerweile zu einer wütenden Fratze verzerrt. Ich schaute zu Bär hinüber, der lag ganz still am Boden. Mir rannte die Zeit weg.

»Die eigenen Männer überfallen zu lassen war ziemlich clever. Noch cleverer war, dass du die Unfallmeldung in dein System eingetragen hast. Eure Zentrale hatte gar keine Infos von der Polizei, die kamen von dir. Den bestochenen Amerikaner hast du direkt erledigt und in Frankfurt entsorgt. Mit dem Hightech-Gewehr hast du Kossek geködert. Wolkow war gar nicht das eigentliche Ziel, das war Susanne. Nur konnte man eine Journalistin nicht einfach ermorden, denn jeder würde sofort fragen, warum sie getötet wurde. Woran sie gerade gearbeitet hat. Bei einem Attentat auf einen russischen Politiker, bei dem zufällig auch sie sterben musste, wäre sie nur ein bedauerliches weiteres Opfer.«

»Oh, so einfach war das nicht. Wolkow hat sich dem Kampf gegen die Korruption verschrieben, da wäre eine meiner lukrativsten Einnahmequellen versiegt. Den wollte ich auch schon gerne tot sehen.«

»Und ich, was hab ich damit zu tun? Dein Jobangebot war doch nur ein Vorwand.«

»›Umarme deinen Feind, dann kann er sich nicht bewegen.‹ Altes nepalesisches Sprichwort. Ja, ich habe das alles eingefädelt. Und dabei warst du, Paul, das Sahnehäubchen, sozusagen mein persönlicher Rachebonus. Jahrelang musste ich mir anhören, wie toll du bist. Paul, der Überflieger, Paul, der Jahrgangsbeste, Paul, der brillante Sonderermittler. Gott, selbst als du den Arm verloren hast, haben sie dir noch die Füße geküsst. Ich will dir was sagen, du kotzt mich an!«

Mein Fuß schnellte hoch und traf sein Handgelenk. Die Pistole flog durchs Zimmer. Der Knochen brach laut, noch lauter schrie Jan. Ich sprang auf. Jan hechtete hinter der Waffe her, um sie mit der anderen Hand zu greifen. Ich war schneller. Ich trat noch einmal zu, diesmal brach ich ihm das andere Handgelenk.

Jan blieb wimmernd liegen.

»Habt ihr alles gehört?«, fragte ich laut.

Aus dem Flur traten Sophie und Kriminalkommissar Dennis Calwheim ins Zimmer. »Laut und deutlich. Genug, um diesen Mann für sehr viele Jahre hinter Gitter zu bringen«, erwiderte Sophie.

Calwheim stand schon am Telefon und wählte den Notruf, um Bär versorgen zu lassen.

»Ich hatte ihm auch eine kugelsichere Weste angeboten, aber er wollte sie nicht«, sagte Calwheim, als wären Bärs Verletzungen seine Schuld.

»Nun, ich bin sehr froh, dass ich Ihr Angebot angenommen habe«, antwortete ich lächelnd. »Sie sollten übrigens auch Kriminalhauptkommissar Detlef Wingert, den Leiter der Soko im Bonner Polizeipräsidium, anrufen, der ist für den überfallenen Sicherheitstransporter und die Morde zuständig.«

Calwheim nickte eifrig und wählte die nächste Nummer.

»Es war ganz schön riskant, Paul.«

»Ja, Sophie, aber wer weiß, wann wir Beweise gegen Jan gefunden hätten, und wie lange hätte es wohl gedauert, bis der nächste Anschlag auf Susanne verübt worden wäre?«

Sophie nickte. Als sie mit einem großen Schritt über den am Boden liegenden Jan stieg, strauchelte sie kurz. Offizielle Sichtweise. Inoffiziell: Sophie Claude verpasste Jan Ollerhoven einen herzhaften Tritt in die Rippen.

Draußen vor dem EuroBOST-Gebäude sah Bad Godesberg so friedlich aus wie immer.

Ich stand am Pick-up.

Sophie stellte sich neben mich. »Kommst du zurecht?«, fragte sie.

»Das Lenken ist noch anstrengend, aber es geht. Die Fahrt zurück schaffe ich schon.«

»Zurück ins ruhige Pöntertal? Zurück zu Susanne?«

»Ins Pöntertal schon, ich kann mir im Moment keinen anderen Ort vorstellen. Zurück zu Susanne? Ich weiß nicht, mal sehen, was die nächsten Wochen bringen.«

Ich schaute Sophie an. »Kommst du uns mal wieder besuchen?«

Sophie lachte. »Du weißt, dass du zuerst mal nach Lyon kommen musst?«

»Ja, das muss ich wohl.«

»Ich nehme dich beim Wort, Paul David.«

Sophie stellte sich auf die Zehenspitzen und gab mir einen Kuss.

Ihre Lippen waren ganz warm auf meiner Haut.

Dann drehte sie sich um und ging zurück zum Haus. Um ihre Arbeit zu erledigen.

Ich stieg in den Pick-up und fuhr los.

Richtung Pöntertal. Richtung zu Hause.

Danksagung

Eine Danksagung zu schreiben ist etwas Feines, denn dann ist der Roman so gut wie fertig. Dass dieser Roman fertig geworden ist, verdanke ich verschiedenen Menschen.

Meine Literaturagentin Anna Mechler hat dieses Buchprojekt von Anfang an unterstützt und begleitet. Ganz lieben Dank, Anna. Mehr kann man sich nicht wünschen!

Das ganze Team des Emons Verlags, die Pressestelle, die Bereiche Veranstaltungen, Lektorat und Redaktion haben sich für den Erfolg von »Eifelfieber« eingesetzt. Letztlich ist dieser Erfolg der Grund dafür, dass ich »Eifelrache« schreiben durfte. Ihr seid alle großartig.

Mein Lektor Lothar Strüh hat, wie schon beim ersten Paul-David-Roman, auch diesmal wieder mit großem Engagement an der Story gearbeitet. Es war eine tolle Zusammenarbeit, Lothar!

Vieles, was in diesem Buch steht, hat einen wahren Hintergrund. Den größten Munitionsdiebstahl in der Geschichte der Bundeswehr gab es tatsächlich. Und die Ermittler gehen davon aus, dass die Diebe über Insiderinformationen verfügten. Dass es aber nur eine einzige Bande in den ganzen Jahren gab, ist meiner Phantasie entsprungen.

Mein Kollege Gerhard Hegmann veröffentlichte in der WELT einen Zeitungsartikel über das Exacto-Programm der Darpa. Dieser Artikel war letztlich der Auslöser für dieses Buch. Gerhard Hegmann, den ich seit vielen Jahren auf Luft- und Raumfahrtmessen treffe, hat bereitwillig seine Informationen mit mir geteilt – ganz herzlichen Dank dafür!

Und bevor es da Nachfragen gibt: Die Darpa erklärt natürlich nicht ihre Technik im Detail – hier konnte ich mir selbst etwas ausdenken.

Claudia Müller, Pressesprecherin im Polizeipräsidium Koblenz, beantwortete mir bei einem Besuch alle Fragen und stand später sogar noch per E-Mail für Rückfragen zur

Verfügung. Das war eine große Hilfe für mich, lieben Dank, Frau Müller.

Sollte es bei den Details in diesem Buch Fehler geben, liegt das sicher nicht an der Fachkompetenz der Menschen, die mir geholfen haben.

Bei den Kampfszenen habe ich wieder einmal vom Training in der Pil Sung Black Belt Academy profitiert. Bei Master Kisseadoo muss ich mich besonders bedanken. Thanks a lot for your patience and inspiration, John.

Ein letzter Dank geht an meine Frau Christine. Sie hat sich auch diesmal wieder geduldig alle Handlungsideen angehört, hat jede einzelne Seite überarbeitet und dafür gesorgt, dass ich hier am Schreibtisch sitzen kann, um ein Buch zu schreiben. Ohne sie wäre dieser Roman nie fertig geworden.